고려속요와 가창공간

고려속요와 가창공간

이영태 지음

한국학술정보(주)

  고려속요와 관련하여 작품론, 주제론, 어휘론 등에서 괄목한 성과
를 얻었다. 이 가운데 「청산별곡」의 작품론 전개가 가장 많았지만
'대개의 연구가 억측의 수준을 넘어서기 힘들었다고 해도 과언이 아
니(김명호, 「청산별곡의 속악적 이중성」, 『한국고전시가작품론』 1, 집
문당, 1992)'라는 지적에 명쾌히 반박할 수 있는 상황은 아니다. 기존
의 성과를 보완 및 수정할 만한 새로운 자료가 등장하지 않는다면 이
런 국면은 지속될 듯하다.

  하지만 고시가의 창작과 가창이 개인적인 영역과 다소 거리가 있
다는 점을 감안하는 데에서 실마리를 찾아야 한다. 이른바 가창공간
(歌唱空間)이라는 상황을 염두에 두고 고려속요를 이해해야 한다는 것
이다. 가창공간은 자의(字義) 그대로 노래가 불리는 공간으로, 가창물
을 공연하는 가창자와 그것을 듣고 있는 청자를 포함하여 가창상황
에서 고려할 수 있는 모든 것들을 포괄한다. 예컨대 가창자의 가창능
력과 청자의 취향을 배려한 작시능력, 청자들의 성향과 노래에 대한
반응, 공간에 구비된 소품, 공간의 구조적 특성, 가창자와 청자의 심
리적 상황 등을 고려하는 게 그것이다. 고려속요가 태생적으로 가창

공간의 상황과 밀접할 수밖에 없기에 이에 기댄다면 기존 논의를 보완하거나 수정하여 속요를 일관되게 이해할 수 있을 것이다.

고려속요의 경우 여타의 고시가와 달리 가창자, 가창물, 가창 참석자, 주효와 음악 등 가창공간의 상황을 더 구체적으로 알 수 있다. '諸道에 행신을 보내서 관기로 자색과 기예가 있는 자를 고르고 또 城中에 있는 관비와 무당으로 가무를 잘하는 자를 골라 宮中에 등록해서…… 따로 한 隊를 만들어 男粧이라 칭하여 노래(新聲)를 가르쳤다(敎以新聲). …… 고저와 완급이 곡조에 맞았다(『고려사절요』)'처럼 가창자는 관기·관비·무당이었으며 그들이 궁중에서 부른 노래는 민요 그대로가 아니라 속악으로 전용되는 교열·신성의 과정을 거쳐야 했다. 교열·신성의 과정을 겪은 가창물에 가창공간에 참석한 자들의 취향이 반영돼 있게 마련이다.

이 책에서는 고려속요 중에 「청산별곡」, 「사모곡」, 「동동」, 「유구곡」, 「쌍화점」을 다루었다. 대상작품이 속요 전편에 비해 적은 양이지만 가창공간에 기대 노래를 이해해야 하는 당위를 확인할 수 있을 것이다.

「청산별곡」에서 화자문제와 어휘문제를 다루었다. 그동안 '사슴이 장대에 올라 해금을 컨' 이유와 '난데없이 날아온 돌에 맞은 화자가 누구건 탓하지 않은' 이유, 그리고 '에정지를 목적지로 삼은' 이유에 대하여 이설이 분분했지만 고려시대 단오풍속에 기대 해명할 수 있었다. 이를 토대로 '잉무든 장글'은 '쟁기'나 '병기'이기보다 '나무재질의 장군(나무장군)'이라 지적할 수 있었다.

「사모곡」에서 어머니의 사랑을 '낫날'로 아버지의 사랑을 '호밋날'로 비유한 이유를 해명했다. 고려시대의 기녀와 무당의 풍속을 통해 보건대 이러한 발상은 자연스러울 수 있었다. 무엇보다 기녀와 무당의 풍속 중에서 모권적 관습과 妓夫/巫夫의 관계가 밀접했다. 그리고 낫날이 어머니의 사랑으로 비유될 수 있었던 것은 제한된 시간에 한해 온전히 기능하기 위해 가혹한 훈련을 받은 것과 밀접하기에 「사모곡」의 화자는 무당이기보다 기녀에서 찾아야 했다. 호미질이나 낫질의 특성을 감안해 행수기녀를 낫날에, 一妓多夫와 관련된 행수기부를 호밋날에 기댔다는 것이다.

「동동」에서는 '歌詞多有頌禱之詞盖効仙語'의 의미를 밝히는 데 주목했다. 기록을 검토해보니 송도는 군신, 부자, 존비, 노소, 부부처럼 상하관계가 형성된 상태에서 가능했다. 송도라는 공간에는 음률과 술을 바탕으로 한 '노래와 춤'이 있었고 이곳에 등장하는 신선은 음악, 향기, 풍류와 관련된 기녀의 또 다른 명칭이었다. 특히 '힘껏 마시자'로 일관하고 있는 「자하동」에 대하여 '노랫말이 모두 선어(詞皆仙語)'로 평가한 것이 불사적 존재를 추구하는 '선'과 그 방법으로서의 음주, 그리고 음주공간에 있어야 할 음악, 향기, 풍류를 포함하는 표현이듯 「동동」의 '선어'도 '기녀의 역할과 정서를 담고 있는 말'로 해석해야 했다. 「동동」에서 존과 비의 관계는 기부와 기녀의 관계이면서 각각 녹사와 기녀화자를 가리키는 것이었다.

「동동」과 관련된 논의 중에서 강세를 띤 경우가 제의적 접근이었는데, 이는 노랫말에서 발견할 수 있는 화자의 기행(奇行)을 온전히 해석할 수 없었던 것과 무관하지 않았다. 님이 현존하는 것으로 여겨 '長存ᄒ샬 藥이라 받ᄌᆞᆸ(5월)'거나 망혼일(亡魂日)에 '百種 排ᄒᆞ야 두고 니믈 흔ᄃᆡ 녀가져 願을 비(7월)'는 것, 그리고 엄동에 '봉당 자리예 아으 汗衫 두퍼 누워(11월)' 있는 게 그것이다. 하지만 님의 부재에 따른 화자의 심리를 방어기제(defense mechanism)에 기대 해명하면 5월, 7월, 11월은 물론 2월, 3월, 12월에 나타나는 화자의 독특한 심리도 이해할 수 있었다.

「유구곡」에서 해석의 가능성을 위해 가창자·가창물·가창공간의 특성과 참석자들의 새에 대한 인식을 고려해보았다. 가창자는 자색과 기예를 갖춘 관기·관비·무당 출신이고, 그들의 가창물에 등장하는 화자는 님의 부재와 수동적 성향을 띠면서 사랑에 실패할 수밖에 없는 처지였다. 이것은 주효와 음악이 구비된 가창공간에 참석한 자들에게 '소통의 즐거움'을 주기 위한 방편이기도 했다. 참석자들의 새에 대한 인식을 통해 보건대 비둘기는 '더럽히다(汚)'와 '바르지 못한(不正)'이란 표현과 관련되거나 『시경』에 연원을 둔 바람난 여성의 이미지이고 뻐꾸기는 공평한 남성의 이미지와 관련돼 있기에, 「유구곡」은 부정적 성향의 여성이 긍정적 성향의 남성을 좋아한다고 진술하는 내용에 해당한다.

「쌍화점」에서는 '전체 인간의 해방을 주장'한다거나 '타락한 사회상을 풍자'한다는 등의 주제론에서 벗어나야 한다는 점을 지적했다. 속요의 가창공간에서 공연되는 가창물은 참석한 사람들에게 불쾌감이 아니라 즐거움을 주기 위해 기능한다는 점을 감안하면 기존의 주제론은 가창공간에서 참석자들에게 소통의 즐거움을 주기 위한 일련의 장치들을 심각하게 받아들인 결과에 해당한다는 것이다. 무엇보다 「쌍화점」과 병기되어 있는 한시(漢詩) 「삼장」과 「사룡」도 이러한 기능과 밀접하다. 「삼장」의 경우, 금욕을 수행해야 할 주지승이 여자의 손목을 잡는 행위 곧 '사이비 성자의 가면이 벗겨지는 것을 볼 때에 느껴지는 쾌감은 아주 비정한 것이 아니며 또 이때에 나오는 웃음은 정당'하기에 그렇다. 「사룡」의 경우, 뱀이 용의 꼬리를 물 수 없거니와 태산을 지나갈 수도 없는데, 많은 사람들이 한 마디씩 거들다 보면 그것이 거짓이 아니라 참이 될 수 있으니 말조심하라는 참언(讒言)으로 읽을 수 있지만 속요의 가창공간을 고려했을 때, 「사룡」도 참언을 목적으로 삼았기보다 '어불성설(語不成說)'이라는 언어유희에 해당하는 '민간에 광범위하게 보이는 말투'로 가창공간의 참석자들에게 즐거움을 주기 위한 것으로 이해해야 한다. 물론 시조의 가창공간이었던 '酒宴席이나 風流場'에서 「사룡」류의 시조가 인기 있는 레퍼토리였다는 것을 통해서도 짐작할 수 있다.

「청산별곡」을 중심으로 조선족 고중(高中) 신편(新編) 『조선어문』 교과서의 특성을 살펴보았다. 조선족 교과서에서 '에정지'를 '예정지'로 변개시켜 작품을 해석하고 있는데, 이는 북한 쪽의 성과를 받아들이되 자기 식으로 재해석하기 위한 방편인 듯했다. 작품의 시대적 배경을 추측하는 것은 조선족과 남북한이 동일하되, 조선족 교과서가 화자에 대해 '현실에 불만을 품은 문인량반(문인, 선비)'이라는 북한 쪽을 따르고 있었다. 이는 화자 및 해석의 다양성을 인정하는 남한 쪽과 변별되는 점이기도 했다.

제2부에 위치한 '스토리텔링'은 교육공간에 참석한 학생들을 배려한 고전시가 에듀테인먼트(edutainment)의 한 방안이다. 스토리텔링(storytelling)이라는 말에는 스토리를 구성하는 사람과 그것을 수용하는 사람의 주체적 선택 가능성과 그로 인한 스토리 자체의 가변성이 함축돼 있다. 여기서 스토리를 구성하는 자는 '민요를 속악으로 전용하는 과정'을 담당한 자에 해당하고 그들이 가창공간의 상황에 맞게 가창물을 '개사 및 편사'하였기에 그들의 입장을 고려하며 학습하는 방안을 모색해본 것이다. 디지털시대의 자장 안에 포함된 학습자들에게 효과적인 교육방법이 될 수 있기에 고전문학 교육과 관련된 분들에게 일독하기를 권한다.

　　기존의 글들을 수람하면서 마음 한구석이 마뜩잖았던 것은 그동안 공부한 몰골을 감추고자 영절스런 수사에 기댄 흔적이 여기저기 있기 때문이다. 갈피 없는 글이지만 한데 묶는 것도 공부를 채근하는 길일 수 있기에 강호제현의 실소를 감내하며 과욕을 부렸다.

2012년 봄

이영태 씀

제1부

중국 조선족 고중(高中) 신편(新編) 『조선어문』 소재(所載) 고전시가의 양상과 특징 – 「청산별곡」을 중심으로

제2부

스토리텔링을 통한 속요의 교육방안 모색

고등『문학』교과서 소재 고전시가를 통한 문학교육 방법의 모색
─스토리텔링의 방법에 기대

제1부

고려시대의 단오 풍속으로 읽는 「청산별곡」*

靑山別曲

살어리 살어리랏다 청산(靑山)애 살어리랏다 멀위랑 ᄃᆞ래랑 먹고 쳥산(靑山)애 살어리랏다 얄리얄리 얄라셩 얄라리 얄라 ○ 우러라 우러라 새여 자고 니러 우러라 새여 널라와 시름 한 나도 자고 니러 우니로라 얄리얄리 얄라셩 얄라리 얄라 ○ 가던 새 가던 새 본다 믈 아래 가던 새 본다 잉무든 장글란 가지고 믈 아래 가던 새 본다 얄리얄리 얄라셩 얄라리 얄라 ○ 이링공 뎌링공 ᄒᆞ야 나즈란 디내와손뎌 오리도 가리도 업슨 바므란 ᄯᅩ엇디호리라 얄리얄리 얄라셩 얄라리 얄라 ○ 어듸라 더디던 돌코 누리라 마치던 돌코 믜리도 괴리도 업시 마자셔 우니노라 얄리얄리 얄라셩 얄라리 얄라 ○ 살어리 살어리랏다 바른래 살어리랏다 ᄂᆞ마자기 구조개랑 먹고 바른래 살어리랏다 얄리얄리 얄라셩 얄라리 얄라 ○ 가다가 가다가 드로라 에졍지 가다가 드로라 사ᄉᆞ미 ᄭ잣대예 올아셔 ᄒᆡᄀᆞᆷ을 혀거를 드로라 얄리얄리 얄라셩 얄라리 얄라 ○ 가다니 ᄇᆡ브른 도긔 설진 강수를 비조라 조롱곳 누로기 ᄆᆡ와 잡ᄉᆞ와니 내 엇디 ᄒᆞ리잇고 얄리얄리 얄라셩 얄라리 얄라

1. 서론

이 글은 단오 풍속에 기대어 「청산별곡」을 읽는 데 목적이 있다. 한국 고시가 중에서 「청산별곡」만큼 많이 알려진 노래가 드물 정도로 이에 대한 논의도 축적돼 있다. 예컨대 작자·창작시기·어휘·형식·주제·배경 등 다양한 검토가 진행돼 왔다. 선행 논자의 검토에 따르면, 국회도서관에서 검색되는 「청산별곡」과 관련한 연구업적으로 단행본 42건, 석·박사 학위논문 51건, 학술지 게재 논문 80건이라 한다.[1)]

---

* 이 글은 『역사민속학』 24(한국역사민속학회, 2007)에 수록된 것이다.

하지만 방대한 연구성과가 축적된 만큼 작품이 선명하게 드러나야 할 텐데 실상은 "대개의 연구가 부득불 억측의 수준을 넘어서기 힘들다"[2]는 지적에서 자유로울 수 없다. 이러한 지적을 넘어서기 위해서는 先鞭을 잡았던 논의,[3] 특히 어휘주석을 발전·계승하는 데에서 출발해야 한다.[4] 당시 심상에 의지했던 '사ᄉᆞ미 짒대예 올라셔 奚琴을 혀겨를 드로라', '설진 강수를 비조라', '잡ᄉᆞ와니 내 엇디ᄒᆞ리잇고'와 같은 노랫말이 이제는 어학적으로 해명된 만큼 선행 어휘주석을 묵시적으로 답습하는 데서 벗어나야 한다. 어휘주석이 온전히 완성되면 그것을 바탕으로 노래 전편을 읽어야 하지만 여전히 이해하기 힘든 부분이 있는데 '사슴이 장대에 올라 해금을 켠' 이유와 '난데없이 날아온 돌에 맞은 화자가 누구건 탓하지 않은' 이유, 그리고 '에정지를 목적지로 삼은' 이유 등이 그것이다.

'돌'과 '사슴'과 관련된 진술은 본문에서 다시 언급하겠지만 「청산별곡」은 고려시대의 단오 풍속을 반영하고 있다. 이를 토대로 노래 전편을 해석할 때 기존의 논의과정에서 선명하지 못했던 부분, 예컨대 화자가 '잉무든 장글란 가지고 / 믈아래 가던 새 본다'의 상황과 '바므란 ᄯᅩ 엇디호리라'는 심리 등을 이해할 수 있을 것이다. 무엇보다도 「청산별곡」에 대한 이해는 고려속요의 특성 안에서 시도되는 것이기에 '속요' 일반론을 먼저 진술한 후, 그 자장 안에서 단오 풍속과 '돌', '사슴'과 관련된 부분을 해석할 것이다.

---

1) 정재호, 「청산별곡의 새로운 이해 모색」, 『국어국문학』 139호, 국어국문학회, 2005, 149면.

2) 김명호, 「청산별곡의 속악적 이중성」, 『한국고전시가작품론』 1, 집문당, 1992, 301면.

3) 양주동, 『여요전주』, 중판; 을유문화사, 1985.

4) 어휘주석과 관련해 선편을 잡았던 논의들을 김완진이 발전·계승시켰는데 이에 대한 성과는 한 권(『향가와 고려가요』, 서울대학교출판부, 2000)에 집약돼 있다.

2. 고려속요 이해의 전제와 단오 풍속

고려속요의 특성 중에서 대표적인 것은 작자미상이 대부분이라는 점이다. 노래를 궁중으로 운반했던 자들은 "서울의 무당과 관비 중에서 가무를 잘하는 자"[5]이거나 "모든 광대 잡기와 지방의 노는 기녀들"[6]이다. 민가의 노래를 궁중으로 운반하거나 개사・편사한 노래를 부르던 자를 기녀・관비・무당으로 파악하는 것은 국문학계의 통설이다. 민가에서 부르던 노래 곧 민요의 작자가 없는 것은 일반적이며 그것이 궁중에서 개사・편사의 과정을 겪었기에 작자를 파악하는 일은 소모적인 일이다.

하지만 민요가 궁중에 맞게 재편성될 때 그 과정에 개입했던 자들이 일정한 자격을 갖추었던 만큼 자의적인 잣대로 노래를 개사・편사하지 않기 마련이다.[7] 실제로 서경노래・구슬노래・대동강노래가 合歌의 형식을 띠었다는 「서경별곡」에서 화자가 노래 전편에 해당할 여성이라는 점에서 이를 확인할 수 있다. 심지어 민요・시조・한시・경기체가의 양식이 공존하고 있는 「만전춘별사」도 화자를 특정인으로 확정해야 노래 전편을 이해할 수 있다. 개개의 양식들과 긴밀한 화자를 확정하는 경우, 시조와 경기체가는 술자리 곧 宴席을 떠나 생각할 수 없는 양식이고 한시는 한자 향유층의 소산이지만 기녀들과 무관하지 않다. 결국 다양한 양식이 공존하고 있는 「만전춘별사」이지만 화자를 기녀로 확정해야 노래 전편을 온전히 읽을 수 있다.[8] 다양

---

5) 『고려사』 권125 열전38 오잠, 選京都巫及官婢善歌舞者.

6) 『고려사절요』 권8 예종, 凡倡優雜伎以至外官遊妓無不被徵.

7) 송방송, 『한국음악통사』, 일조각, 1984, 153면.

한 양식이 같은 작품에 존재하면서 화자의 심사가 시간순으로 정연하게 진술돼 있는 것을 통해서도 이를 확인할 수 있다. 이 또한 고려속요가 개사·편사의 과정을 겪었다 하더라도 노래 전편을 일관되게 읽을 수 있게 하는 화자가 존재한다는 점을 입증하는 것으로「청산별곡」에서도 여전히 유효하다.

> 諸道에 행신을 보내서 관기로 자색과 기예가 있는 자를 고르고 또 城中에 있는 관비와 무당으로 가무를 잘하는 자를 골라 宮中에 등록해서…… 따로 한 隊를 만들어 男粧이라 칭하여 노래(新聲)를 가르쳤다(敎以新聲). …… 고저와 완급이 곡조에 맞았다.9)

「쌍화점」과 관련된 위의 기록은『고려사』악지와 열전에서도 발견할 수 있는 것으로 고려속요의 수용 및 전승과 관련돼 있다. 민간의 노래를 궁중으로 운반한 자들이 관기·관비·무당이었으며 그들이 궁중에서 가창한 것은 운반했던 노래 그대로가 아니라 교열·신성의 과정을 거쳐 '고저완급'의 곡조에 맞춘 노래였다. 교열·신성이라는 표현은 개사·편사를 지칭하는 것으로 이 과정을 통해 운반된 노래가 궁중에서 가창하기에 알맞은 노래로 변모하게 된다. 고려속요의 형성과정을 "가락에 알맞은 재래의 사설을 찾아 새 형태의 우리말 사설이 지어지고" 혹은 "재래의 사설과 新傳의 가락이 맞지 않을 때 그 조절을 위한 여러 가지 시도가 이루어질 것"10)으로 추정한 것도 위와 같은 기록에 근거하고 있다. 물론 노래 전편에 일관되게 적용될 만한

---

8) 고려속요의 화자를 특정인으로 파악해야 해당 작품을 온전히 이해할 수 있는데 이에 대해서는 졸저, 『고려속요와 기녀』, 경인문화사, 2004, 참조.

9)『고려사절요』권22 충렬왕 25년, 分遣倖臣諸道 選官妓有姿色伎藝者 又選城中官婢及女巫善歌舞者 籍置宮中…… 別作一隊 稱爲男粧 敎以新聲 其詞云…… 其高低緩急 無不中節.

10) 김택규,「별곡의 구조」,『고려가요연구』, 중판; 국어국문학회편, 정음문화사, 1990, 279면.

화자를 설정하는 것도 개사·편사의 과정에서 이루어지게 마련이다. 이는 다양한 양식이 존재하는「만전춘별사」의 경우에서 이미 지적한 바 있다.

「청산별곡」을 일관되게 읽기 위한 전제에 해당하는 고려속요의 특성을 살펴보았다. 이러한 특성 안에 이 글에서 다루려는「청산별곡」도 위치한다는 점은 주지의 사실이다. 이제는 고려시대 때에 단오의 풍속이 어떠했는지 그리고 그것이「청산별곡」에 어떻게 반영됐는지 살필 차례이다.

먼저 단오는 음력 5월 5일로 명절의 하나이다. 일명 수릿날[戌衣日·水瀨日], 重午節, 天中節, 端陽節이라고도 한다. 일 년 중에서 양기가 가장 왕성한 날이라 큰 명절로 여겼고 여러 행사가 전국적으로 벌어졌다. 단오는 여름을 맞기 전의 初夏에 해당하기에 모내기를 끝내고 풍년을 기원하는 기풍제이기도 하다. 단오 행사는 북쪽으로 갈수록 번성하고 남쪽으로 갈수록 약한데, 남쪽에서는 대신 추석행사가 강한 경향을 띤다고 한다. 단오의 풍속 및 행사로는 창포에 머리감기, 쑥과 익모초 뜯기, 부적 만들기, 단오 비녀 꽂기 등의 풍속과 함께 그네뛰기, 씨름, 활쏘기 같은 민속놀이 등이다.[11] 고려시대의 단오와 관련된 기록은 다음과 같다.

> 5월 단오에 남녀의 그네뛰기와 북치고 피리 부는 놀이를 금하였다.[12]

> 단오에 왕과 공주가 양루에서 연회를 베풀고, 擊毬를 관람하였다. 이때 모란꽃이 다 떨어져서 채색한 밀랍으로 꽃을 만들어 나뭇가

---

11) 임동권,「단오」,『민족문화대백과사전』6, 11쇄; 1996, 111면.
12)『고려사절요』권16 고종3 병오33, 五月 禁端午男女鞦韆, 鼓吹之戲

지에 매달았다.13)

신우가 단오 때 시가의 다락에 올라 擊毬, 火砲 등 雜戱를 구경하
였다.14)

5월 단오에 최충헌이 栢井洞宮에다 그네를 매고 3일간에 걸쳐서 4
품 이상의 문무관을 초청해서 연회를 베풀었다.15)

5월에 신우가 石戰 놀이를 구경했다. …… 나라 풍속에, 단오 때가
되면 시정의 무뢰배들이 큰 거리에서 떼를 지어 왼편 오른편으로
나누어 기왓장과 돌을 들고 서로 치거나, 뒤섞여 짧은 몽둥이를 가
지고 승부를 결정하기도 했는데, 그것을 석전이라 한다.16)

그네뛰기, 북치기, 피리 불기, 격구, 화포, 석전, 잡희가 단오와 관련
된 놀이였다. 특히 "平壤 等이 石戰鄕으로 著聞하며 그中에서도 平壤의
'팔매질'은 神技에 갓갑다는 評"17)을 받을 만큼 대동강 변에서의 석전
은 그 전통과 기술이 대단했다고 한다. 지배층의 경우 모란꽃을 밀랍
으로 만들어 나뭇가지에 매달거나 3일 동안 연회를 열 정도로 사치가
심했다. 조선에 이르러 단오는 설날, 추석과 더불어 삼대명절로 자리
를 잡을 만큼 중요한 날이었다.18)

---

13) 『고려사절요』 권21 충렬왕3 기축15, 端午 王及公主 宴于涼樓 觀擊毬 時牧丹花落盡 以綵蠟作花 綴於枝條.

14) 『고려사』 권134 열전47 신우2 기미5, 禑以端午 登市街樓觀擊毬火砲雜戱.

15) 『고려사』 권129 열전42 반역3 최충헌, 端午 忠獻設鞦韆戱于栢井洞宮 宴文武四品以上 三日.

16) 『고려사절요』 권31 신우2 경신, 五月禑欲觀石戰戱…… 國俗於端午時 市井無賴之徒 群聚通衢 分左右隊
    手瓦礫相擊 或雜以短梃以決勝負 謂之石戰.

17) 최남선, 『조선상식-풍속 편』, 동명사, 1948, 95면.

18) 『중종실록』 13년 8월 12일.

3. 「청산별곡」과 단오

「청산별곡」에서 단오 풍속을 엿볼 수 있는 것은 5연과 7연이다. 특히 단오 풍속으로 행해졌던 석전놀이가 온전히 반영돼 있는 게 5연이다.

어듸라 더디던 돌코 / 누리라 마치던 돌코 / 믜리도 괴리도 업시 /
마자셔 우니노라

石戰은 고구려 때부터 "패수[대동강] 위에 모여 좌우로 두 부를 나누어 서로 돌을 던지는"[19] 정초의 풍속이었다가 고려 때에 이르러 "조약돌과 깨어진 기왓장을 던지는"[20] 단오 풍속으로 정착했다. 석전은 단순히 돌을 던지는 데 그치는 게 아니라 "뒤섞여 짧은 몽둥이를 가지고 승부를 결정할"[21] 정도로 과격했지만 "죽거나 다치는 사람이 생기더라도 후회하지 않아서 수령도 금하지 못했던"[22] 단오 풍속이었다. 『동국세시기』에 나타난 대로 석전에서의 투석이 마치 비가 쏟아지는 모습을 방불케 했다고 할 때, "어듸라 더디던 돌코 / 누리라 마치던 돌코 / 믜리도 괴리도 업시 / 마자셔 우니노라"라고 진술한 화자의 처지를 온전히 이해할 수 있다. 두 패로 나뉘어 진행되는 석전에서 양쪽 진영은 서로가 투석의 대상이기에 '믜리도 괴리도 업시(미워할 사람도 사랑할 사람도 없다)'는 표현은 석전에 가담하지 않은 자가 진술할 만한 것이다. 물론 갑자기 날아든 돌에 맞은 화자가 물

---

19) 『북제서 주서 수서』, 경인문화사, 1976, 880면, 聚戲於浿水之上…… 分左右爲二部 以水石相濺擲.

20) 『고려사』 권134 열전47 신우2 경신6, 瓦礫相擊.

21) 『고려사절요』 권31 신우2 경신, 或雜以短梃以決勝負.

22) 『신증동국여지승람』 제32권, 경상도 김해도호부; 홍석모, 『동국세시기』, 『한국사상대전집』 12, 양우당, 1994, 77~79면.

리적 아픔(마자셔 우니노라)을 인정하면서 '뮈리도 괴리도 업'는 입
장에 설 수 있었던 것은 단오라는 명절 때문이다. 이날에는 탈놀이나
줄타기 그리고 꼭두각시놀음 등이 전국적으로 연희됐고 "좋은 음식
으로 서로 모여 즐기는 것이 설날과 같은"23) 명절이었다. 이렇듯 5연
은 단오라는 명절과 석전이라는 풍속과 긴밀한데 이를 고려하지 않
았을 경우, 화자의 처지를 "팔자소관"24)이나 "헤아릴 수 없는 고독의
심연으로 작가는 빠져들었을 것"25) 혹은 "문학 등의 가해적 표현인
보조 관념화된 상징물"26)이나 "사회적 여건으로부터 파생되는 도피
할 수 없는 상황"27)으로 판단하게 된다. 이것은 "화자의 진술에서 애
매함"28)으로 처리하는 것과 다름 아니다. 한편 반란군들이 "석전에서
부상당한 것"29)이나 관리가 피난민들에게 "이동을 재촉하는 물리적
압력"30)으로, 혹은 "최우의 사후에 지배층 내부에서는 권력의 주도권
을 사이에 두고 적잖은 패싸움이 있었던"31) 것으로 해석하기도 했지
만 돌에 맞아 울고 있는 반란군이 미워하거나 사랑할 사람이 없다고
진술하는 것과 피난민의 이동을 재촉할 때 관리가 돌을 던지면서 했
다는 것은 자연스럽지 못하다. 물론 피난민이 자신에게 돌을 던지던
관리나 피난하게 된 원인을 향해 원망이라도 해야 할 텐데 그는 누구

23) 김매순, 『열양세시기』, 『한국사상대전집』 12, 양우당, 1994, 130면.
24) 정병욱, 「한국시가문학사」 상, 『한국문화사대계』 V, 재판; 고대민족문화연구소출판부, 1971, 811면.
25) 이동근, 「청산별곡재고」, 『관악어문연구』 9집, 서울대국어국문학과, 1984, 265면.
26) 강명혜, 「청산별곡 연구 Ⅰ」, 『어문학보』 20집, 강원대국어교육과, 1997, 83면.
27) 나정순, 「청산별곡연구」, 『국어국문학』 110호, 국어국문학회, 1993, 98면.
28) 신동욱, 「청산별곡과 평민적 삶 의식」, 『고려시대의 가요문학』, 김열규・신동욱 편, 새문사, 1982, Ⅰ-38면.
29) 김학성, 『한국고전시가의 연구』, 재판; 원광대출판부, 1985, 138면.
30) 박노준, 『고려가요의 연구』, 새문사, 1990, 111면.
31) 임주탁, 「청산별곡의 독법과 해석」, 『한국시가연구』 13집, 한국시가학회, 2003, 96면.

든 탓하지 않고 있기에 화자를 반란군이나 피난민으로 설정하는 것도 타당하지 않다. 그리고 권력다툼 속에서 어느 쪽이든 好惡의 관계를 갖고 있지 않은 화자로 파악한 경우도 마찬가지이다.

단오 풍속과 관련된 깃은 7연에서노 확인할 수 있다.

> 가다가 가다가 드로라 / 에졍지 가다가 드로라 / 사스미 짒대예 올라셔 / 奚琴을 혀겨를 드로라

7연에서 가장 문제가 되는 부분은 화자가 가고 있는 '에졍지'가 어떤 곳인지, 화자가 해금 소리를 들었는데 그것을 켠 것은 사람이 아니라 '사슴(사슴)'이고 연주공간이 '짒대'였다는 것이다. 화자가 향하고 있던 목적지(에졍지)의 의미는 제쳐놓더라도 '사슴·짒대·해금'을 묶어 이해하기란 쉽지 않다. '짒대'가 '장대[竿]'라는 어학적 해석에 공감하더라도 사슴이 장대에 오른 것도 문제이거니와 해금을 켠다는 것은 더욱 불합리하다.

먼저 화자가 향하고 있던 '에졍지'는 '부엌'이란 공간과 연결지어 해석하는 경향이 주류였다.

> 에; 未詳, 혹 '避·圉'의 訓에 '에·에우'를 形容詞로 仍用한 듯
> 졍지; '廚'의 古語, 現代語 '부엌'은 古音 '브섭', '火邊'의 原義로 '竈'의 訓
> 廚 졍지(類合古板)
> 廚 졍듀(類合安心寺板)
> ※ '졍지·졍듀'의 語原 未詳, 或 '淨廚'·'에졍지'는 아마 '딴 부엌'의 뜻32)

---

32) 양주동, 앞의 책, 324~325면.

위의 견해에서 '에'에 대한 이견이 있지만,[33] '졍지'를 '부엌[廚]'으로 파악하는 데 일치하고 있다. '에'가 '졍지'를 수식하는 위치에 있으니만큼 7연의 화자가 목적지로 삼았던 곳은 특정한 기능과 관련된 '(?)부엌'이었던 것이다. 화자와 '에졍지'의 관계는 후술하겠지만 더 큰 문제는 '(?)부엌'을 가다가 '사슴·짒대·해금'의 결합을 경험했던 점이다.

'에졍지·사슴·짒대·해금'을 해석하기란 쉽지 않다. 예컨대 '사스미 짒대예 올라셔 / 奚琴을 혀거를 드로라' 부분을 모두 고려해서 "卑猥한 장면을 戱謔的으로 노래한 淫辭"[34]이나 "기적 없이 살 수 없는"[35] 상황, 혹은 "상식을 초월한 상징"[36], "위태로운 벼슬길에 대한 강한 집념이 상징화된 것"[37], "정치현실의 풍자적 의미"[38]처럼 '기적·상징·풍자'로 이해한 것은 '사슴·장대'의 결합도 문제적이지만 '해금'과의 결합이 더욱 불가능한 일이기 때문이다. 한편 "사슴이 장죽 속을 사람 발자국 소리에 놀라 달아나는 서슬에 두 뿔에 부닥쳐 마치 해금을 켜는 거와 같은 소리"[39]이거나 "하늘소의 울음소리"[40] 또는 산대잡희와 관련해 "사슴으로 분장한 사람"[41]이라 하여 문면대로 이

---

33) 김형규, 『고가주석』, 백영사, 1958, 191면에서 '에'를 감탄사로 추정하기도 했다.

34) 양주동, 앞의 책, 328면.

35) 정병욱, 앞의 논문, 812면.

36) 장덕순, 『한국문학사』, 5판; 동화문화사, 1987, 126면.

37) 강명혜, 앞의 논문, 85면.

38) 김제현, 「청산별곡의 해석과 구조」, 『어문연구』 84호, 한국어문교육연구회, 1994, 606면.

39) 김사엽, 『국문학사』, 정음사, 1954, 264면.

40) 박영환, 「청산별곡의 연구」, 『어문논집』 23, 고려대국어국문학연구회, 1982, 456면.

41) 김완진, 「청산별곡에 대하여」, 『고전문학을 찾아서』, 김열규 외 3인, 문학과 지성사, 1976, 158면. 필자도 이미 '사슴으로 분장한 사람'이란 주장에 기대어 논의(졸저, 앞의 책)를 한 바 있었으나 이 글에서 그것을 정정하고자 한다. 김완진 선생의 어학적 해명이 크게 진전된 만큼 그 성과에 맞추어 논의를 하는 경우 「청산별곡」에서 난해했던 부분을 선명하게 이해할 수 있기 때문이다.

해하기도 했다. 특이한 경우이지만 사람[화자]이 "돛대박이 나무에 올라 해금을 켜는 소리를 듣는"[42] 것으로 이해하기도 했다. 그러나 그것이 "무슨 의미를 가시는 것이며, 무슨 필연성이 거기 연에 놓여 있느냐 하는 점을 합리적이고 상식적으로 설명할 수 없다"[43]는 반박에 자유롭지는 못하다. 반면에 '사슴'이 황제의 비유라 하여 "황제가 비문화적이고 세속적인 공간에 존재하는 인간들을 문화적인 수단으로 포용하는 통치를 하고 있다는 의미"[44]로 파악하기도 했지만 「청산별곡」의 화자를 셋으로 규정한 이 논의가 앞에서 기술한 고려속요의 일반론을 과연 고려하고 있는지 회의감마저 든다. 이 또한 「청산별곡」의 주제를 '표면적·이면적으로 규정'[45]하여 작품을 이해하기 힘들게 만든 경우에 해당한다. 다만 '사슴으로 가장한 인간'으로 이해했던 선행 논자는 다음과 같은 진술을 보태어 7연 해석에 대한 좋은 시사를 남겼다.

> 김동욱 선생님은 필자의 '사슴'이 이 당간 위에 있어야 한다고 생각하고 있었다. 동물로서의 사슴이 아니라 사슴의 가죽을 뒤집어쓰고 사슴으로 분장한 사람이 장대 위가 아닌 당간 위에 있지 않으면 안 된다는 것이 그분의 생각이었다. 불교 사찰 안에서의 百獸戱의 가능성은 라마 불교의 행사장면 등을 유추하여 가능한 것이었겠다고 생각되나, 김동욱 선생님께 高見을 더 들어 두지 못했던 것이 한스럽다.[46]

---

42) 최기호, 「청산별곡의 형성배경과 몽골 요소」, 「문학한글」 14, 2000, 30면.

43) 윤강원, 「청산별곡연구」, 『논문집』 3, 대유공업전문대학, 1981, 88면(김재용, 「청산별곡의 재검토」, 『서강어문』 2집, 서강어문학회, 1982, 164면에서 재인용).

44) 임주탁, 앞의 논문, 83면.

45) 강명혜, 앞의 논문.

46) 김완진, 「고려가요의 어학적 해석」, 『새국어생활』 6권 1호, 국립국어연구원, 1996(이 글은 『향가와 고려가요』, 서울대학교출판부, 2000(재수록), 206면을 따름).

'사슴으로 분장한 사람'이 장대에 올라 해금을 켠 것으로 생각했던 논자가 '짏대'가 '장대'가 아니라 '당간'이라 지적한 나손 선생의 고견에 동의하고 있다. 당간은 '사찰에서 기도나 법회 등의 의식이 있을 때 幢을 달아두는 기둥'으로 이것이 「청산별곡」 화자와 관계됐을 경우 이 노래는 더욱 이해하기 힘든 국면으로 빠질 수 있다. 5연에서 언급했듯이 강가에서 벌어지는 석전과 깊은 산골에 위치해야 할 사찰 당간의 관계는 동일한 화자의 시선으로 노래 전편을 읽어내는 데 불합리해 보이기도 한다. 그러나 사찰이 강변 가까이 위치했을 경우 이러한 우려는 해소될 수 있다.

금강·홍복 두 절에 거둥하고 永明寺로 돌아와서 樓船을 타고 여러 왕씨와 대신·시신을 잔치하였으며, 다시 시를 지어 신하들에게 보여주었다.[47]

홍복·영명사에 거둥하여 潮水를 구경하였다.[48]

영명사에 거둥하여 대동강에서 선유[泛舟]하였다.[49]

영명사에 행차하여 龍船을 대동강에 띄워 술자리를 마련하고, 또 영명사에서 배를 타고 홍복사에 갔다가 곧바로 八景亭에 임어하는 물놀이를 관람하였다.[50]

예종이 "누선을 타고 여러 왕씨와 대신·시신을 데리고 잔치"하거

---

47) 『고려사절요』 권8 예종 11년, 幸金剛 興福兩寺 還至永明寺 御樓船 宴諸王 宰樞 侍臣 復以御製詩 宣示臣僚.

48) 『고려사절요』 권8 예종 15년, 幸興福永明寺 觀潮.

49) 『고려사절요』 권11 의종 22년, 幸永明寺 泛舟于大同江.

50) 『고려사절요』 권11 의종 23년, 幸永明寺 泛龍船於大同江 置酒 又自永明寺泛舟 至洪福寺 遂幸八景亭 觀水戲.

나 "조수를 구경"하던 곳, 그리고 의종이 "용선을 대동강에 띄워 술자리를 마련했던" 곳이 모두 영명사였다는 점에서 이 사찰이 대동강의 풍광을 살피기에 좋은 공간에 있었다는 점을 알 수 있다. 실제로 인근에는 기린굴과 조천석을 비롯해 부벽루와 을밀대가 자리 잡고 있어 평양의 명승을 살피기에 영명사가 적소였다. 영명사가 이러한 위치에 있었다고 할 때, 명승을 조망하기 위해 사람들이 모이게 마련인데 특히 단오 명절인 경우 더욱 많은 사람들이 운집한다. 해방 전의 경우라 하더라도 "단오에 관한 한 남쪽보다는 북쪽이 훨씬 극성"[51]이었으며 "조선팔도에서 수많은 사람이 구경하러 모여드는 단오는 평양이 으뜸"[52]이었다면 평양의 여러 명승을 쉽게 조망할 수 있는 영명사에 단오 때 사람이 모여드는 것은 당연한 일이다. 단옷날 사람들이 모인 곳에서는 으레 그날에 맞는 공연물이 연희됐을 것이다. 다만 사슴으로 분장한 사람이 당간(짓대)에 올라 해금을 켰다는 기록은 현전하지 않지만 "충렬왕이 공주와 함께 번승으로부터 보살계를 받았거나"[53] 원나라에서 고려사람 출신이었던 번승 吃折思八 八哈思를 보내어 "사문을 보호하라"[54]는 조서를 내린 것처럼 라마승[番僧]과 고려왕실이 친밀했다 할 때, 선행 논자가 지적한 '사찰 안에서의 百獸戲의 가능성'은 크다.

화자가 대동강 변의 석전(5연)과 '영명사의 百獸戲'(7연)를 경험했을 가능성은 다음에 있는 평양 고지도를 통해 더 명확해진다.[55] 고구

51) 편무영, 「해방 전 평양의 단오」, 『강원민속학』 6집, 강원도민속학회, 2002, 233면.

52) 위의 글, 234면.

53) 『고려사절요』 권22 충렬왕 24년, 王與公主 受菩薩戒于蕃僧.

54) 『고려사절요』 권21 충렬왕 20년, 秋七月 元 遣吃折思八 八哈思 賞護沙門詔來.

55) 이찬, 『한국의 고지도』, 2쇄; 범우사, 1997, 212~213면.

려 때부터 '패수[대동강] 위에 모여 좌우로 두 부를 나누어 서로 돌을 던지던' 석전이 '패수의 위(浿水之上)'에서 벌어졌는데 그곳은 대동강의 위쪽으로 능라도보다 상류에 해당한다. 그리고 百獸戲는 '패수의 위(浿水之上)'보다는 하류로 능라도 맞은편에 있는 영명사에서 벌어졌던 것이다. 평양 고지도를 통해 보건대 화자는 석전(5연)과 百獸戲(7연)를 시간순으로 경험했던 것으로 생각된다.

〈지도 1〉

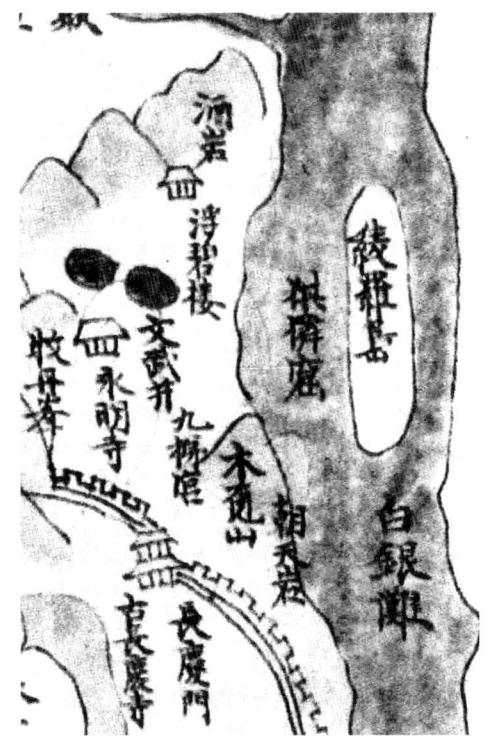

〈지도 2〉

　여기서 단오 명절날에 화자가 향하던 목적지와 지니고 있었던 도구에 주목해야 한다. '에졍지'와 '잉무든 장글'이 그것인데 '에졍지'가 특정한 기능과 관련된 '(?)부엌'이란 점은 전술한 바 있다. 화자가 특정한 공간((?)부엌)을 향한다는 것은 그의 정체를 특정 공간과 결부해 이해해야 한다는 점을 의미한다. 특정한 부엌과 화자의 관계는 다음의 진술을 통해 좀 더 구체화된다.

　　빈부른 도긔 / 설진 강수를 비조라

'빈부른 도긔'가 '배 불룩한 독(甕)'이란 데 이견은 없다. '설진'이 '솔진(肥)'[56], '설진(未熟)'[57]이건 '강수'를 수식하고 있다. '강수'는 '농도가 진한 강한 술(强酒)'[58]이거나 '직강술의 異稱[糟]'[59]에 해당한다. 어쨌건 '배 불룩한 독에 술을 빚은' 것인데 '비조라'를 어떻게 이해하느냐에 따라 술을 빚은 자가 화자이거나 혹은 제삼자일 수 있다.

> '비조라'가 '빚는구나!'라는 뜻일 수는 절대 없다. 의도법의 '오/우'가 개재된 '비조라'를 현대어로 옮긴다면, 그것은 '빚노라' 내지 '빚었노라'가 될 수 있을 뿐이며, 그 주어는 현대어에서건 중세어에서건 화자 자신일 수밖에 없는 것이다. …… '호라' 형이 'ᄒᆞ다'와 함께 의미상으로 과거의 동작을 나타낸다는 것은 잘 알려진 일이다.[60]

'비조라'의 주체가 '현대어에서건 중세어에서건 화자 자신일 수밖에 없다'는 어학적 분석에 기댈 경우, 화자가 '에정지'를 목적지로 삼았던 이유가 분명해진다. 결국 화자는 '에(?)'부엌과 친연하면서 강술을 빚었던 자이기에 여성에 해당한다.[61] 고려속요의 이해의 전제에서 진술했듯이 노래 전편을 일관되게 읽을 수 있는 화자를 설정하는 일이 무엇보다 중요하다 할 때, '패수의 위(浿水之上)'에서 벌어진 석전으로 인해 돌에 맞아 울었던 자나 영명사의 백수희 해금 소리를 들었던 자는 며칠 전 강술을 빚었던 여성이었던 것이다. 그에 따라 석

---

56) 양주동, 앞의 책, 328면; 최철·박재민, 『역주 고려가요』, 이회, 2003, 133면.

57) 박병채, 『고려가요의 어석연구』, 이우출판사, 1975, 235면.

58) 양주동, 앞의 책, 329면.

59) 최철·박재민, 앞의 책, 134면.

60) 김완진, 「고려가요의 어의 분석」, 『고려시대의 가요문학』, 김열규·신동욱 편, 새문사, 1982(이 글은 『향가와 고려가요』, 서울대학교출판부, 2000(재수록), 249면을 따름).

61) 화자를 여성으로 설정해야 할 이유는 여기에만 있는 게 아니다. 「청산별곡」의 8연에 있는 '잡ᄉᆞ와니 내 엇디 ᄒᆞ리잇고'에서 겸양의 접미사 'ᄉᆞᆸ'을 지닌 동사의 목적어가 나 자신일 수 없기에 '내'는 '여성'일 수밖에 없다는 것이다. 위의 책, 248면.

전과 해금 소리를 시간순으로 경험하기 이전 화자가 지니고 있었던 '잉무든 장글'도 여성과 관련된 도구로 이해할 수 있다.

잉무든 장글란 가지고 / 믈아래 가던 새 본다

위의 3연에서 '잉 무든'을 '이끼(苔)가 묻은'으로 해석하는 데 이견이 없지만 '장글'은 "낚시"[62], "兵器"[63], "농기구"[64], "연장"[65], "粧刀"[66]로 해석될 정도로 다양한데 이 중에서 여성화자와 관련된 것은 '장도'가 유일하다. '장글'을 특정한 도구로 파악하고 있는 형편인데 청산이나 바다를 그리워하며 혹은 그곳에서 거주하면서 화자가 지녔을만한 도구를 상정함에 따라 화자를 낚시를 즐기던 사람, 반란군에 소속된 사람, 농사를 짓던 사람, 또는 여자 등으로 이해했던 것이다. 특별한 경우이지만 '가지고'의 주체를 화자가 아니라 '새(鳥)'로 이해하는 경우는 "장기를 새의 부리로 나타낸 데에는 장기와 형태면에서의 유추가 크게 작용"[67]했거나 "시적 의장"[68] 또는 "문학의 상징성에 돌리면 별 문제가 아니라는"[69] 주장으로 귀결되고 만다.

하지만 며칠 전에 강술을 빚었던(8연) 화자는 '패수의 위(浿水之上)'에서 벌어진 석전(5연)과 영명사의 백수희(7연)를 경험하기 이전, '잉

62) 서수생, 『한국시가연구』, 개정판; 형설출판사, 1974, 102면.

63) 김학성, 앞의 책, 138면.

64) 장지영, 「옛 노래 읽기」, 『한글』 108호, 한글학회, 1955, 16면.

65) 박영환, 앞의 논문, 449면.

66) 김완진, 「청산별곡에 대하여」, 165면.

67) 박영환, 앞의 논문, 450면.

68) 강명혜, 앞의 논문, 79면.

69) 이승명, 「청산별곡의 연구」, 『고려시대의 언어와 문학』, 형설출판사, 1975, 129면.

무든 장글란 가지고'(3연) '에졍지((?)부엌)'를 목적지(8연)로 삼았던 자이다. 화자의 목적지와 며칠 전에 빚었던 강술을 고려할 때 화자가 가지고 있던 '잉무든 장글'(3연)은 '부엌'이란 공간과 '빚었다'와 관련된 도구이다. 이러한 점을 고려할 때, 화자가 가지고 있었던 것은 '이끼 묻은(苔;잉 무든)' 도구로 물을 담아 옮기는 '장군'에 해당한다. '장군'이란 도구는 "물, 술, 간장 따위를 담아서 옮길" 때 사용하며 "나뭇조각으로 통을 메듯이 짜서 만들기"[70]에 '잉무든 장글'을 '이끼 묻은 장군'으로 이해할 수 있다. 그늘지고 습한 부엌에 나무재질의 장군(나무장군)이 있는 경우 '잉무든(이끼 묻은)'이란 표현은 적절하다. '고어사전' 유에 '장ㄱ'을 '쟁기'로 풀이하면서 그것의 근거로 「청산별곡」의 '잉무든 장글'이 자리 잡고 있지만 지금까지의 논의를 통해 보건대 '잉무든 장글'이 '이끼 묻은 나무장군'일 가능성은 크다.[71]

화자가 단오 때 '이끼 묻은 나무장군'을 가지고 나선 것은 '강수를 비조라(강술을 빚었노라)'에서 '강술'과 깊은 관련이 있다. 예컨대 술을 빚을 때 사용하는 물은 "대동강의 河水로서 水質佳良 특히 평양의 東里 酒庭山부터 평양의 西 2里 萬景臺에 이르기까지 물이 최상의 적당"[72]하다고 한다. 그리고 주정산과 만경대 사이에 위치하고 있는 酒岩은 "술이 바위틈에서 흘러나왔는데, 아직도 흔적이 있다"거나 "술 빚은 누룩이 있구나" 또는 "바위 속에 酒神이 있어 평양에 취한 사람이 많다"[73]고 할 정도로 물맛이 뛰어난 곳이다. 결국 강술을 빚었던

---

70) 한글학회, 『우리말큰사전』, 2쇄; 어문각, 1992, 3507면.

71) 오줌을 담아 나르는 도구가 오줌장군이듯 '장군'은 액체를 옮기는 데 사용하는 도구이다. 이것은 재질에 따라 나무장군과 오지장군으로 나눌 수 있는데 우리가 흔히 연상하는 장군은 후자에 해당한다. 오지장군은 '長盆'으로 기록되기도 한다. 참고로 남광우, 『고어사전』, 9쇄; 교학사, 2004에 '잠개; 병기, 잠기; 쟁기; 장기; 쟁기, 장그; 쟁기·병기'로 나타나는 반면 '장군'에 대한 고어형은 알 수 없다.

72) 배상면 편역, 『조선주조사』, 규장각, 1996, 204면.

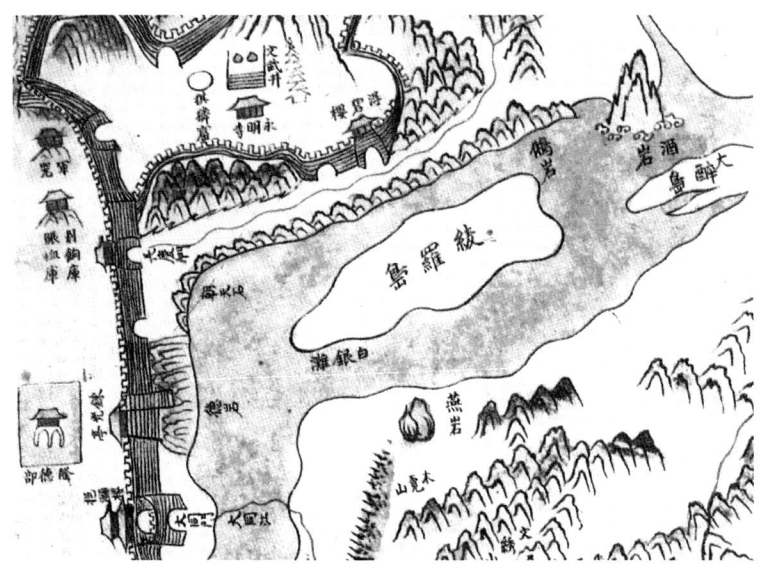

〈지도 3〉

(8연) 화자가 '이끼 묻은 나무장군'을 가지고 '주암'이나 '인근의 대동 강 변'에 있었는데 그곳은 석전이 벌어졌던 '패수의 위(浿水之上)'에 인접한 공간이기도 하다. 이는 평양 고지도를 통해 확인할 수 있다.[74]

<지도 3>은 앞의 <지도 1>과 <지도 2>에 비해 주암의 모습이 생생 하다. 그리고 영명사가 위치한 곳이 <지도 1>과 <지도 2>에는 성곽 바 깥이었지만 <지도 3>은 성곽 안이다. 다만 주암의 건너편에 '大醉島'라 는 곳이 있는 것으로 보아 주암 앞의 대동강물이 술을 만들기에 최적 이란 점을 확인할 수 있다. 그리고 화자가 위치하고 있는 곳이 '주암' 이거나 '주암과 인접한 대동강 변'인 경우 "잉무든 장글란 가지고 / 믈

---

73) 『국역신증동국여지승람』 VI, 중판; 민족문화추진회, 1989, 346면.

74) 이찬, 앞의 책, 261면.

아래 가던 새 본다"에서 '믈아래(물아래)'를 "평원지방"[75]이나 "물 아래 그림자"[76] 혹은 "수면에 비쳐"[77]로 이해하기보다 구체화시킬 수 있다. 예컨대 '믈아래'와 관련된 사설시조로 '물 아릭 沙工 그 물 우희 沙工 그 놈드리 三四月 田稅大同실나갈직~(#1084)'[78]와 '물가의도 못슬 거시 물우희 沙工 물아릭 沙工놈들이~(#729)', 그리고 '물아레 그림자 지니 두리 우희 줌이 간다~(#1083)'가 있는데, 여기서 '물 아릭'는 화자가 위치하고 있는 '물가'를 중심으로 그 '아래'이다. (#1084)에서 진술한 '물 아릭'와 '물 우희'에서 '물'은 송파나루터에서 뱃고사를 지켜보고 있는 작자 이정보가 있는 곳으로 다름 아닌 송파나루터의 '물가'이다. (#1083)의 경우도 화자가 위치한 곳이 '물가'라는 점과 관련돼 있다. 결국 「청산별곡」에 진술된 '믈아래'는 화자 자신이 주암이나 인근의 대동강 변의 물가에 위치하고 있으며 그곳을 중심으로 아래쪽을 가리키는 것이지 여기에 특별한 의미가 있는 것은 아니다.

> 이링공 뎌링공 ᄒᆞ야 / 나즈란 디내와 숀뎌 / 오리도 가리도 업슨 /
> 바므란 ᄯᅩ 엇디호리라

　위의 4연은 대동강 변의 석전(5연)을 경험하기 전의 상황이다. '이링공 뎌링공 ᄒᆞ야 / 나즈란 디내(이럭저럭 하여 / 낮에는 지내)' 올 수 있지만 '또'라는 표현을 통해 보건대 '밤'은 화자에게 어제와 마찬가지로 '오리도 가리도 업슨(올 사람도 갈 사람도 없는)' 두려운 시간이다. 낮에는 단오와 관련된 볼거리로 이럭저럭 지낼 수 있지(이링공

---

75) 정병욱, 앞의 논문, 810면.
76) 김사엽, 앞의 책, 264면.
77) 전규태, 『고려가요』, 중판; 정음사, 1979, 110면.
78) 심재완 편, 『교본 역대시조전서』, 재판; 세종문화사, 1972의 번호에 따름.

더링공 / 나즈란 디내)만 밤에는 딱히 할 일이 없다. 며칠 전에 '빅부른 도긔 / 설진 강수를 비조(배 불룩한 독[甕]에 강술을 빚었고)', '잉무든 장글(이끼 묻은 장군)'을 지니고 '에정지((?)부엌)'을 목적지로 삼았던 화자는 평양 관아의 '에(?) 부엌'79)과 관련된 소임을 맡은 여성에 해당한다.80) 단오 행사가 북쪽으로 갈수록 번성하고 남쪽으로 갈수록 약해지는데 특히 "조선팔도에서 수많은 사람이 구경하러 모여드는 단오는 평양이 으뜸"81)으로 '이링공 더링공 ᄒᆞ야 / 나즈란 디내(이럭저럭 하여/낮에는 지내는)' 일은 가능하지만 '바므란 또 엇디(밤에는 또 어찌)' 할 일이 없는 '에(?) 부엌'과 관련된 여성의 처지인 것이다. 남들이야 단오라는 명절을 밤낮으로 즐기건만 화자는 그럴 수 없는 처지이기에 차라리 명절이 아니었으면 하는 진술이다. 물론 단옷날 아침에 일어나서 울고 있는 새를 향해 "널라와 시름한 나도 / 자고니러 우니로라(너보다 시름 많은 나도 / 자고 일어나 운다)"라고 진술하는 것도 이런 까닭에 기인한다.

4. 결론

고려속요가 개사·편사의 과정을 겪었지만 노래 전편에 적용될 화

---

79) '에'가 '정지[부엌]'를 수식하는 위치에 있는 만큼, 부엌이 기능별로 나뉠 수 있는 것은 일반인들의 가옥이 아니라 규모가 있는 관아에서 찾을 수 있다. 참고로 가장 규모가 큰 궁중에서 司膳署는 膳羞를, 膳官署는 祀宴의 饌膳을, 司醞署는 술과 안주를 담당했을 정도로 부엌이 세분돼 있었다(『고려사』 권77 지31 백관2 참조). 부엌과 관련된 부서는 시대별로 명칭만 바뀌었을 뿐 늘 존재했다. 다만 「청산별곡」을 고려시대 단오 풍속에 기대 읽는 경우 석전, 영명사의 백수희, 잉무든 장글 등과 관련된 화자는 에정지와 밀접했던 평양관아 소속의 여성이다.

80) 필자는 앞의 책(『고려속요와 기녀』)에서 「청산별곡」의 화자를 '급수비'로 추단한 적이 있지만 이 글에서는 '에정지'와 관련된 소임을 맡은 여성으로 정정한다. 실증적인 부분을 보강하면 화자를 보다 구체화시킬 수 있을 것이다. 과제로 남긴다.

81) 편무영, 앞의 논문, 234면.

자가 존재한다는 점은 속요 일반론에서 지적한 바 있다. 다양한 양식이 공존하고 있는 「만전춘별사」에 노래 전편을 온전히 읽어낼 수 있는 화자가 있었던 것도 우연이 아니다. 물론 「청산별곡」도 속요의 이러한 특성 안에 포함된다 할 때, 화자의 정체와 관련된 어휘가 어학적으로 해명된 만큼 이를 토대로 작품을 이해해야 한다.

'강수를 비조라'의 주체가 '현대어에서건 중세어에서건 화자 자신일 수밖에 없다'는 어학적 분석을 감안하면 화자는 '강술' 및 '잉무든 장글'과 관련돼 있으며 '에졍지'를 목적지로 삼았던 자로 평양 관아의 에(?)라는 특정한 부엌에 소속된 여성이다. '난데없이 날아온 돌에 맞은 화자가 누구건 탓하지 않은' 것과 '사슴으로 분장한 사람이 幢을 달아두는 기둥에 올라 해금을 켠' 이유에 대동강 변의 석전과 영명사의 백수희라는 단오 풍습이 자리잡고 있다. '강술' 및 '에졍지'와 관련된 화자가 지니고 있을 만한 '잉무든 장글'은 '쟁기'나 '병기'가 아니라 '이끼 묻은 나무장군'이어야 한다는 점을 지적하기도 했다. 요컨대 평양 관아의 에졍지와 관련된 소임을 하는 여성화자는 단옷날 '잉무든 장글란 가지고'(3연) 주암이나 인근의 대동강 변에서 물을 길어 '에졍지((?)부엌)'로 가야 했기에(8연) '패수의 위(浿水之上)'에서 벌어진 석전(5연)과 영명사의 백수희(7연)를 경험할 수 있었다. 물론 화자는 '에졍지'에서 며칠 전에 단옷날 사용될 강술을 빚었던(8연) 자이기도 하다. '바므란 또 엇디(밤에는 또 어찌)'라는 표현처럼 단옷날조차 밤에 딱히 할 일이 없는 처지에 있었던 자이다. 물론 평양 고지도를 통해 보면 단옷날 '잉무든 장글란 가지고' 있던 화자가 이동하면서 경험했던 내용을 시간 순서로 확인할 수 있다.

고려시대 기녀와 무당 풍속으로 읽는 「사모곡」*

1. 머리말

고려속요에 호밋날과 낫날을 각각 아버지와 어머니의 사랑으로 대비시킨 「사모곡」이 있다. 아버지보다 어머니의 사랑이 더 깊다는 노랫말에 난해어구도 없고, 특히 「목주」 효녀설화가 「사모곡」의 창작배경일 가능성이 제기된 이후 여타의 고려속요에 비해 논란이 적은 노래였다. 「목주」 설화는 효성스런 딸에 대한 아버지와 계모의 학대, 그리고 가출한 딸이 조력자를 만나 성공하여 다시 아버지와 계모를 정

---

* 이 글은 『역사민속학』 32(한국역사민속학회, 2010)에 수록된 것이다.

성껏 봉양했으나 부모가 이를 달갑게 여기지 않자 딸이 효성이 부족하다며 노래를 지어 스스로 원망했다는 내용이다.1) 그래서 "목주가의 사유가 이 사모곡의 사연과 과연 합당하다"며 "이 효녀는 자기를 낳은 그 어머니를 생각하고 지은 것 아닌가!"2)에 머물지 않고 "이 木州는 지금 충남 天安郡 木川이며 木川邑誌(大麓誌 安鼎福 抄)에도 이 가사가 실려 있고, 지방의 부녀들이 이 노래를 구전하여 불러왔을 것이다. 따라서 이 사모곡은 木州歌의 별칭이었고 틀림없는 신라시대의 작품"3)으로 이해하여 '목주=사모곡'의 관계를 설정했는데 이것이 통설이 되었다.4) 노래가 창작될 당시에는 '목주가'였다가 민요화 시대에 이르러 '엇노리'로 바뀌고 그리고 이것이 한자어식 제목으로 정착될 즈음에 '사모곡'으로 변모했다는 주장이나,5) 지방민요 '목주'가 지역성을 벗어나 '엇노리'로 그리고 그것이 다시 속악가사로 변모하면서 '사모곡'으로 거듭났다는 주장은6) 모두 '목주=사모곡'의 관계를 인정하는 데에서 출발하고 있다. 물론 '목주'를 '내 복에 산다형'의 설화나 '쫓겨난 여인 발복형'의 설화와 친연성을 밝히려 했던 논의도 「목주」 설화와 「사모곡」 노래 간의 등식을 인정한 경우이다.7)

하지만 '목주=사모곡'의 논거였던 "木川邑誌(大麓誌)에 「사모곡」이

1) 『고려사』 권71 지25 악2 삼국속악 신라 목주, 木州孝女所作女事父及後母以孝聞 父惑後母之譖逐之女不忍去留養父母益勤不怠父母怒甚又逐之女不得已辭去 至一山中見石窟有老婆逐言其情因請寄寓老婆哀其窮而許之 女以事父母者事之 老婆愛之嫁以其子 夫婦愶心勤儉致富 聞其父母貧甚邀致其家奉養備至父母猶不悅 孝女作是歌以自怨.

2) 이병기, 「시용향악보의 한 고찰」, 『한글』 115호, 한글학회, 1955, 14면.

3) 백철・이병기, 『국문학전사』, 신구문화사, 1981, 71면.

4) 이종출, 「사모곡신고」, 『한국언어문학』 11집, 한국언어문학회, 1973, 155면.

5) 권영철, 「유구곡고」, 『고려시대의 가요문학』, 새문사, 1982, Ⅰ-149면.

6) 김학성, 『국문학의 탐구』, 성균관대출판부, 1987, 31면.

7) 신동익, 「사모곡 소고」, 『한국고전시가작품론 1』, 집문당, 1992, 234~236면.

수록되어 있다는 것은 사실무근"8)이라 하며 기존 논의의 오류를 지적하면서 「사모곡」과 「목주가」의 주제, 작자의 성분, 내용, 동기 등 여러 면에서 비교하여 이늘이 서로 다른 별개의 작품이라 주장한 경우도 있었다.9) 필자가 『목천현지(대록)』를 확인해보니 효행항목에 『고려사』 악지의 목주 효녀에 대한 설화만 기술돼 있을 뿐 「사모곡」은 발견할 수 없었다. 물론 국사편찬위원회의 홈페이지를 통해 목천과 관련된 관찬 및 사찬 읍지를 검색해본 결과 목천의 효행항목에 「사모곡」은 전무하다.10) '목주=사모곡'의 관계가 절대적일 수 없는 상황임에도 불구하고 여전히 둘의 등식을 인정하는 논의에 무게가 실리고 있었던 것이다. 하지만 노랫말에 나타나듯 "날카로운 날이 결국은 어머니의 사랑을 상징하게 된다니 비유로서는 緣木求魚 格"11)이거나 "특이하기보다 不協和音"12)이라는 지적과 「목주」 설화에 노랫말이 없

---

8) 김광순, 「목주가에 관한 몇 가지 문제점 연구」, 『경북대 교육대학원 논문집』 3, 1972, 20면, 장성진, 「사모곡의 의미와 변용」, 『문학과 언어』 20집, 문학과 언어학회, 1998, 162면 재인용.

9) 장성진도 김광순의 논의(아래 도표)에 전적으로 공감하고 있다.

	사모곡	목주가
주제	어머니 사랑의 至重함	怨恨
작자의 성분	일반인(어머니의 사랑이 더욱 지중함을 누구나가 느낄 수 있기 때문)	孝女(少女)
내용	아버지의 사랑을 호미에, 어머니의 사랑을 낫에 비유하여 어머니의 사랑이 더욱 섬세하고 지중함을 읊었음	자기의 부모에 대한 怨詞
동기	아버지의 사랑보다 어머니의 사랑이 더욱 섬세하고 지중하므로	지극정성으로 부모를 봉양했으나 자식을 미워하는 非情의 부모에 대한 원한에서 自嘆하는 嗸辭

10) 필자 또한 김광순의 논의에 공감하여 「사모곡」을 논의(『고려속요와 기녀』, 경인문화사, 2004)한 바 있지만 심상에 머물렀을 뿐 기녀나 무당과 관련된 논거를 온전히 제시하지 못했다. 이에 이 글에서 현전하는 혹은 방증할만한 고려시대 기녀와 무당의 풍속자료에 기대 「사모곡」 이해의 한 방법을 제시하고자 한다. 특히 기녀의 경우는 '妓名·모권적 관습·妓夫'의 풍속을, 무당의 경우는 '巫名·모권적 관습·巫夫'의 풍속을 위주로 논의할 것이다.

11) 장덕순, 『한국문학사』, 동화문화사, 1982, 120면.

12) 정병욱 외, 『고전의 바다』, 현암사, 1977, 118면.

다는 점을 감안하면 「사모곡」은 새로운 접근이 필요한 노래이다.

이 글은 「사모곡」에 나타나는 기형적인 비유관계, 예컨대 아버지를 호밋날에 어머니를 낫날에 비유한 일련의 '연목구어' 격이나 '불협화음'이 일어난 이유를 해명하는 데 목적이 있다. 아버지와 어머니를 각각 호미와 낫에 기댄 경우는 민요에서 흔히 발견할 수 없는 만큼 이에 대한 논의가 고려속요 작품론을 풍성하게 할 수 있는 계기가 될 것이다. 이를 위해 「사모곡」이 고려속요에 해당하기에 속요의 일반적인 특성을 진술할 것이다. 즉, 고려속요가 현전하는 경위를 비롯해 민가의 노래가 궁중으로 유입되어 속요로 재편되는 과정에서 일어나는 일 등이 그것이다. 특히 민가의 노래를 궁중으로 운반 및 가창했던 자들이 관기, 관비, 무당이었던 만큼 이들의 풍속을 살피는 일은 「사모곡」에 나타나는 비유체계를 이해하는 방법이 될 수 있다. 본문에서 언급하겠지만 고려시대 기녀와 무당의 풍속을 적시한 자료는 넉넉지 않다. 그러나 풍속이 갑자기 생성 및 소멸되는 게 아니라 누대에 걸쳐 전승되기에 영성한 자료나마 방증될 만한 것을 통해 재고하면 「사모곡」 이해의 한 방법이 될 수 있을 것이다.

2. 고려속요 이해의 전제

고려속요의 장르적 특성을 일관되게 규정하는 일은 쉽지 않다. 이것은 작자, 창작시기, 형식, 주제, 배경 등을 일괄적으로 규정하기 힘들다는 점과 무관하지 않다. 다만 "모든 광대 잡기와 지방의 노는 기녀들"[13]과 "서울의 무당과 관비 중에서 가무를 잘하는 자"[14]가 궁중으로 유입된 경우를 통해 보건대 속요가 "민요를 속악으로 전용하는 과정에서 생성·발전"해 갔으며 "장르의 발전 및 전성기를 맞게 되자 무가 및 불가를 수용하는 데까지 확산되어 간 것으로 추정"15)하는 데에 대부분 공감한다. 그래서 민요를 궁중으로 운반했던 기녀·관비·무당들이 개사·편사한 노래를 불렀던 만큼 화자를 상정하는 일은 무의미할 수 있다.

하지만 속악으로 전용되는 과정에 참여했던 자들이 자의적으로 노래를 개사·편사하지 않을 정도의 소양을 지니고 있었다.16) 예컨대 「서경노래」, 「구슬노래」, 「대동강노래」가 合歌 형식을 띠고 있는 「서경별곡」에서 노래 전편에 해당할 화자가 여성으로 등장하는 것도 이와 무관하지 않다. 심지어 민요·시조·한시·경기체가라는 이질적인 양식이 합가되어 있는 「만전춘별사」에 노래 전편에 적용되는 특정 화자가 존재한다는 것도 우연이 아니다.17) 다양한 양식이 같은 작품에 존재하면서 화자의 심리가 시간순으로 정연하게 진술돼 있는 것을 통해서도 이를 확인할 수 있다.18) 이 또한 고려속요가 개사·편사의 과정을 겪되 노래 전편을 일관되게 읽을 수 있도록 특정 화자를 설정했다는 점을 방증하는 것이다.

諸道에 행신을 보내서 관기로 자색과 기예가 있는 자를 고르고 또 城中에 있는 관비와 무당으로 가무를 잘하는 자를 골라 宮中에 등

---

13) 『고려사절요』 권8 예종, 凡倡優雜伎以至外官遊妓無不被徵.

14) 『고려사』 권125 열전38 오잠, 選京都巫及官婢善歌舞者.

15) 김학성, 「속요의 장르상의 제 문제」, 『천봉 이능우 박사 칠순기념논총』, 간행위원회, 1990, 83면.

16) 송방송, 『한국음악통사』, 일조각, 1984, 153면.

17) 「만전춘별사」의 화자를 기녀로 파악하여 작품을 일관적으로 분석한 논자로 성현경(「만전춘별사의 구조」, 『고려시대의 언어와 문학』, 한국어문학회편, 형설출판사, 1975)이 있다.

18) 고려속요의 화자를 특정인으로 파악해야 해당 작품을 온전히 이해할 수 있는데 이에 대해서는 이영태, 「고려시대의 단오풍속으로 읽는 '청산별곡'」, 『역사민속학』 24호, 한국역사민속학회, 2007, 참조.

록해서…… 따로 한 隊를 만들어 男粧이라 칭하여 노래(新聲)를 가르쳤다(敎以新聲). …… 고저와 완급이 곡조에 맞았다.19)

고려속요 「쌍화점」과 관련된 기록이지만 '민요를 속악으로 전용하는 과정'을 짐작할 수 있다. 민요를 궁중으로 운반한 자들이 관기·관비·무당이었으며 그들이 궁중에서 가창한 것은 운반했던 노래 그대로가 아니라 교열·신성의 과정을 거쳐 '고저완급'의 곡조에 맞춘 노래였다. 고려속요의 형성과정을 "가락에 알맞은 재래의 사설을 찾아 새 형태의 우리말 사설이 지어지고" 혹은 "재래의 사설과 新傳의 가락이 맞지 않을 때 그 조절을 위한 여러 가지 시도가 이루어질"20) 것으로 추정한 논의도 이러한 과정을 지적한 것이다.

기록에 나타난 대로 '관기로 자색과 기예가 있는 자를 고르고 또 城中에 있는 관비와 무당으로 가무를 잘하는 자를 골라 宮中에 등록시킨' 것처럼 궁중으로 노래를 운반한 자들은 관기·관비·무당처럼 여성들이었다. 특히 관기라면 누구건 궁중으로 들어올 수 있었던 것이 아니라 '자색과 기예'를 갖춘 자에 한정됐으며 그 또한 넉넉지 않았을 때 차선책으로 '城中에 있는 관비와 무당'들이 대상이었다. 물론 관비와 무당들도 '자색과 기예'라는 잣대가 적용되기 마련이다. 관기·관비·무당들이 궁중으로 유입되기 전에 활동한 곳은 궁핍한 공간이 아니라 시정이었다. 그래서 '민요가 속악화'되는 전 단계의 '민요'는 단순히 농어촌의 정서가 아니라 '시정(도시)'의 정서에 가까운 이유도 그들의 활동공간과 밀접하다. 예컨대 "도시 시정인들의 노래로 불

---

19) 『고려사절요』 권22 충렬왕 25년, 分遣倖臣諸道選官妓有姿色伎藝者 又選城中官婢及女巫善歌舞者籍置宮中…別作一隊稱爲男粧敎以新聲 其詞云…其高低緩急無不中節.

20) 김택규, 「별곡의 구조」, 『고려가요연구』, 중판; 국어국문학회편, 정음문화사, 1990, 279면.

린 고려인민가요에는 애정 윤리적인 가요가 적지 않다"21)거나 "고려
속요의 '민가적 형태'를 발생시키ㄱ 또 그것을 향유한 계층은 민중
가운데서도 도시평민층이 ㅗ 중심이지 않았을까 생각하는"22) 것도
민요를 궁중으로 운반했던 자들의 활동공간을 고려하면 타당한 지적
이다.23)

「사모곡」도 고려속요 이해의 전제 안에 위치한다. 「사모곡」을 궁
중으로 운반한 자는 시정공간에서 활동하던 '자색과 기예'를 구비한
관기·관비·무당들 중에서 찾아야 하며, 그들이 운반한 노래는 '속
악으로 전용되는 과정'을 겪은 후 그들에 의해 궁중에서 가창되었다.
그리고 이것이 조선조로 넘어와『악장가사』와『시용향악보』에 수록
돼 현전할 수 있었던 것이다.

3. 고려시대 기녀와 무당의 풍속과 「사모곡」

1) 기녀의 풍속

고려속요의 운반자와 가창자는 관기·관비·무당들인데 妓案이나
奴婢案, 그리고 巫案이 부재하여 그들의 전모를 밝히기는 어렵다. 다
만 관기와 관비가 '公家之物'24)에 해당하고 조선시대의 경우 '雜役婢

---

21) 현종호,『조선국어고전시가사연구』, 교육도서출판사, 1984, 209면.
22) 박희병,「고려가요의 민중정서」,『민족문학사강좌』상, 창작과비평사, 1995, 107면.
23) 속요의 작자층을 기녀 혹은 유녀로 파악하고 있는 경우도 운반자나 가창자가 시정을 중심으로 활동하던
자라는 점을 감안한 경우이다. 성현경, 앞의 글; 박병채,『고려가요의 어석연구』, 3판; 이우출판사, 1978;
전규태,「만전춘별사고」,『고려시대의 가요문학』, 새문사, 1982; 최동원,「고려속요의 향유계층과 그 성격」,
『고려시대의 가요문학』, 새문사, 1982; 정상균,『한국중세시문학사연구』, 한신문화사, 1986.
24) 김용숙,『한국여속사』, 민음사, 1989, 243면.

이면서 연회 때 기녀로 행세하던 汲水婢'25)가 있기에 그들을 '기녀'로 통칭할 수 있다.

이들은 소속에 따라 官妓, 家妓, 私妓로 나뉜다. 먼저 官妓는 官에 소속된 기녀로 주거에 의해 京妓와 地方妓로 불린다. "박매가 충주 판관으로 있을 때에 자기 관할구역 내에서 전답을 새로 마련하였고 왕의 명령을 왜곡하여 관청의 쌀을 훔쳤으며 또 官妓를 데리고 왔으므로 그를 탄핵하여 파면시킨"26) 일이나 정국검이 "서경 부유수로 되어서 음악으로 오락을 삼았으며 官妓에게 혹한 것이 원인으로 되어 병을 얻어 죽은"27) 일에서 관기가 관에 매어 있으며 음악이나 오락과 밀접한 역할을 했다는 점을 알 수 있다. 그리고 家妓는 私家의 家婢이면서 기녀의 역할을 하는 자이다. 채홍철이 「자하동」을 지어 家婢에게 익혀 부르게 했다는 데에서 확인할 수 있다.28) 끝으로 영업을 목적으로 하는 기녀를 '私妓'29)라 칭할 수 있는데 『고려사』에 등장하는 '倡妓' 및 '娼妓'가 이에 해당한다. '倡妓'와 관련하여 "黃衣를 입고 '물렀거라' 고함치며 倡妓 집으로 유흥하러 왕래하자 길 가는 행인들이 손가락질 하면서 웃었다"30)던 기철의 경우와 "재상으로서 倡妓의 집에서 자는 것이 옳으냐"라는 김흥경의 질문에 "그런 일이 없다"31)며 안색이 변

---

25) 김동욱, 「이조 기녀사 서설-사대부와 기녀」, 『아세아여성연구』 5집, 숙명여자대학교, 1996, 80면.

26) 『고려사』 권30 세기30 충렬왕3 충렬왕12년. 以監察史朴玫爲忠州判官 起莊宅於管內矯旨盜官米 又帶官妓而來監察司劾而罷之.

27) 『고려사』 권100 열전13 정국검. 爲西京副留守 以絃歌自娛惑於官妓 因得疾卒.

28) 『고려사』 악지 권71 지25 악2, 作此歌令家婢歌之.

29) '私妓'라는 명칭은 『고려사』에서 발견할 수 없지만 선행 글(이경복, 「고려시대 기녀의 유형」, 『한국민속학』 18, 민속학회, 1985)에서 이미 지칭한 바 있다. 참고로 중국의 妓史인 『北里志』에는 이러한 기녀를 '營業之妓'나 '營妓'로 부르고 있다(상병화, 『역대사회풍속사물고』, 호남성: 악록서사, 1991, 517면).

30) 『고려사』 권131 열전44 반역5 기철. 嘗以黃衣喝道往來倡家行路指笑.

31) 『고려사절요』 권29 공민왕 22년, 興慶戲之日以宰相宿倡家可乎 成林變色日無之. 물론 이것 이외에도 공민왕 4년 기록에 "악인 창기로 아내를 삼은 자는 장 80을 때려 이혼시켜라"는 진술에 대해 "세상에는 실

하면서 대답한 이성림의 경우에서 '倡妓'와의 접촉이 '손가락질'이나 '안색이 변함' 정도로 부정적이었다는 것을 알 수 있다. 그리고 倡妓의 異稱으로 보이는 娼妓가 등장하는데, "朴이라는 성씨를 가진 자가 창기 하나를 데려오려고 하였으므로 김방경이 굳이 이것을 말리었더니 박도 무안해하면서 사과한 것"[32])에서 娼妓와의 접촉이 '무안 및 사과'하는 것과 관련돼 있다.

고려시대의 官妓는 官에 소속돼 있어 그곳을 임의로 벗어날 수 없었고 家妓는 歌婢이면서 그곳에서 가무를 구사하던 자였다. 그리고 私妓는 倡妓와 娼妓로 표현된 자들이다. 고려시대의 기녀에 해당하는 자들은 특정한 시대에 한정된 게 아니라 조선시대에서도 여전히 확인할 수 있는데, 관기를 임의로 데리고 다니다가 파면당한 '민인생'[33])과 '김견수'[34])의 경우에서 '公家之物'의 특성을 알 수 있고 "숭례문 밖의 민보·여회의 두 집의 계집종들은 모두 풍악의 고수들이었다. 나는 항상 지나다가 들어가 듣곤 했다. 또 큰집 곁에는 홍인산·안좌윤의 두 대갓집이 있는데 또한 婢僕들에게 관현을 가르치니 소리가 멀리까지 들렸다"[35])는 성현의 지적에서 家妓의 경우를 확인할 수 있다. 그리고 私妓에 해당하는 倡妓와 娼妓에 대한 기록도 고려시대의 경우처럼 곱지 않은 시선과 결부돼 나타나고 있다.[36])

로 이와 같은 사람들이 많다(『고려사』 권75 지29 선거3)"라는 데에서 그들에 대한 부정적 인식을 확인할 수 있다.

32) 『고려사』 권104 열전17 김방경, 姓朴者欲邀致一娼方慶固止之朴慙謝.

33) 『태종실록』 9년 5월 27일, 金城縣令閔麟生罷 麟生率江陵官妓小梅香赴任 觀察使尹思修論罷之. 검색결과는 조선왕조실록의 <http://sillok.history.go.kr/main/main.jsp>에 의거한다.

34) 『성종실록』 7년 8월 29일, 司憲府啓 平安道節度使金堅壽受假至京 携平壤官妓 濫騎驛馬 請遣吏拿來 追身囚鞫.

35) 『용재총화』 권2, 崇禮門外敏甫如晦兩家婢僕皆善手 余常歷入聽之 又於大家傍 有洪仁山安左尹兩大宅 亦敎婢僕絲竹 聲爭嘹亮.

고려시대 기녀를 소속에 따라 셋으로 나누어 살펴보면서 각각 특정시대에 한정된 게 아니란 점을 확인할 수 있었다. 이는 고려 기녀에 대한 논의를 하면서 자료가 영성한 것은 조선의 경우에 기대 보완이 가능하다는 것이다. 그들을 지칭하는 解語花라는 단어가 "기녀들을 소비하는 남성측의 시선을 집약하는 단어"[37]인 것처럼 기녀의 기능은 시대가 바뀌더라도 큰 차이가 없기 때문이다. 그리고 기녀와 관련된 중국의 사례를 참조하는 것도 고려 기녀와 관련된 영성한 자료를 보완하는 방법일 수 있다.

기녀의 풍속을 妓名, 모권적 관습, 妓夫의 순서로 살펴볼 것이다. 이외에도 기녀의 풍속이 여럿 있겠으나 자료가 영성하고 「사모곡」을 이해하기 위해 기본적인 것을 검토하는 선에서 논의하고자 한다. 무엇보다 기녀의 풍속은 기녀가 태생적으로 남자의 시선을 의식하지 않고서는 존재할 수 없는 비자족적인 처지와 밀접할 수밖에 없다.

먼저 고려시대 기녀들은 조선의 경우와 마찬가지로 玲瓏,[38] 遏雲,[39] 月娥,[40] 玉纖纖,[41] 梅花,[42] 御留歡,[43] 紫雲仙,[44] 謫仙來,[45] 七點仙[46]처럼

---

36) 참고로 『조선왕조실록』에 官妓가 291회, 倡妓가 131회, 娼妓가 485회 등장한다. 물론 "얼굴을 예쁘게 단장하고 賣淫을 가르치는 자가 고움의 정도에 따라 그 값의 고하를 정하고…… 그것을 계집시장[女肆]이라 했다(『동문선』 권7 시사설, 見冶容誨淫者 隨其硏嗤 高下其直…… 是曰女肆)"는 이곡(1298~1351)의 기록을 통해 고려시대에 사기가 활동했다는 점을 알 수 있다. 게다가 고려의 전체 인구가 250만 내지 300만이라 할 때 "개경에 인구 50만 명(박용운, 『고려시대 개경연구』, 일지사, 1996, 161~162면)이 벌집이나 개미구멍 같이 주거했다(『고려도경』 권4 민거, 如蜂房蟻穴)"는 점에서 시정의 발달 및 사기의 활동을 짐작할 수 있다.

37) 박무영, 「기녀한시의 비틀림과 비틀기」, 『한국한시연구』 10집, 한국한시학회, 2002, 374면.

38) 『고려사』 권97 열전10 유재.

39) 『고려사』 권97 열전10 유재.

40) 『고려사』 권124 열전37 폐행2 최안도.

41) 『고려사』 권71 지55 속악, 한림별곡.

42) 『고려사』 권135 열전47 신우2.

43) 『동국이상국후집』 권4, 卽席醉贈名妓御留歡.

妓名을 사용하고 있다. 기녀 각 개인의 특징과 결부되기도 했겠지만 무엇보다 충선왕이 "同姓 사이에 통혼하지 않는 것은 온 천하의 공통된 윤리"[47]라 하거나 선종이 "아버지가 같고 어머니가 다른 자매간에서 혼인관계를 범하여 낳은 사람에게는 벼슬을 금한다"[48]고 지적했듯 기녀가 기명을 사용하지 않고 同姓을 만나는 경우 기녀로서 기능하는 데 적잖이 방해되기 때문이다.

기녀를 논의하려면 그들의 생활 전반에 관여를 했던 행수기녀에 대해 기술해야 하는데 이에 대한 고려시대의 자료는 없고 다만 기녀에 대한 등급과 교육에 대해 확인할 수 있다.

> 女伎로 말하면 그것을 하악이라 하는데 무릇 3등급이 있다. 大樂司는 260명으로 왕이 늘 사용하는 것이다. 다음 管絃坊은 170인이요, 그다음 京市司는 300여 명이다.[49]

고려의 음악기관 중에서 대악사는 穆宗代에 설립한 大樂署의 별칭으로 공식적인 궁중의식에 따른 모든 음악활동을 행정적으로 관장했던 기관으로 그곳의 樂官은 聲律을 校閱했고, 文宗代에 설립된 관현방은 工人과 관기들의 실질적인 음악연습과 교육을 담당하였다.[50] 경시사는 市廛을 勾檢하는 일을 맡은 관서였다.[51] 이들 부서에 소속된 관

---

44) 『고려사』 권129 열전42 최충헌.

45) 『고려사』 권125 열전38 김원상.

46) 『고려사』 권135 열전48 신우3.

47) 『고려사』 권33 세가33 충선왕1, 同姓不得通婚天下之通理.

48) 『고려사』 권75 선거3 전주, 宣宗二年四月判 同父異母姊妹犯嫁所産仕路禁錮.

49) 『고려도경』 권40 악률, 若女伎則謂之下樂 凡三等大樂司二百六十人王所常用 次管絃坊一百七十人 次京市司三百餘人.

50) 송방송, 앞의 글, 149~151면.

기들은 위의 인용처럼 3등급으로 나눠 있었는데 왕이 常用하는 대악서의 기녀가 1등급, 음악연습과 교육을 담당한 관현방의 기녀가 2등급, 그리고 시장의 경제활동을 관장하던 경시사에 소속된 기녀가 3등급이었다. 이들 기녀들의 등급이 고정적이었는지 아니면 유동적인지 알 수 없지만 조선의 경우 醫女를 비롯해 針線婢, 工曹妓조차 음악기관인 掌樂院에서 연회에 필요한 교육을 받았을 정도라면 기녀들의 가무 교육 및 검증은 필연적이다.[52] 게다가 음악기관에서 교육을 받더라도 일정한 기량에 이르지 못하면 벌을 받거나 혹은 "서툰 정도가 심각한 자는 本役으로 환정됐다"[53] 할 때, 고려시대 기녀들도 음악기관에서 교육 및 검증을 받았다는 점은 쉽게 추단할 수 있다.

기녀들이 歌·舞·樂을 교육받는 것은 물론 그들의 생활 전반에 대한 행수의 간섭을 받아야 했다. 조선시대 기녀의 경우 "행수기녀의 엄한 제재"를 받았고 경우에 따라 "가혹한 笞杖을 맞아가며 훈련을 쌓아야"[54]만 했다. 특정 기녀가 잘못했을 경우 "首妓가 곤장 수십 대를 맞아야"[55] 할 정도로 행수는 기녀를 가혹하게 통제할 수밖에 없었다. 특히 행수와 기녀의 관계에서 주목되는 것은 "모권적인 관습"[56]인데 고려시대의 기녀에게 그것이 존재했는지 알 수 없지만 중국의

---

51) 『고려사』 권77 지31 백관2, 京市署掌勾檢市廛. 물가조절 기관이었던 "경시서 소속의 여기들은 그 당시 새로운 문화 향수층으로 등장한 수도 개성의 상공인들을 위하여 춤과 노래 같은 연주활동을 벌였던 연예인(송방송, 위의 글, 220면)"이었다고 한다.

52) 장사훈, 『여명의 동서음악』, 보진재, 1974, 14~17면.

53) 『세종실록』 25년 9월 16일, 不能者罰之甚者還定本役.

54) 김동욱, 앞의 글, 79면.

55) 『성소부부고』 권18 문무15 기행 상 조관기행, 余逐之而棍首妓數十. 허균(1569~1618)의 시문집인 『성소부부고』에 등장하는 '首妓'라는 표현은 권별(1589~1671)이 저술한 국내 최초의 왕조별 인물사전류인 『해동잡록』의 강희맹 편에도 있고 '行首妓'라는 표현은 이륙(1438~1498)의 중국 견문기인 『청파극담』에서 발견할 수 있다. 검색결과는 한국고전번역원의 <http://www.itkc.or.kr/MAN/index.jsp>에 의거한다.

56) 김동욱, 앞의 글, 79면.

경우에 기대 짐작할 수 있다.

> 기녀의 어머니는 대부분 假母인데, 또한 노쇠하여 은퇴한 기녀들이
> 가모를 했다. …… 歌伶을 처음 가르칠 때부터 꾸짖고 그 요구가 매
> 우 급하였으니 조금이라도 빼고 게으르면 채찍으로 때렸다. 모두
> 가모의 姓을 따랐다.[57]

   은퇴한 기녀 '가모'가 가무를 가르쳤는데 그 가혹함으로 인해 '爆
炭'이나 '老爆子'[58]로 불렸다고 한다. 기녀들은 가모의 姓을 따라 썼기
에 그들 모두 형식적이지만 姉妹 관계에 있어야 했다. 가모가 그들의
생활 전반에 관여하면서 모권적 관습과 밀접한 점은 조선시대 행수
와 기녀의 관계를 방불케 한다. 물론 가모라는 명칭은 宋代에 이르러
'行首'로 바뀌는데 조선시대 '행수기녀'가 이에 해당하는 것도 우연은
아닐 것이다.[59]
   고려 '妓夫'의 풍습에 대해 확인할 자료는 현전하지 않는다. 고려시
대 기녀에게 공경대부의 처에 해당하는 "감람빛 넓은 허리띠를 차고
채색 끈에 금방울을 달고 비단으로 만든 향랑"[60]을 차고 다닐 정도의
사치가 허용된 것은 '사치노예'에게 필연적이었겠지만 조선의 경우

---

57) 『북리지』 海論三曲中事, 妓之母多假母也…… 初敎之歌伶而責之 其賦甚急 微涉退怠 則鞭扑備至 皆冒
   假母姓. 이 글에서 인용한 『北里志』가 "妓史之班馬也(상병화, 앞의 글, 435면)"로 표현될 정도로 唐代부
   터 기녀의 역사를 온전히 기록하고 있다. 중국의 三曲(南曲, 中曲, 一曲), 고려의 三等(대악사, 관현방, 경
   시사), 조선의 三牌(一牌, 殷勤者, 搭仰謀利), 일제 때의 三券(本券, 東券, 南券)으로 기녀를 셋으로 차등
   을 둔 것도 우연이 아닌 듯하다.

58) 상병화, 앞의 글, 436면.

59) 당나라 때 기녀의 우두머리를 '都知'라 했고 이를 송나라 때 '행수'라 칭하였다(왕서노 편, 『중국창기사』,
   상해; 신화서점, 1988, 121면). 게다가 "송나라 창기제도는 거의 당의 제도를 답습하였다고 볼 수밖에 없
   다"(이수웅, 『중국창기문화사』, 대한교과서주식회사, 1987, 129면)고 했을 정도로 당의 기녀제도가 송에
   그대로 적용되었기에 중국과 조선의 기녀 풍속은 큰 틀에서 유사한 점을 발견할 수 있다. 특히 고려 예종
   때 송나라로부터 대성악이 유입되거나 女樂을 수차례 교류했던 점을 염두에 두면 고려시대의 기녀 풍속
   에서 행수와 같은 역할을 했던 기녀가 있었을 것으로 생각된다.

60) 『고려도경』 권20 귀부, 橄欖勒巾加以采條金鐸…… 佩金香囊.

처럼 기부가 있었는지 알 수 없다. 조선시대 기녀가 사치와 생계를 도모하기 위해 "軍士·商賈·衙前 등 豊饒한 妓夫를 잡아야"[61] 했는데, 기부는 대체로 기녀와 "親等한 下賤階級"[62] 출신이었다고 한다. 사치가 허용된 노예이되 그것을 유지하기 위해 그들 주변에 "돌봐주는 자"[63]가 있었는데 그것이 기부라는 것이다.

> 女妓는 公物이지만 妓夫들이 숨기고 드러내놓지 않으므로 이미 합번(合番)하게 하였거늘, 법이 세워진 지 얼마 안 되어 예조가 분번하게 음악 익히기를 아뢰었음은 매우 옳지 않다.[64]

연산군 시기의 기록이지만 세종, 성종, 순조의 기록에서도 '기부'의 존재를 확인할 수 있다. 기부는 기녀의 '서방'으로 기녀를 숨기기도 하고 혹은 고을 수령이나 목사가 기생을 간통하는 경우 그를 '고소'[65]하거나 직접 '살해'[66]한 경우도 있었다. 게다가 "한량들을 불러들여 접대한 것이 기부들을 위로하려는 목적"[67]이었다는 진술도 발견할 수 있다. 기부가 기녀를 숨기거나 목사를 고소 혹은 살해한 일과 기부들을 위로하기 위해 한량들을 접대한 사례를 통해 보건대 그들은 대체로 한량적 인사들이다.[68] 그런데 특이한 점은 특정기녀에

---

61) 김동욱, 앞의 글, 79면.

62) 위의 글, 91면.

63) 『여유당전서』 5집 권19 목민심서 이전육조 어중, 妓生雖賤皆有憐者不足恤也.

64) 『연산군일기』 10년 6월 24일, 女妓公物而妓夫等匿不現出 故已令合番 法立未久 禮曹啓分番習樂 甚不可.

65) 『세종실록』 12년 5월 21일, 今興俊專等俱以妓夫 同惡相濟 先發牧使奸妓之言.

66) 『성종실록』 6년 4월 23일, 申保安爲光州牧使奸州妓 爲其夫所殺.

67) 『순조실록』 22년 8월 6일, 招閑良而勸飮 聊慰妓女之夫耶.

68) 官에서 '妓夫案'을 작성했던 것(『연산군일기』 10년 5월 6일)으로 보아 '기부안'은 기녀와 기부를 동시에 관리하는 데 사용된 듯하다.

게 특정기부가 제한돼 있는 것은 아니었다. 예컨대 "창기는 본디 사족의 부녀와는 다르니, 그 서방을 물어보면 아무리 많더라도 다 열거하여 고백하는 것이 기녀에게 크게 통하는 일"이라며 "妓夫가 많음이 괴이할 것이 없다"[69]는 진술은 一妓一夫의 관계가 아니라 一妓多夫의 관계를 가리키고 있는 것이다.

그러나 一妓多夫라는 기녀와 기부의 관계가 조선시대에 한정된 것인지 혹은 고려에까지 확장시킬 수 있는지 단언하기 쉽지 않다. 다만 기녀가 태생적으로 남자의 시선을 의식해야 하는 '사치노예'에 해당하기에 고려 기녀의 풍속에서 기부가 존재했을 것으로 생각된다. 고려의 관기와 사기가 조선의 경우와 크게 다르지 않고, 특히 이 글에서 거론한 기명의 사용과 그들의 등급과 교육은 거의 유사했다. 게다가 고려 기녀의 풍속에서 모권적 관습은 확인할 수 없었지만 당나라와 송나라, 그리고 조선이 유사했던 것으로 보건대 고려 기부의 존재를 인정해도 될 듯하다. 물론 중국의 경우 '가모'의 곁에 '假父'[70]가 있었는데 이것이 바로 조선의 행수와 기부에 해당하기에 고려시대에도 이런 관계가 있었다고 판단된다.

2) 무당의 풍속

「사모곡」을 이해하기 위해 기녀의 풍속을 살펴보았다. 기녀와 마찬가지로 민가의 노래를 궁중으로 운반 및 가창했던 자로 무당이 있

---

69) 『연산군일기』 11년 1월 13일, 娼妓固非士族婦女類也 若問其夫則雖多 當列數盡白 其於妓大通之事…… 則妓夫之多無怪矣.

70) 서군·양해, 『기녀사』, 상해문예출판사, 1995, 119면.

었기에 이들에 대한 풍속도 살펴야 한다. 하지만 고려시대의 무당과 관련된 자료는 기녀의 경우보다 더욱 영성하다. 고려시대 무당과 관련된 자료는 이능화가 『조선무속고』에 적시한 바와 『고려사』와 『동국이상국집』에 부분적으로 등장하는 게 전부인 듯하다. 이들 자료를 통해 알 수 있는 것은 무당이란 존재가 경우에 따라 긍정되기도 하고 부정되기도 했다는 점이다. 긍정의 경우는 『고려사』에서 산견되는 '기우'와 관련된 것이고 부정의 경우는 공적 기능과 거리를 둔 '혹세무민'과 밀접하다. 전자는 "흙으로 용을 만들어놓고 남녀무당들을 모아서 비를 빈"71) 것이고 후자는 "민가에 있는 음사(淫祀)를 모조리 없애고 불에 태워 버린"72) 함유일의 경우에서 찾을 수 있다.

　무엇보다 기녀의 풍속을 妓名, 모권적 관습, 妓夫의 순서로 살폈듯이 무당의 경우도 巫名, 모권적 관습, 巫夫의 순서로 찾아야겠지만 이것과 관련한 고려시대 자료는 전무하다. 자료가 없다는 것은 기록담당자의 선택을 받지 못한 것뿐이지 자료로 남길 만한 게 없어서가 아니다. 특히 무당의 풍속이 갑자기 생성 및 소멸되는 것이 아니라 누대에 걸쳐 전승됐다는 점을 감안하면 적확하지 않더라도 그들과 관련된 풍속을 얼개나마 그려낼 수 있을 것이다. 그것도 근대 이전이라면 갑작스러운 생성이나 소멸의 과정을 겪지는 않았을 터이다.

　먼저 巫名의 경우, 巫業을 하면서 본명을 사용하느냐 아니면 다른 이름을 사용하느냐인데 무당의 풍속이 유구한 만큼 요즘의 경우를 통해 유추할 수 있다. 무당사회에서 이른바 별호를 사용한다고 하는

---

71) 『고려사』 권54 지8 오행2 금, 造土龍於南省庭中集巫覡禱雨. 이외에도 기우와 관련된 기록은 『고려사』 권4 세가4 현종1, 『고려사』 권23 세가23 고종2 등에서도 발견할 수 있다.

72) 『고려사』 권99 열전12 함유일, 民家所畜淫祀盡取而焚之. 이외에도 그들에 대한 부정적인 시선은 『고려사』 권99 열전12 현덕수, 『고려사』 권105 열전18 안향, 『동국이상국전집』 권2 노무편에서 확인할 수 있다.

데 이것이 巫名에 해당한다. 예컨대 "굿판에서의 무당 사이나 무당과 단골 사이의 호칭법은 한국사회에 일반적으로 통용되는 그것과 별다른 차이가 없다"고 한다. 즉 "내림굿 다음에 제 본래의 이름으로 불리지 않고 다른 무당들로부터 별호를 얻는데" 이는 "무당은 내림굿을 하고 나면 더는 인간사회에 속하지 않고 신령의 세계에 통한다는 관념이 이러한 습속의 이면에 붙어 있기"[73] 때문이라 한다. 별호가 형성되는 기준은 행동, 직업, 지명, 기거하는 곳의 특징, 외모 등으로 이에 따라 각각 작두방, 꽃방, 천안댁, 앵두나무집, 옥토끼로 불린다.[74]

모권적 관습의 경우도 고려시대의 자료는 없지만 요즘 것으로 재고해봄 직하다. 무당으로 입문할 때 내림굿을 해준 사람을 신어머니라 칭하고 그의 제자들은 모두 형제의 관계에 놓이게 된다. 물론 신어머니의 남편을 신아버지라 부르는 것도 일반적인 관습이다.[75] 그리고 신어머니는 무당으로 만들어놓은 "신자식의 무학습에 당연한 책임을 지지만", "신부모가 신자식을 학습시키는 데 열의를 가지고 있는 예는 실제 드물기"에 "신자식이 신부모의 전 지식을 제 것으로 만드는 것은 전적으로 신자식의 노력 여하에 달려 있다"[76]고 한다.

巫夫의 존재는 『고려사』에서 확인할 수 있다.

> 하루는 아전이 여무(女巫)와 그의 남편(其夫)을 붙잡아 왔는데 현덕수가 무당을 심문하더니 동료들을 돌아보면서 말하기를 "이 무당이 여자가 아니라 남자로다"라고 하였다. 동료들이 웃으면서 "여자가 아니라면 어찌 남편이 있을 수 있느냐?(非女安有夫乎)"라고

---

73) 조흥윤, 『무, 한국 무의 역사와 현상』, 민족사, 1997, 130면.

74) 위의 글, 130~131면.

75) 양종승, 「무당 문서를 통해 본 무당사회의 전통」, 『한국문화연구』 4집, 경희대 민속학연구소, 2001, 307면.

76) 조흥윤, 앞의 글, 133~134면.

하였다. 현덕수가 명하여 옷을 벗겨보니 과연 남자였다.[77]

무당이 그의 남편과 함께 현덕수에게 붙잡혀 왔는데, 나중에 알고 보니 무당은 여장을 한 남자였다. 남자 둘이 무당 부부의 행세를 하며 혹세무민을 하다가 들통이 난 사건이다. 이 사건 이전에도 "무당들이 사족(士族)의 집에 드나들면서 가만히 부녀들을 희롱하는(先是巫出入士族家潛亂婦女)" 일이 있었기에 현덕수가 지기를 발휘할 수 있었던 것이다. 위의 기록을 통해 무당의 서방, 즉 巫夫의 존재를 확인할 수 있지만 그들이 기녀의 一妓多夫처럼 一巫多夫의 관계에 있었는지 전혀 알 길 없다. 다만 "무당사회에서의 '첩'은 그들 사회가 용인하고 있는 一夫多妻的(polygamous) 性格의 것"[78]이란 지적으로 보건대 무부가 다른 무당을 첩으로 거느렸던 사례가 드물지는 않았다.

기녀와 무당의 풍속을 통해 유사한 점을 발견할 수 있었는데, 妓名/巫名의 사용과 모권적 관습이 그것이다. 기명이나 무명을 사용하는 것은 기녀나 무당이 각각 자신의 소임을 온전히 하기 위한 방편에 해당한다. 무명의 사용이 독특한 집단으로 편입된 것을 관념하는 것과 마찬가지로 기명도 유사한 기능을 했는데, 즉 무명이든 기명이든 자신의 특징을 알리는 데 효과적이라는 것이다. 특히 모권적 관습과 관련해서 기녀와 무당의 어미는 각각 행수와 신어머니인데 수하에 있는 자들과 혈연관계가 아니지만 그들에게 교육을 시키는 입장이다. 그리고 행수와 신어머니의 밑에 있는 기녀나 무당은 형제관계를 맺었다는 점도 유사했다. 다만 기녀의 훈련은 행수의 가혹함에 의한 것

---

77) 『고려사』 권99 열전12 현덕수, 吏執女巫與其夫至德秀訊之顧謂同僚曰 此巫非女乃男子也 同僚笑曰 非女安有夫乎 德秀令祼視果男子也.

78) 최길성, 「무당사회의 '첩'에 관한 소고」, 『한국문화인류학』 9집, 한국문화인류학회, 1977, 73면.

이지만 무당의 훈련은 신어머니에 의한 것이기보다 자신의 노력 여하에 달려 있었다. 이는 무당이 훈련보다는 개인의 영적 성취와도 관련이 있기 때문이다.

3) 「사모곡」 이해의 한 방법

「사모곡」을 이해하기 위한 기녀와 무당의 풍속을 살펴보았다. 기녀의 경우 영성한 자료를 극복하기 위해 조선과 중국의 경우를 참고했다. 그리고 무당의 경우는 『고려사』 이외에 방증할 만한 자료가 없었지만 무당의 풍속이 갑자기 생성 및 소멸되는 게 아니기에 근자의 것에 기대어 재고해보았다. 고려시대의 기녀와 무당 풍속에 대한 실제를 적시할 수 없는 상황이지만 「사모곡」에 나타나는 기형적인 비유체계를 이해하는 데 커다란 도움이 된다. 무엇보다 속요가 '민요를 속악으로 전용하는 과정에서 생성·발전'해 갔는데 민요를 궁중으로 운반하거나 개사 및 편사한 노래를 부른 자들이 기녀와 무당이었다는 점은 고려속요 이해의 전제였다. 그리고 그들은 자신들의 풍속에서 자유로울 수 없었다.

촐도촐도 / 낫스레기 / 훼칙훼칙 / 비여진다[79]

낫흘싹싹 갈아서 / 지게에 꼽아가지고 / 큰애기라무덤에 풀비고온다네[80]

동무야 동무야 / 꼴베러가자 / 낫을갈아 / 질머저라[81]

---

79) 임동권, 『한국민요집』 III, 집문당, 1975, 113면.
80) 김소운, 『조선구전민요집』, 제일서방, 1931, 328면.

犀쒹 쎄던 허리 숫쒹도 쎄관졔고 / 珮玉 ᄎ던 녑희 덥낫도 쇠잔졔
고 / 아희야 柴扉을 굿쳐 닷고 날 옛단말 말라라[82]

시집간 지 사흘 만에 / 밭을 매로 가라하니 / …… 은가락지 찌든 손
에 / 호매자루 웬일인가[83]

　호밋날과 날낫을 아버지와 어머니에 비유한 「사모곡」은 호미나 낫
이 등장하는 민요에서 발견할 수 없는 낯선 노래이다. 낫질이 '촐도
촐도 / 낫스레기 / 훼칙훼칙 / 비여진다'처럼 역동적인 행위이기에 '낫
을갈아 / 질머지는' 자는 남성이다. 게다가 '낫흘쌕쌕 갈아서'라는 표
현처럼 낫날은 날카로움을 연상시키는 단어이다. 시조에서 화자는 벼
슬을 뒤로 한 채 허리에 두르던 '犀쒹(犀띠)'와 '珮玉' 대신 새끼줄(숫
쒹)과 작은 낫(덥낫)을 꽂고 은둔하고자 한다. 여기서도 '낫'이 남성과
친연한 도구라는 점을 확인할 수 있다. 한편 호미질은 '은가락지 찌
든손에 / 호매자루 웬일인가'처럼 여성에 해당한다. 물론 '호미 끝이
거름'[84]이란 속담도 '호미로 김을 부지런히 매주어야 곡식이 잘 자라
므로 호미 끝이 거름이 된다는 말'이기에 역동적이지 않은 여성의
'부지런함'과 관련된 표현이다.

　호미도 놀히언마ᄅᆞᄂᆞᆫ / 날ᄀᆞ티 들리도 업스니이다 / 아바님도 어이
어신마ᄅᆞᄂᆞᆫ / 위 덩더둥셩 / 어마님ᄀᆞ티 괴시리 업세라 / 아소님하
어마님ᄀᆞ티 괴시리 업세라

---

81) 임동권, 『한국민요집』, 동국문화사, 1961, 60면.

82) 심재완 편, 『교본 역대시조전서』, 재판; 세종문화사, 1972, 550면.

83) 임동권, 『한국민요집』, 68면.

84) 이기문, 『속담사전』, 개정증판; 일조각, 1982, 560면.

낫질과 호미질의 특성을 감안할 때 「사모곡」에서 남성과 여성을 지칭하는 도구가 바뀌 있다. 게다가 어머니의 사랑을 날카로운 낫날에 비유하고 있는 것은 더욱 낯선 모습이다. 그래서 다음과 같은 지적이 온당하다.

> 정-부모의 사랑을 산과 바다에 비유하는 일은 많지만 이렇게 호미와 낫에 비유한 <사모곡>은 특이합니다. 흔한 비유가 아닙니다.
> ……
> 이-더구나 호미와 낫의 날에다가 사랑을 비유한 것은 특이하기보다 不協和音을 듣는 것 같이 기이하게 느껴지지 않습니까?[85]

그러나 기녀와 무당의 풍속에 기댔을 때 '흔한 비유가 아닌' 점과 '不協和音'이란 지적, 그리고 앞서 언급했던 '비유로서는 緣木求魚' 格에서 벗어날 수 있다. 기녀와 무당의 풍속에서 모권적 관습과 妓夫/巫夫의 관계, 그리고 호미질과 낫질의 특성에 주목하면 「사모곡」 화자가 아버지보다 어머니가 깊은 사랑을 베푼다고 진술한 사정을 이해할 수 있다. 기녀와 무당의 모권적 관습을 중심에 둘 때, 행수가 기녀들의 생활 전반에 관여하며 가혹하게 훈련을 시킨 반면 기부는 행수와 一妓多夫의 관계에 있었던 만큼 역할 면에서 비교할 바 못 된다. 기녀와 행수의 관계, 그리고 기녀와 행수기부의 관계는 다르기 마련이다. 기녀와 행수와의 관계는 밀착된 반면 기녀와 행수기부와의 관계는 느슨할 수밖에 없다. 이러한 경향은 신어머니와 무당의 관계에 그대로 재현된다. 신어머니와 무당은 긴밀한 반면 신어머니의 남편(巫

---

85) 정병욱 외, 앞의 글, 118면. 이 책은 「한국일보」 1976년 6월부터 1977년 3월까지 정병욱, 장덕순, 이어령 선생이 고전문학과 관련된 대담을 연재했는데 이를 묶은 것이다. '정'은 정병욱이고 '이'는 이어령을 지칭한다.

夫)과 무당의 관계는 그렇지 못하다는 것이다.

「사모곡」의 화자를 기녀와 무당 중에서 찾을 근거를 그들의 풍속을 통해 확보한 셈이다. 이제는 그들의 풍속과 호미질 및 낫질의 특성을 대비시켜 낫날이 등장한 이유를 해명할 수 있다. 소리를 내며 꼴을 베는 낫질이 호미질보다 역동적이기에 제한된 시간 안에 노동의 결과를 가시적으로 확인할 수 있는 행위이다. 이처럼 낫질과 호미질이 각각 남성과 여성에 해당한다 할 때, 어머니의 사랑을 낫날에 기댄 것은 불합리해 보이지만 기녀가 '해어화'로 불리는 것을 감안하면 남성과 여성의 이미지가 바뀐 사정을 이해할 수 있다. 기녀가 '해어화'인 것은 그들이 제한된 시간에 한하여 꽃으로 기능할 수밖에 없기에 낫질의 특성과 밀접하다. 행수기녀가 기녀들을 낫날처럼 가혹하게 훈련시키되 그것이 제한된 시간에 가시적인 효과를 내기 위한 불가피한 과정이라는 것이다. 한편 무당 풍속의 경우 신어머니와 무당의 관계에서 신어머니의 사랑이 아버지(巫夫)보다 크다는 것은 인정할 수 있지만 그것을 비유하기 위해 등장한 낫날과 호밋날은 기녀의 경우에 비해 개연적이지 못하다. 무당의 교육은 전적으로 무당 개인의 문제이며 무당으로 기능하는 시기도 기녀와 달리 제한적이지 않다. 즉, 한정된 시기에 가시적 성과를 낼 수 있는 낫질과 일정한 거리를 두고 있다는 것이다.

결국 「사모곡」의 화자는 고려속요의 운반자이면서 가창자였던 기녀와 무당의 풍속을 살피고 노랫말의 이질적인 비유체계를 통해 보건대 기녀일 가능성이 크다. 호미질이나 낫질의 특성을 감안해 행수기녀를 낫날에, 一妓多夫와 관련된 행수기부를 호밋날에 기대 사랑을 진술한 발상은 자연스럽다는 것이다. 그래서 「사모곡」에 나타난 불합리한 비유는 모권적 관습과 一妓多夫의 관계, 그리고 제한된 시간에 기녀로 기능한다는 독특한 기녀 풍속을 고려하는 데에서 극복할 수 있다.

하지만 사족석이지 낮한 기녀의 처지를 생각할 때, 행수기녀에 대한 사랑을 낮날에 기대고 있는 「사모곡」이 다음과 같은 상황에서 진술될 수도 있다.

> 한 기생어미가 어린 기생에게 시험 삼아 묻기를 '여기에 얼굴이 아름다우면서도 돈이 없는 자와 돈이 많으면서도 얼굴이 아름답지 못한 자가 있다면, 너는 어느 것을 취하겠는가?' 하였다. 기생이 한참 만에 말하기를 '돈 많은 자를 취하겠습니다' 하였다. 기생어미가 꾸짖어 말하기를 '양심이 없는 천한 창부로다' 하였다. 이는 그 어린 기생이 기생어미에게 잘 보이기 위해서 꾸며대고 실지로 대답하지 않은 때문이다.[86]

기생 속담에 "기생이 되어 남자에게 삿갓을 씌우지 못한다면 명기가 아니다"[87]라 했듯이 어린 기생이 지체 없이 '돈 많은 자를 취하겠다'고 대답했으면 기생어미가 만족했을 것이다. 그러나 기생어미가 '양심이 없는 천한 창부'라며 어린 기생을 꾸짖은 이유는 단순히 거짓으로 대답한 부분과 함께 어린 기생에게서 기녀답지 못한 면을 발견했기 때문이다. 기생어미 밑에서 시험 삼아 질문을 받던 어린 기생처럼 '행수기녀의 엄한 제재'를 받으며 경우에 따라 '가혹한 笞杖을 맞아가며 훈련을 쌓아야' 했던 기녀의 처지도 이와 비슷하다. 그들의 가혹한 훈련은 그들의 자족적인 부분을 위해 기능하는 게 아니라 남성의 시선을 반영하기 위한 일련의 과정이다. 자족적인 부분과 그렇

---

86) 이능화, 『조선해어화사』, 이재곤 옮김, 동문선, 1992, 239면.
87) 위의 글, 238면. 이 속담에 대한 해설을 "가산을 탕진한 까닭에 의관을 갖추지 못하므로 삿갓을 쓰기 때문"이라 했다.

지 못한 부분이 갈등하되 결국 전자를 포기하고 후자를 택해야 하는 것이 기녀의 태생적 운명이다.[88] 그래서 어린 기생이 대담한 것처럼 호미와 낫의 날에 기대 아버지의 사랑보다 어머니의 사랑이 더 깊다는 「사모곡」 또한 기녀의 자발적 진술이기보다 타인을 의식한 즉 행수기녀를 염두에 둔 진술일 수도 있는 것이다.

4. 결론

「사모곡」에서 어머니와 아버지의 사랑을 각각 낫날과 호밋날로 비유한 것은 '연목구어' 격이나 '불협화음'에 해당한다. 하지만 고려시대의 기녀와 무당의 풍속을 통해 보건대 이러한 발상은 자연스러울 수 있었다. 무엇보다 기녀와 무당의 풍속 중에서 모권적 관습과 妓夫/巫夫의 관계가 밀접했다. 그리고 낫날이 어머니의 사랑으로 비유될 수 있었던 것은 제한된 시간에 한해 온전히 기능하기 위해 가혹한 훈련을 받은 것과 밀접하기에 「사모곡」의 화자는 무당이기보다 기녀에서 찾아야 했다. 호미질이나 낫질의 특성을 감안해 행수기녀를 낫날에, 一妓多夫와 관련된 행수기부를 호밋날에 기댔다는 것이다.

다만 「사모곡」과 관련하여 확인할 수 있는 고려시대 기녀의 풍속은 기명의 사용과 관기와 가기, 그리고 사기의 존재 정도이지 행수를

---

88) 명기가 갖추어야 할 가장 큰 덕목은 상대하는 자를 품평하여 그에 맞추어 응대하는 것이다. 『북리지』에 나타나 있는 경우도 우리나라와 마찬가지이다. 예컨대 "그 품류를 분별하고 인물을 품평하여 손님에 맞추어 응대한 것 등은 진실로 미칠 수 없는 부분이다(『북리지』序, 其分別品流 衡尺人物 應對非次 良不可及)"처럼 품류를 분별(分別品流)하는 일은 자신을 둘러싸고 있는 공간의 성격과 분위기를 파악하는 것이고 인물을 품평(衡尺人物)하는 일은 남자의 성향 등을 간파하는 것이다. '손님에 맞추어 응대한 것 등은 진실로 미칠 수 없다'는 표현처럼 이러한 소양을 갖춘 명기를 발견하는 일은 흔하지 않다. 그들은 分別品流와 衡尺人物을 바탕으로 풍류공간의 분위기를 유지・고조시킬 수 있었는데 조선시대 '세련된 상사・수작・기지'와 관련된 시조를 지은 기녀(황진이・홍랑・매창・송이・송대춘 등)들이 이에 해당한다. 이에 대해서는 이영태, 「조선후기 수작・기지 시조의 행방」, 『시조학논총』 28집, 한국시조학회, 2008, 참조.

위시한 모권적 관습과 기부의 문제는 기록이 전무하다. 실증할 문헌을 통해 입론화하는 일이 최선이겠지만 기녀가 태생적으로 자족적이지 못한 자이니만큼 그에 대한 풍속 또한 이러한 특성에서 벗어나지 않게 마련이다. 그래서 조선시대의 경우와 중국의 경우를 방증하여 고려 기녀의 풍속을 재고한 것이었다. 특히 '민요가 속악으로 전용'되는 과정에서 기녀가 운반자이면서 동시에 가창자였기에 그들의 정서를 여타의 고려속요에서 발견할 수 있듯 「사모곡」도 이러한 자장 안에 있는 노래로 판단할 수 있었다.

끝으로 모권적 관습과 훈련의 가혹함을 감안하여 「사모곡」의 화자를 기녀로 상정했지만 기녀와 유사한 풍속을 지닌 무당도 배제하기 어렵다. 다만 무당의 풍속과 관련한 고려시대 자료는 더욱 영성하여 과제로 남겨야겠지만 민요를 궁중으로 운반한 자들이 관기, 관비, 무당이었기에 그 가능성은 엄연히 존재한다. 조선시대 기녀가 시조에 능숙했던 경우를 산견할 수 있지만 한편으로 시조의 창작과 가창에 무당들도 가담했다는 점에서 「사모곡」과 무당의 관계 또한 무시할 수 없다. 이는 고려시대 기녀와 무당 풍속이 「사모곡」을 이해하는 한 방법이 될 수 있다는 데에서 지적한 바이다.

「동동」의 송도와 선어[*]

1. 논의의 출발

　「동동」에 대한 이해는 『고려사』 악지에 나타난 대로 "歌詞多有頌禱之詞盖效仙語"에서 출발해야 한다. '노랫말에 송도하는 말이 있는데 대개 선어를 본받아 지었다'라고 해석할 수 있지만 '송도'와 '선어'를 어떻게 규정하느냐에 따라 노랫말의 성격이 바뀔 수 있다. '송도'를 해석하는 데 별다른 이론은 없지만 '선어를 본받았다(效仙語)'의 경우는 그렇지 않다. 선어에 대한 해석은 크게 제의적 접근과 축자적 접근으로 나눌 수 있다. 먼저 전자의 경우 '선어'는 "마땅히 巫覡·優人

의 말로 해석"[1])해야 한다는 주장이 선편을 잡았는데 예컨대 "巫風의 범주 속에 자리 잡고 있던 仙風"[2])이나 "무교적 속성,"[3]) 그리고 "巫가 사용하는 말"[4])과 "오늘날의 신앙적 의미도 담고 있는 언어"[5])로 규정한 논의에 영향을 주었다. 이러한 논의들은 각종 문헌에서 '선'자의 용례를 찾아 그것의 무격적 성격과 '효선어'를 결부시켰다.[6]) 후자의 경우는 '효선어'라는 자의(字意)에 충실하게 "선어를 仿한"[7]) 것, "선(선랑, 즉 화랑?)이 '德이여 福이라 호늘나ᄋ라 오소이다'라고 말하는 것,"[8]) "선어는 선랑의 말,"[9]) "신선의 말"[10])로 이해한 것들이다. 한편 제의적이거나 축자적인 데에서 벗어나 「동동」의 작자, 발생시기, 발생지역을 포괄적으로 다룬 논의에 따르면 선어는 신선풍의 어투가 아니라 "경망한 연정의 노래"[11])로 규정할 수 있다고 한다.

그러나 "歌詞多有頌禱之詞盖效仙語"이란 기록에서 '송'과 '도', 그리고 '선어'의 의미를 파악하기 위해서는 모두를 포괄해서 이해해야 한다. 이를 위해 『고려사』에서 '송도'와 관련된 노래를 가사부전과 가사현전의 경우로 나누어 '송'과 '도'의 의미를 규정한 후, 그것과 '선'

* 이 글은 『민족문학사연구』 36(민족문학사연구소, 2008)에 수록된 것이다.
1) 최진원, 「동동고(I)」, 『대동문화연구』 8집, 성균관대대동문화연구소, 1971, 7면.
2) 박혜숙, 「동동의 님에 대한 일고찰」, 『국문학연구』 10집, 효성여자대학교, 1987, 87면.
3) 최미정, 「죽은 님을 위한 노래-동동」, 『문학한글』 2, 한글학회, 1988, 80면.
4) 최용수, 『고려가요연구』, 계명문화사, 1993, 200면.
5) 김준옥, 「장생포와 동동」, 『한국언어문학』 35, 한국언어문학회, 1995, 292면.
6) 仙史(『삼국사기』 권4 신라본기4 진흥왕37), 國仙之徒(『삼국유사』 권5 감통7 월명사도솔가), 昔新羅仙風大行…… 定爲仙家(『고려사』 권18 세가19 의종22)가 이에 해당한다.
7) 양주동, 『여요전주』, 중판; 을유문화사, 1985, 70면.
8) 이혜구, 『한국음악서설』, 개정판; 서울대출판부, 1989, 123면.
9) 김명호, 「고려가요의 전반적 성격」, 『한국시가문학연구』, 신구문화사, 1983, 77면.
10) 차주환 역, 『고려사악지』, 을유문화사, 1972, 224면.
11) 임기중, 「고려가요 동동고」, 『양주동 박사 고희기념논문집』, 탐구당, 1973(『고려가요연구』, 국어국문학회 편, 중판; 정음문화사, 1990, 372면을 따름).

의 관계와 '선'을 추구하는 방법을 언급해야 「동동」에서 '선어'의 의미를 지적할 수 있다. 이를 통해 해석이 분분했던 「동동」의 12월 노랫말을 분석할 수 있다.

2. 『고려사』 악지의 송도, 그리고 변계량과 정극인의 송도

『고려사』 악지의 찬술에 참가한 자들이 「동동」을 "歌詞多有頌禱之詞盖効仙語"라 평가했기에 악지 소재의 송도와 관련된 노래를 살펴야 한다. 송도 가요는 가사가 전하지 않는 것과 가사가 전하는 것으로 나눌 수 있다.

> 주나라 무왕이 은나라 태사였던 기자를 조선에 봉했는데 기자는 8조의 가르침을 베풀어 예의를 숭상하는 풍속을 일으키니 조야의 일이 없었다. 백성들은 기뻐하여 대동강을 황하에, 영명령을 숭산에 각각 비유해서 그들의 임금을 송도(頌禱其君)했다. 이 노래는 고려로 들어온 이후에 지어진 것이다(「대동강」).[12]

> 太祖는 민간의 풍속을 순찰하고 부족한 것을 보급하여 백성들과 즐거움을 같이 했다. 백성들은 그 덕을 사모하고 오래 되어도 잊지 않았으니, 후대의 왕이 장단에 갔을 때 악공이 태조의 덕을 노래하고 그 후대의 왕을 송도(頌禱)하며 또 그를 경계한 것이다(「장단」).[13]

> 정산은 공주에 속현이다. 현인들은 이 노래를 지어 굽은 나무의 얽힌 마디(樛木錯節)를 인용하여 비유하고 군왕의 복록을 송도(頌禱福祿)한 것이다(「정산」).[14]

---

12) 차주환의 해석에 따르되 '송축'으로 해석한 부분은 논의를 위해 모두 '송도'로 바꾸고 원문을 병기했다. 周武王封殷太師箕子于朝鮮 施八條之敎 以興禮俗朝野無事 人民懽悅以大同江比黃河永明嶺比嵩山 頌禱其君 此入高麗以後所作也.

13) 太祖巡省民風補助不給與民同樂 民思其德久而不忘 後王遊長湍 工人歌祖聖之德 因以頌禱而規戒之.

14) 定山公州屬縣 縣人作是歌 以樛木錯節比之頌禱福祿也.

동경은 송도의 노래(頌禱之歌)이다. 혹은 신하와 아들이 임금과 부친에게, 비천한 자와 젊은이가 존귀한 이와 연장자에게나, 아내가 남편에게나 다 통하는 노래다. 이 노래에 나오는 안강은 즉 계림부의 속현으로, 역시 동경이라고 부르는데, 큰 데에 통합되어 불리어진 것이다(「동경」).[15]

가사가 전하지 않는 위의 노래들은 모두 송도와 관련돼 있다. 예컨대 "조야의 일이 없고 백성들이 기뻐(「대동강」)"했거나 "풍속을 순찰하고 부족한 것을 보급하여 백성들과 즐거움을 같이 한(「장단」)" 것, 그리고 『시경』의 "굽은 나무의 얽힌 마디(「정산」)"에 비유한 노래들은 기록에 나타난 대로 '송도'와 밀접하다. 송도의 계기는 모두 군왕이 조정과 백성들을 편안하게 살게 했다는 데에서 출발하고 있다. 이것은 군왕의 선정에만 해당하는 것이 아니라 '아들이 부친에게'나 '젊은이들이 연장자에게' 또는 '비천한 자가 존귀한 이에게'나 '처가 남편에게'처럼 아랫사람이 윗사람을 송도하는 것에도 적용된다. 결국 상하관계에서 윗사람이 자신의 소임을 다하여 그 영향이 아랫사람에게 미치는 경우가 송도의 계기이다.

군왕의 선정으로 조정과 백성들이 태평성대를 누릴 때 송도가 출발한다는 점은 가사가 현전하는 「풍입송」에서 확인할 수 있다.

해동의 천자는 지금의 제불이시라 / 하늘을 보좌하여 교화 펴는 일 도우러 오셔 / 세상 다스리시는 데 은혜 깊으시니, 원근과 고금에 그 유례 드물다 / 외국에서는 직접 찾아와 모두 귀순하니 사방 변경은 편안하고 깨끗하여 창이나 군기는 없어지고 / 대단하신 덕은 요 임금이나 탕왕으로도 견주기가 어렵다

---

15) 東京頌禱之歌也 或臣子之於君父卑少之於尊長婦之於夫皆通 其所謂安康卽雞林府屬縣而亦名東京統於大也.

잠시 태평시절을 즐기는 거라 / 이곳에는 생황과 퉁소 소리 물 끓 듯 하고 풍류소리 대단하다 / 집집마다 기뻐 비느라 향을 피우고 옥수 뽑아낸다 / 오직 우리 임금님 성수만세 / 영원토록 저 산봉우 리와 하늘 끝 같이 끝없이 사시어라

사해는 승평하고 덕이 있어 요 임금 때보다 낫다 / 변경과 조정에 는 한 가지 사고도 없고, 장군은 보검을 다시 휘두르지 않게 되었 다 / 남만과 북적이 스스로 내조하여 백 가지 보물을 우리 천자의 지대에 바치고 / 금계 옥전에서 만세 외치어 우리 임금님 오래오래 보위에 올라 계시기를 원한다 / 이 태평시절에 관현과 가요의 소리 가 아름답다

임금님 성스러우시고 신하 현량한데 / 황하수 맑아지고 바다 편안 한 때를 만났도다 / 이원제자들 예상우의곡을 백옥소 곁들여 우리 임금님 앞에서 아뢴다 / 신선의 음악이 뜰에 가득 찼는데 모두 음 률에 맞는다 / 군신이 함께 태평잔치에 취하니 임금의 마음은 기뻐 지신다 / 이날 은루각은 재촉하듯 전하지 말지라

문무관료들 배하하고 함께 임금님의 장수를 빈다 / 천자께서 옥련 을 타시고 돌아가시니, 금빛 궁궐 푸른 누각엔 상서로운 연기 감돌 고 어지럽게 꽃으로 꾸미고 눈썹 그린 미희들 천 줄이나 늘어서 / 생가 맑고 명랑하여 모두 신선들인데 / 다투어 환궁악사 창하여 성 수만세 아뢴다16)

가사 부전의 경우들과 마찬가지로 「풍입송」 또한 군왕의 선정을 기리고 있다.17) "대단하신 덕은 요 임금이나 탕왕으로도 견주기가 어 려울(盛德堯湯難比)" 정도로 "사해가 승평(四海昇平)"한 것은 군왕이

---

16) 海東天子當今帝佛 補天助敷化來 理世恩深邈邈古今稀 外國窮趨盡歸依四境寧淸罷槍旗 盛德堯湯難比 / 且樂太平時 是處笙簫聲鼎沸并聞音樂 家家喜祈祝焚香抽玉穗 惟我聖壽萬歲 永同山嶽天際 / 四海昇平有 德咸勝堯時 邊庭無一事將軍寶劍休更揮 南蠻北狄自來朝百寶獻我天埠 金階玉殿呼萬歲願我主長登寶位 對此太平時節絃管歌謠聲美 / 主聖臣賢邂逅河淸海宴 梨園弟子奏霓裳白玉簫我皇前 仙樂盈庭皆應律 君 臣共醉太平筵帝意多懽是此日銀漏莫催頻傳 / 文武官僚拜賀共祝皇齡 天臨玉輦廻金闕碧閣繞祥烟繽紛花 黛列千行 笙歌寥亮盡神仙 爭唱還宮樂詞爲報聖壽萬歲.

17) 물론 「풍입송」에 대하여 『고려사』 악지에 "頌禱之意"로 나타나 있다.

"세상 다스리시는 데 은혜 깊으시니, 원근과 고금에 그 유례 드물기(理世恩深邇古今稀)" 때문이다. 예컨대 "변경과 조정에는 한 가지 사고도 없고, 장군은 보검을 다시 휘두르지 않거나(邊庭無一事將軍寶劍休更揮)", "외국에서는 직접 찾아와 모두 귀순하고(外國躬趨盡歸依)", "남만 북적이 스스로 내조하고(南蠻北狄自來朝)" 있는 것은 군왕이 선정을 베푼 덕택이라는 것이다. 현재는 「풍입송」의 표현대로 "사해가 승평"한 상태에 있다. 그리고 주목되는 점은 군왕의 선정을 기리는 송(頌)이 송으로만 끝나는 게 아니라 선정의 상태가 지속되기를 바라는 마음과 결합돼 있다는 것이다. 군왕의 선정이 유지되기 위해서는 군왕이 오래 살아야 하는데 "우리 임금님 오래오래 보위에 올라 계시기를 원(願我主長登寶位)"하고 "오직 우리 임금님 성수만세(惟我聖壽萬歲)"하는 것처럼 도(禱)가 개입된다. 그것도 백성들이 "집집마다 기뻐 비느라 향을 피우고 옥수 뽑아내(家家喜祈祝焚香抽玉穗)" 듯 예외 없이 가담하고 있는 것이다.

송과 도의 관계는 변계량이 세종에게 올린 '송도지사'에서도 발견할 수 있는데,[18] "지극한 덕이 하늘에 감통되어 하늘에서는 감로가 내리고, 땅에서는 예천이 나오고, 황하수가 맑아서 거북도 보이려니와 신령스런 지초까지 빛나고 빛날(至德 昭格于天 天降甘露 地出醴泉 河淸龜見 靈芝曄曄)" 정도로 태평성대이기에 신하와 백성들은 모두 "머리를 조아리며 천자만년을 빌고(大小稽首 天子萬福)" 있는 것이다. 이어서 송과 도의 관계를 다시 기술하는데 "노래하고 춤추는 것은 성덕의 유래에 없는 것을 찬미함이요, 수하시라 강하시라 함은 하늘의 경

---

18) 『세종실록』 원년 12월 16일, 不勝歡慶之至 庸陳頌禱之辭 歌詞曰 惟帝至德 昭格于天 天降甘露 地出醴泉 河淸龜見 靈芝曄曄…… 大小稽首 天子萬福…… 載歌載舞 美聖德之無前 曰壽曰康 荷天休之滋至.

사가 더 이르기를 받들어 비는 것(載歌載舞 美聖德之無前 日壽日康 荷天休之滋至)"이라는 데에서 '성덕의 유래에 없는 것을 찬미하는(美聖德之無前)' 게 군왕의 선정을 송(頌)하는 것이고 그러한 상태가 계속 유지되기를 '수하시라 강하시기(日壽日康)'를 바라는 것이 바로 도(禱)이다.

가사 부전의 경우에서 살폈듯이 송도의 범위는 당대의 군왕에게만 한정된 게 아니라 선대에도 적용된다. 선대는 당대의 연장이기에 선대를 송도하는 것이 당대의 군왕을 송도하는 것과 동일한 셈이다. 그리고 군왕의 앞에서만 송도를 진술하는 게 아니라 일정한 거리를 둔 상태에서도 가능하다.

> 이 생애의 남은 해에 대궐의 섬돌 위에서 만나 뵈올 수 없으므로, 삼가 장가 6장과 단가 2장을 지어서, 간혹 벗들과 노래 부르고 읊조리며 간혹 밤이면 노래도 하고 춤도 추면서 송도하기를 부지런히 하여 거의 송도하지 않는 날이 없습니다.19)

관직에서 물러난 정극인이 성종에게 올린 글이다. 그는 송도하는 방법으로 "읊조리며 간혹 밤이면 노래도 하고 춤추는(詠或夜歌且舞)" 것을 말하는데 여기서 노래는 그가 지은 장가 6장(「불우헌곡」)과 단가 2장(「불우헌가」)이다. 「불우헌곡」이 경기체가이고 「불우헌가」는 "단가의 형식을 취한"20) 노래이다. 여기서 '단가'는 노래의 길이에 따른 표현이면서 '시조'라는 의미가 개재돼 있다.21)

---

19) 『성종실록』 11년 10월 26일, 此生餘年 無階上合 謹作長歌六章 短歌二章 或與朋友歌詠 或夜歌且舞 頌禱之勤 殆無虛日.

20) 조윤제, 『조선시가사강』, 동광당서점, 1937, 224면.

21) "시조의 형식을 초·중·종 3장"(위의 책, 118면)으로 규정했던 논자가 「불우헌가」의 "中章 文句를 引出"(224면) 운운했던 것으로 보아 '단가의 형식'이라는 표현은 '시조'를 가리킨다. 참고로 김성기(「정극인의 '불우헌가'에 나타난 시조성 연구」, 『시조학논총』 19집, 한국시조학회, 2003, 171면)는 「불우헌가」를 '사설시조'로 이해하고 있다.

이제까지 가사부전의 송도가요와 가사현전의 「풍입송」, 그리고 변계량과 정극인의 진술에 기대 '송도'를 살펴보았다. 송의 계기는 군왕의 선정에서 출발하지만 부자, 존장, 부부(「동경」)처럼 상하관계가 형성된 상태에서 윗사람이 자신의 소임을 다할 때에도 적용된다. 그리고 송도에는 '신선의 음악이 뜰에 가득 찼는데 모두 음률에 맞는다 / 군신이 함께 태평잔치에 취(「풍입송」)하'거나 '노래하고 춤추는 것(변계량, 정극인)'이 수반돼 있다. 송과 도가 친밀하게 결합된 만큼 송도하는 데에 음률과 술을 바탕으로 한 '노래와 춤'이 있다는 것이다. 송도와 가무가 관련됐다는 점은 '신선의 음악이 뜰에 가득 찼고(仙樂盈庭)', '눈썹 그린 미희들 천 줄이나 늘어서 / 생가 맑고 명랑하여 모두 신선들(繽紛花黛列千行 笙歌寥亮盡神仙)'이라는 「풍입송」이나 '노래하고 춤춘다(蹈舞·歌詠, 歌且舞)'는 변계량과 정극인의 진술에서 확인할 수 있다. 특히 정극인의 진술은 송도가 군왕의 앞에서만이 아니라 공간적으로 거리를 둔 상태에서 '벗들과 노래 부르고 읊조리는(與朋友歌詠)' 것과 함께 '간혹 밤이면 노래도 하고 춤도 추면서(或夜歌且舞)'도 가능했던 점을 지적하고 있다. 경기체가와 시조에 각각 해당하는 「불우헌곡」과 「불우헌가」가 '노래도 하고 춤도 추는' 것과 관련된 것인데 이들 양식이 연석(宴席)과 친연하다는 것은 주지의 사실이다. 경기체가가 "사람마다 기생을 끼고 앉아…… 여러 사람들이 모두 손뼉을 치고 춤을 추면서 한림별곡을 부른다. 반주 없이 부르는 노래가 매미 울음소리 같이 울려 나오는 사이사이에 개구리 들끓는 소리를 뒤섞어 부르는"[22] 공연방식이었던 만큼 기녀와의 관계는 친연하다.

---

22) 성현, 『용재총화』 권4, 人挾一妓…… 衆人皆拍手搖舞 唱翰林別曲 乃於淸歌蟬咽之間 雜以蛙沸之聲.

시조의 가창공간도 "酒宴席이나 風流場이 대부분"[23])이었기에 정극인이 '간혹 밤이면 노래도 하고 춤도 추면서' 송도를 했던 공간에 기녀가 참석하는 것 또한 당연하다.[24])

3. 송도와 기녀

송도와 기녀의 관계는 앞에 기술한 대로지만 이를 구체적으로 해명하기 위해서는 '신선의 음악이 뜰에 가득 찼고', '눈썹 그린 미희들 천 줄이나 늘어서 / 생가 맑고 명랑하여 모두 신선들(「풍입송」)'이란 것에 주목해야 한다. 먼저 『고려사』 악지에서 '선(仙)'이 어떤 의미로 사용됐는지 그 용례를 살펴보면, 당악의 경우에 "궁전 뜰 앞에는 경축연 배설할 때 가을밤에 신선이 연주하는 풍악소리"[25]) 들린다거나 "선참으로 신선대 나오니 자리에 향기 풍겨지거나"[26]), "악부양적의 신선이 모여 있다"[27])거나 "몇 곳에서 모여든 신선들 새 궁전에서 임금 모시고 만수무강을 경축한다"[28])는 것이 있다. 그리고 속악의 경우에 "봄철 향하는 상원가절에 연회석 화려하게 차렸네 등잔불 깜박거리고 달 떨어지자 모든 신선들이 내려왔네"[29])와 "이 풍류 비록 신선 놀이보다 낫다 한들 무엇이 잘못이냐"[30])는 것이 있다. 『고려사』 악지

23) 최동원, 『고시조론』, 중판; 삼영사, 1991, 73면.
24) 이에 대해서는 졸고, 「시조의 가창공간과 가창 참석자들의 심리-프로이트의 농담이론을 통하여」, 『고전문학연구』 27집, 고전문학회, 2005를 참조.
25) 「환궁락」, 到神仙笙歌寥亮.
26) 「수룡음」, 先秀神仙隊融香拂席.
27) 「경배락」, 會樂府兩籍神仙.
28) 「행향자」, 幾簇眞仙賀慶壽新宮.
29) 「야심사」, 向春天上元嘉節設華筵燈殘月落下群仙.

의 당악과 속악에 등장하는 신선은 풍악을 연주하거나 향기를 풍기는 자, 임금을 모시거나 연회에 참석한 자이다. '몇 곳에서 모여든 신선들(「행향자」)'은 "행신을 나누어 보내어 여러 도의 기녀로 색과 기예가 있는 자를 뽑고 또 서울의 무당 및 관비로 가무를 잘하는 자를 뽑아 궁중에 등록"[31]된 자에 해당하고 '악부양적의 신선(「경배락」)'에서 '신선'은 당악과 향악이라는 "兩部"[32]로 나눠져 있는 악공이나 기녀이다. 결국 연회석을 화려하게 차린 상태에서 등장하는 신선들은 음악, 향기, 풍류와 관련된 기녀의 또 다른 명칭인 것이다.[33]

'仙'과 기녀의 관련은 그들의 이름이 紫雲仙(『고려사』 열전42 최충헌), 謫仙來(열전38 김원상), 七點仙(열전48 신우3)처럼 '仙'과 밀접하다는 데에서도 확인할 수 있다. 그리고 '仙'의 字意가 불로장생을 목적으로 산에 들어가 수행하는 "老而不死曰仙 仙僊也 僊入山也 故其制字人傍作山也(『석명』)"[34]와 같은 "불사적 존재"[35]를 추구하는 것과 관련돼 있지만 "육체의 更新을 통하여 육신을 지닌 현세의 자아가 연속"[36]되기를 바란다는 점에서 종교와는 거리가 있다.[37] '선'이 이러

30) 「자하동」, 雖道風流勝神仙亦何傷.

31) 『고려사』 권125 열전38 오잠, 分遣倖臣選諸道妓有姿色藝者 又選京都巫及官婢善歌舞者 籍置宮中.

32) 『고려도경』 권40 악률, 今其樂有兩部 左曰唐樂中國之音右曰鄕樂.

33) 「풍입송」의 신선(繽紛花黛列千行 笙歌寥亮盡神仙)은 "화려하게 화장하고 단장한 기녀들이 술손님이 부르기를 기다리고 있었는데 그것을 바라보면 마치 신선과도 같았다(『東京夢華錄』)"는 중국의 경우처럼 기녀에 해당한다. 이수웅, 『중국창기문화사』, 대한교과서주식회사, 1987, 121면에서 재인용.

34) 이종은, 『한국시가상의 도교사상연구』, 재판; 보성문화사, 1992, 27면에서 재인용.

35) 정재서, 「선진시대의 신선설화 기원과 문학적 수용을 중심으로」, 『중국학보』 28, 한국중국학회, 1988, 89면.

36) 같은 면.

37) 신선사상의 발생원인·발생시기·발생지역에 대하여 諸說이 있지만 이것이 "가설의 종합일 뿐"(위의 글, 92면)으로 평가받을 정도로 논자의 입장에 따라 다르기에 이에 대해서는 상론하지 않기로 한다. 우리 신선사상도 대략 세 가지면(1. 중국 도교사상의 영향, 2. 국내 고유사상, 3. 외래사상과 고유사상의 복합)에서 그 원천을 나눌 정도이다. 오종근, 「한국 신선사상의 근원연구」, 『역사와 사회』 1, 국제문화학회, 1991, 256면.

한 의미와 친연하다 할 때 기녀와 그것과의 관련은 낯선 것 같지만 음악, 향기, 연회석, 풍류라는 기녀의 역할을 감안하면 타당하다. 그녀들의 음악, 향기, 연회석, 풍류는 자족적이기보다 연회에 참석한 자들을 위해 있는 것이다.

기녀의 역할과 불사적 의미의 '선'이 결부된 이유는『고려사』악지의「자하동」에 대한 평가에서 찾을 수 있다.

> 채홍철은 자하동에 살면서 그의 당을 중화라 하고 매일같이 원로들을 맞아 극도로 즐기고야 끝내곤 했다. 이 노래를 지어 가비에게 노래하게 했다. 노랫말이 모두 선어이다.[38]

「자하동」전편에 일관되게 나타나는 것은 "인생 백년을 보내는 데 술만 한 게 없으니(斷送百年無過酒)", "힘껏 마셔야지 매일 매일 마셔야지(願君努力日日飲)"이다. '힘껏 마시는' 술은 "불로주(延壽漿)"로 "천 년 더 살 수(獲千年)" 있기에 "한 잔 들고 또 마시(願君一杯復一杯)"라고 음주를 권하는 것이다. 음주를 권하는 공간에는 "관현소리 들려오고(管絃聲裏)", "월류금으로 태평년 연주하는(月留琴奏太平年)" 기녀도 함께 있었기에 "이 풍류 비록 신선놀이보다 낫다 한들 무엇이 잘못이라(雖道風流勝神仙亦何傷)"며 연회의 질펀함을 자랑하기도 한다.[39] 결국 원로들이 중화당에 모여 "백발에 꽃을 꽂고(白髮戴花)", '관현소리'와 더불어 '힘껏 마시는' 광경을 담고 있는 게 채홍철이 지은「자

---

38) 차주환, 앞의 책, 247~248면에 따르되 "가사는 다 仙家의 말"로 해석한 부분을 '노랫말이 모두 仙語'로 고친 것은 '선'의 의미를 논의하기 위해서이다. 원문은 洪哲居紫霞洞 扁其堂曰中和 日邀耆老極勸乃罷 作此歌令家婢歌之 詞皆仙語.

39) 一杯延壽漿 一杯可不獲千年 笋願君一杯復一杯…… 雖道風流勝神仙亦何傷 月留琴奏太平年 願公酩酊莫辭醉…… 斷送百年無過酒…… 願君努力日日飲…… 紫霞洞中和洞管絃聲裏…… 白髮戴花把金觴相勸酒 蓬萊仙人却是未風流.

하동」이고 이에 대하여 『고려사』 악지를 담당했던 사람이 '노랫말이 모두 선어'라 평가했던 것이다. 즉, '힘껏 마시자'며 음주를 권하는 모습과 음주공간에 있어야 할 음악, 향기, 풍류를 고려한 판단이 '노랫말이 모두 선어'인 셈인데 여기서 '선'과 음주의 관계를 논의할 필요가 있다.

'불사적 존재'를 추구하는 '선'의 방법은 『동국이상국집』을 통해 짐작할 수 있다. 예컨대 "소나무를 먹거나(啖松),"[40] "낟알을 먹지 않는(辟穀)"[41] 것처럼 일상적 섭생을 멀리하는 것과 "선약(金丹)"[42]을 복용하는 방법 등이 그것이다. 그러나 이러한 방법으로 "네모난 눈을 가진 신선과 같이(方瞳仙)"[43] 되는 경우는 힘들기에 "신선 약을 만들어 젊어지려 할 것 없이(不待練藥顏還童),"[44] "술이 신선주(糟蓬萊)"[45]라며 음주를 선호하는 경향을 발견할 수 있다. '선'을 추구하는 한 방법으로 음주를 택하는 것은 "단술 맛이 신선의 단약 같아서 저절로 시든 얼굴 소년같이 붉어지는(一杯美酒如丹液坐使衰顏作少年)"[46] 효과가 있고 '선'의 자의(僊 舞袖飛揚之意;『설문해자』)처럼 정신이나 육체가 일상에서 벗어난 느낌을 갖게 하기 때문이다.[47] 그래서 이규보는 "찐 게살은 금빛으로 빛나고 술이 진정 신선주라네 우리들의 즐거움 이만하면 족하리라 무슨 약을 구해 신선되길 원하나(蟹卽金液糟蓬萊何

---

40) 『동국이상국집』 권14 食松菌, 吾聞啖松腴 得仙必神速.

41) 권14 次韻李侍郎眉叟寄權博士敬仲責辟穀三首, 何事權君長辟穀 忍敎形貌瘦於松.

42) 권11 陳君復和次韻贈之幷序, 非有仙骨無由登 金丹未就恨望情何勝.

43) 권2 奉寄張學士自牧裵天院湍兼簡足庵聆首座幷序, 有如方瞳仙 夢裏期遊天 當時喜諾唯 覺後空茫然.

44) 권16 次韻金承制仁鏡謝規禪師贈歸一上人所畫老檜屛風二首, 願公享壽如此樹 不待練藥顏還童.

45) 권7 食蒸蟹, 蟹卽金液糟蓬萊 何必服藥求仙哉.

46) 권2 醉書示文長老, 一杯美酒如丹液 坐使衰顏作少年 若向新豊長醉倒 人間何日不神仙.

47) 정신이나 육체가 일상에서 벗어난 느낌은 바람을 타고 허공을 나는 듯한 심리를 가리키기도 한다(『삼국사기』 권4 신라본기4 진평왕 9년, 若凡骨可換 神仙可學 則飄然乘風於寥之表).

必服藥求仙哉)"48) 했던 것이다. 심지어 "술독에 깊이 빠져 정신이 없는(昏昏酒泥愚)"49) 자신의 모습을 "그림 속의 신선(仙裝竹鶴圖)"50)으로 표현하기도 한다. 이것은 이규보 개인의 생각이 아니라 당대 사람들이 일반적으로 여겼던 것으로 술에 취해 몸을 가누지 못하는 경우 이를 가리켜 "길가는 사람들이 신선이라 하는(路人指道神仙客)"51) 데에서 확인할 수 있다. 이러한 경향은 중국에서도 마찬가지인데 "누룩을 베개 삼고 지게미를 자리 삼(枕麴藉糟)아", "오로지 술을 마시는 데 힘썼(唯酒是務)"52)던 '劉伶'이 있다. 그의 음주행위는 "한식산의 복용과 관련이 있는데"53) 여기선 '寒食散'은 단약으로 이를 복용하면 "일시적으로 남성들은 자신의 몸이 가볍게 느껴지거나 정력이 증진되었다는 효과"54)를 얻는다고 한다. 그런데 중금속으로 구성된 단약을 장기 복용하는 경우 심한 통증을 느끼기에 이를 완화시키기 위해 음주를 병행해야만 하는 이른바 "한식산의 복용과 음주는 불가분의 관계"55)에 있다는 것이다. 결국 '불사적 존재'가 되기 위한 방법이 중국의 경우와 크게 다르지 않았다. 일상적이지 않는 섭생을 하거나 단약이라는 선약을 복용하거나, 또는 음주행위가 이에 해당한다. 특히 지나친 음주행위를 했던 '유령'이 「한림별곡」에 '선옹(仙翁)'으로 기술된 것에서도 음주와 '선'의 관계를 엿볼 수 있다.

---

48) 권7 食蒸蟹, 蟹卽金液糟蓬萊 何必服藥求仙哉.
49) 권6 馬巖會賓友大醉夜歸記所見贈鄕校諸君, 仙裝竹鶴圖 遠村聞吠犬 古壁吊飢鼯 昏昏酒泥愚.
50) 같은 곳.
51) 권16 賀同年兪侍郎升旦初侍燈夕宴, 宣花滿揷醉扶廻 路人指道神仙客.
52) 『고문진보』 주덕송, 止則操卮執觚 動則挈榼提壺 唯酒是務 焉知其餘…… 銜杯漱醪 奮髯踑踞 枕麴藉糟.
53) 김인숙, 『중국 중세 사대부와 술·약 그리고 여자』, 서경문화사, 1998, 57면.
54) 위의 책, 50면.
55) 위의 책, 55면.

4. 「동동」에 대한 평가, 송도와 선어

「동동」에 대한 "歌詞多有頌禱之詞盖効仙語"를 이해하기 위해 『고려사』 악지에 나타난 송도와 변계량과 정극인의 송도, 그리고 송도와 기녀의 관계를 살펴보았다. '송'과 '도', 그리고 '선'이 긴밀하게 연계돼 있는 것을 고려하지 않을 경우, 「동동」을 '송', '도', '선'의 자의에 기대 이해하게 되는데 그 대표적인 경우가 제의적 문맥으로 읽는 것이다. 예컨대 어학적 규명이 완성된 것들을 제의적 문맥에 기대어, '녹사'를 "신의 인격화"[56]로 '수릿날 아침 藥'을 "천상적 존재의 님"[57]으로 혹은 '별해 브론 빗'을 "벼랑에 드리운 무지갯빛"[58]으로 '고우닐 스싀옴녈셔'를 "태양의 부활"[59]로 이해하는 경우들이다. '수릿날 아침 藥'은 "장존할 약으로 아침에 익모초와 쑥을 먹는 민속"[60] 정도로 파악해도 될 터인데 굳이 '수릿날'의 어원을 천착하여 거기에 의미를 두어 「동동」을 읽으려 했던 이유는 '송'과 '도', 그리고 '선'의 관계가 선명하지 않았기 때문이다. 그러나 '송', '도', '선'이 각각 기능하는 게 아니라 서로 긴밀하다는 점이 드러난 이상 「동동」과 관련된 '歌詞多有頌禱之詞盖効仙語'라는 평가는 합당하다.

먼저 '송'과 '도'는 상하관계가 형성된 상태에서 가능하다고 앞에서 지적한 바 있다. 군신은 물론 부부, 尊卑, 老少처럼 윗사람과 아랫

---

56) 박혜숙, 앞의 글, 95면.

57) 허남춘, 「동동의 송도성과 서정성(1)」, 『도남학보』 14집, 도남학회, 1993, 166면. "수리는 높다(高), 위(上) 또는 신의 뜻이 있어 '높은 날', '신을 모시는 날'의 뜻"; 최용수, 앞의 책, 194면. "님은 천상적 존재의 님."

58) 허남춘, 「동동의 송도성과 서정성(2)」, 『도남학보』 15집, 도남학회, 1996, 103면.

59) 위의 글, 120면.

60) 임동권, 「동동의 해석」, 『고려시대의 가요문학』, 김열규·신동욱 편, 새문사, 1982, Ⅰ-49면.

사람의 관계에서 송도가 출발하는 것이었다. 이 글이 주목하는 것은 尊卑의 관계인데, 이를 구체적으로 말하면 「동동」의 "므슴다 錄事니 문 녯나를 닛고신뎌"에 나타난 대로 '尊'은 '녹사'에 해당하고 '卑'는 '존'의 부재에 괴로워하는 화자인 '나'이다. 특히 화자가 괴로움을 극복하고자 '존'을 적극적으로 찾아 나서지 않고 "별해 부톤 빗 다호라" 와 "겨미연 부릇 다호라", 그리고 "盤잇 져다호라"처럼 자신을 철저히 '수동적인 성향'[61]을 띠는 것에 비유했다는 점과 '송', '도', '선'이 긴밀하되 특히 '선'이 음악, 향기, 풍류를 포함하는 표현과 관련돼 있다는 점에서 '비'에 해당하는 화자는 '기녀'이다.

기녀는 "관청의 물품,"[62] "사치노예,"[63] "법제상 지위가 재물"[64]에 해당하지만 "감람빛 넓은 허리띠를 차고 채색 끈에 금방울을 달고 비단으로 만든 향낭"[65]을 차고 다닐 정도의 사치가 허용됐다. 기녀들은 "軍士・商賈・衙前 등 豊饒한 妓夫를 잡아서"[66] 그들의 사치와 생계를 도모해야 했는데 무엇보다 그들이 관아의 奴婢案에 포함돼 있지만 "수령이 보살필 것이 못 되는"[67] 처지이기에 기부가 필요했다. 결국 고려시대 관직 편제에 있던 "綠事"[68]가 기부이면서 기녀의 '송도' 대상이었던 것이다. 송도의 대상과 공간적으로 떨어져 있는 상황에서도

---

61) 화자의 처지가 수동적 성향을 띠는 게 '기녀언술의 핵심'이라 한다. 신은경, 「조선조 여성텍스트에 대한 페미니즘적 조명(2)」,『페미니즘과 문학비평』, 고려원, 1994, 81면.
62) 김용숙,『한국여속사』, 민음사, 1989, 243면.
63) 김동욱,「이조 기녀사 서설-사대부와 기녀」,『아세아여성연구』5집, 숙명여자대학교, 1966, 116면.
64) 홍승기,『고려귀족사회와 노비』, 일조각, 1983, 8면.
65)『고려도경』권20 귀부, 橄欖勒巾加以采條金鐸…… 佩金香囊.
66) 김동욱, 앞의 글, 79면.
67) 정약용,『목민심서』권4 이전육조 어중, 妓生雖賤皆有憐者不足恤也.
68) 박용운,『고려시대 관계 관직 연구』, 고려대출판부, 1997, 25~28면.

송도를 했다는 점은 전술한 바 있듯이 '녹사님'이 부재하더라도 그에 대한 송도는 가능하다. 존과 비, 기부와 기녀는 녹사와 기녀의 관계와 나름 아니기에 기녀화자(卑)가 '녹사(尊)'에 대하여 '송'하는 부분은 "노피현 燈ㅅ블 다호라 萬人비취실 즈싀샷다"와 "ᄂ미 브롤 즈슬 디녀 나샷다"이다. 이에 대한 해석이 각각 "높이 켠 등불 같구나 만인 비추실 모습이시로다"[69]와 "남의 부러워할 모습을 지니고 나셨도다"[70]로 '녹사'의 외모에 '송'이 집중돼 있다. 그리고 '도'하는 부분은 "수릿날 아춤 藥은 즈믄힐 長存ᄒ샬 藥이라 받줍노이다"와 "九月 九日에 아으 藥이라 먹논 黃花고지 안해 드니"인데 이에 대한 해석이 각각 "단옷날 아침 약은 천년을 길이 사실 약이라 드립니다"[71]와 "약이라고 하여 먹는 국화로 국화주를 빚어 넣으니"[72]이다. 단오의 아침 약이 '익모초'[73]일 수 있지만 '藥酒'[74]일 가능성도 있고 '黃花고지'도 '국화'이거나 '국화술독'일 수 있다고 한다. 단오와 重陽과 관련된 진술에서 '약'이 등장하는데 이는 송의 대상인 녹사의 수명이 연장되기를 바라는 '도'이다. 결국 '歌詞多有頌禱之詞'라는 평가가 합당하다는 점은 尊卑의 관계에서 송도가 가능하고 기부인 녹사와 사치노예인 기녀의 관계를 통해 확인할 수 있다.

---

69) 최철·박재민, 『석주 고려가요』, 이회, 2003, 44~48면.

70) 위의 책, 53면.

71) 위의 책, 61~65면.

72) 이응백, 「동동 구월령 어석고」, 『국어국문학』 77, 국어국문학회, 1978, 65~66면에서 '고지'가 '꽃'이 아니라 '누룩이나 메주 등을 단단하게 다져 만드는 나무틀'로 '술을 빚는다는 뜻을 비치려 한 것'이라 이해했고 이에 대해 최철·박재민이 공감하며 '술고조(酒槽; 술통)' 이라 했다. 한편 해석의 주류(양주동·박병채)는 '黃花고지'를 '국화'로 파악하는 것이었다.

73) 양주동, 앞의 책, 104면; 박병채, 『고려가요의 어석연구』, 이우출판사, 1975, 194면.

74) 홍기문, 『고가요집』, 해외우리문학연구총서 75, 한국문화사, 1996, 235면을 최철·박재민, 앞의 책, 63면에서 재인용.

그에 따라 '盖効仙語'라는 표현도 이해하기 힘든 게 아니다. 연회석을 화려하게 차린 상태에서 등장하는 신선들은 음악, 향기, 풍류와 관련된 기녀의 또 다른 명칭이었던 점과 불사적 존재(仙)가 되기 위한 방법들 중에 '음주'가 있었고 기녀의 이름들이 '선'자와 관련돼 있다는 점, 그리고 「동동」의 화자를 기녀로 설정해야 '歌詞多有頌禱之詞'이란 평가가 타당했듯이 '선어'는 '기녀의 역할과 정서를 담고 있는 말'로 규정지을 수 있다. '선어'가 막연히 '신선의 말'이 아니라 이러한 의미를 띤다 할 때, '도'의 방법으로 등장한 '아침 약'은 '익모초'이기보다 '약주'이어야 하고 '黃花고지'도 '국화술독'으로 이해해야 한다. 이는 송도와 기녀, 불사적 존재와 기녀, 그리고 음주를 통한 선의 추구라는 것을 고려하면 더욱 명확해진다.

끝으로 「동동」 전편에서 화자가 자신을 '소극적 성향'에 비유하여 '기녀언술의 핵심'[75]을 확보하고 있는데 특히 12월의 노랫말은 '尊卑'의 관계에서 '비'의 처지를 극명하게 드러낸 부분이다.

十二月ㅅ 분디남ㄱ로 갓곤 아으 나슬 盤잇 져다호라 니믜 알픠 드러 얼이노니 소니 가재다 므ㄹ옵노이다

'기녀의 역할과 정서를 담고 있는 말(선어)'을 고려하면 젓가락 재료로 '분디남ㄱ(분디나무)'를 택한 이유와 "니믜 알픠(님의 앞에)" 저(箸)를 놓았을 때 손님이 "가재다 므ㄹ옵노이다(가져다 물어버리옵나이다)"[76]의 상황을 이해할 수 있다. 흔히 분디나무가 "波形의 紋理가

---

75) 신은경, 앞의 글, 81면.

76) '가재다'는 어석자 대부분 '取'로 파악하고 '므ㄹ옵노이다'은 '含(양주동)', '咬(박병채)', '齧(최철·박재민)'처럼 약간의 차이가 있지만 결국은 동일한 의미이다.

있어 저의 材料에 적합하다"77)는 데 머물 게 아니라「동동」의 화자가 존비의 관계에서 기녀(卑)이기에 그녀의 역할과 정서를 고려하면 상황을 구체화시킬 수 있다. 분디는 '山椒'로 "운향과에 딸린 갈잎좀나무"78)이지만 "따뜻한 성질과 독특한 향기가 있어서 벽을 칠할 때 넣으면 온기를 더하고 나쁜 냄새를 제거하는 芳香의 효과와 多産을 기원하는 의미로 부인의 방이나 후궁의 처소에 쓰인"79) 재료였다고 한다. 실제로 后妃를 "椒寢"80)이라 칭했던 것을 통해서도 분디나무로 젓가락을 만들면서 화자가 어떠한 바람을 가지고 있었는지 짐작할 수 있다. 즉, 부재하는 녹사님이지만 재회를 간절히 바랐다는 점은「동동」의 1월부터 11월에 이르는 노랫말에서 발견할 수 있는데, 물이 얼기도 하고 녹기도 하지만 님은 그렇지 못하다는 1월, 꾀꼬리는 계절에 맞춰 돌아오지만 님은 여전히 소식 없다는 4월, 한가윗날이지만 님이 없어 안타까운 8월, 봉당에서 슬픔을 불사르고 있는 11월이 그것이다.81) 결국 님과 재회하기를 간절히 바랐던 화자의 의지가 '산초나무'로 젓가락을 만들게 했던 것이다. 산초나무에 가시가 돋아 있어 젓가락을 만드는 과정이 쉽지 않다고 할 때, 젓가락을 만드는 행위만으로도 그녀의 간절함을 엿볼 수 있다. 화자의 간절함이 님에게 전달

---

77) 양주동, 앞의 책, 133면.

78) 한글학회,『우리말큰사전』, 어문각, 1992, 2127면.

79) 김인숙, 앞의 책, 51면.

80)『성종실록』10년 7월 16일, 予雖有子 夭折者多 椒寢未繁;『인조실록』16년 12월 4일, 椒寢一閉 槐火五鑽 蓋宮室之靡安 而嬪御之多闕.

81) 엄동(嚴冬)에 봉당에서 '한삼(汗衫)'을 덮고 있는 화자의 모습(11월)은 심리학적 접근을 해야 이해할 수 있다. '한삼'은 화자와 녹사가 여름에 만났다는 것을 가리키는 한편 님을 만나려는 화자의 바람이 얼마나 강렬했는지를 가늠하게 하는 단어이다. 물론 님의 부재를 인정하지 않고 마치 님이 있는 것으로 착각하여 '長存 ㅎ샬 藥이라 받줍'고 있는 화자의 모습(5월)도 심리학적인 부분에 기대 이해해야 한다. 후고를 작성하고 있다.

된 것처럼 불현듯 12월에 이르러 님이 찾아왔다. 그러나 님은 한낱 기녀에 지나지 않는 화자를 기억조차 하지 못하고 있다. 4월의 노랫 말대로 '녯나를 닛고(옛날의 나를 잊고)' 있었던 것이다. 화자는 이에 개의치 않고 자신의 소망을 담은 분디나무 젓가락을 님이 쉽게 잡을 수 있도록 반(盤) 위에 가지런히 놓았다. 그러나 '만인을 비추거나', '남이 부러워할 모습'으로 기억하고 있던 님이 젓가락을 붙잡지 않고 그와 함께 동행했던 손님이 그것을 대신했던 것이다. 이러한 상황에 서 자신을 철저히 수동적 성향을 띠는 '벼랑에 버린 빗(별해 브룐 빗 다호)'이거나 '썰어놓은 열매(져미연 브룻다호)'에 비유했던 화자이 기에 그녀는 아무런 대응도 할 수 없었다. 혹은 "소니 가재다 므룹습 노이다"를 "손이 그것을 다 분디나무 가지에 되물려 버린다"[82]로 이 해하더라도 상황은 마찬가지인데, '분디나무 가지에 되물린다'는 것 은 화자가 만든 젓가락은 자신의 눈에만 정성이 깃든 젓가락으로 보 였을 뿐 제삼자가 보기에는 나뭇가지와 별반 다르지 않을 정도로 세 련되지 못했기에 벌어진 일이라는 것이다. 무엇보다 가시가 돋은 분 디나무로 젓가락을 만드는 일은 '사치노예'에 해당하는 화자에게 익 숙한 일은 아니었기에 손님이 그것을 내던졌고 그런 상황에서 화자 가 할 일은 아무것도 없었다.

---

82) 김완진, 『향가와 고려가요』, 서울대학교출판부, 2000, 193면.

5. 마무리

「동동」 이해의 전제에 해당하는 '歌詞多有頌禱之詞盖効仙語'의 의미를 살펴보았다. 송도는 군신, 부자, 존비, 노소, 부부처럼 상하관계가 형성된 상태에서 가능했다. 윗사람이 아랫사람에게 긍정적인 영향을 미칠 때 그것을 찬미하는 게 '송'이었고 그러한 상태가 지속되기 위해 윗사람의 수명이 연장되기를 바라는 게 '도'였다. 송도하는 공간에는 음률과 술을 바탕으로 한 '노래와 춤'이 있었고 이곳에 등장하는 신선은 음악, 향기, 풍류와 관련된 기녀의 또 다른 명칭이었다. 특히 '힘껏 마시자'로 일관하고 있는 「자하동」에 대한 '노랫말이 모두 선어'라는 평가는 불사적 존재를 추구하는 '선'과 그 방법으로서의 음주, 그리고 음주공간에 있어야 할 음악, 향기, 풍류를 포함하는 표현이듯 「동동」의 '선어'도 '기녀의 역할과 정서를 담고 있는 말'로 해석해야 했다. 「동동」의 노랫말에서 송, 도, 선을 찾아보면, '송'은 '높이 켠 등불 같구나 만인 비추실 모습'과 '남의 부러워할 모습을 지녔다'처럼 녹사의 외모와 관계되고 '도'는 '단옷날 약주는 천년을 길이 사실 약이라 드린다'와 '약이라고 하여 먹는 국화로 국화주를 빚어 넣는다'처럼 녹사의 수명연장과 관련된 진술이다. 물론 존과 비, 기부와 기녀는 녹사와 기녀화자의 관계였고 송도가 공간적으로 떨어져 있는 상태에서도 가능했다는 점도 이미 지적한 바 있다. 무엇보다 「동동」 전편에서 발견할 수 있는 화자의 심사는 '송도' 및 '선어'와 관련돼 있었다. 특히 해석하기 힘들었던 12월 노랫말을 '기녀의 역할과 정서를 담고 있는 말' 곧 '선어'에 기대 온전히 분석할 수 있었다.

「동동」 화자의 심리*

1. 서론

　「동동」 해석에 영향을 준 것은 악지에 부기된 '歌詞多有頌禱之詞盖
效仙語'이다. 특히 '선어를 본받았다(效仙語)'가 「동동」 해석의 관건이
었다. '선어'를 제의 및 축자에 기대 이해했던 게 대부분이지만,[1] 발

---

* 이 글은 『민족문학사연구』 39(민족문학사연구소, 2009)에 수록된 것이다.
1) 최진원, 「동동고(Ⅰ)」, 『대동문화연구』 8집, 성균관대대동문화연구소, 1971; 차주환 역, 『고려사악지』, 을유
　문화사, 1972; 양주동, 『여요전주』, 중판; 을유문화사, 1985; 박혜숙, 「동동의 님에 대한 일고찰」, 『국문학
　연구』 10집, 효성여자대학교, 1987; 최미정, 「죽은 님을 위한 노래-동동」, 『문학한글』 2, 한글학회, 1988;

84　고려속요와 가창공간

생시기와 발생지역을 포괄적으로 다룬 논의는 "경망한 연정의 노래"[2]로, '송'과 '도'의 의미와 '선'을 추구하는 방법에 기댄 논의는 "기녀의 역할과 정서를 담고 있는 말"[3]로 규정하기에 이르렀다.

하지만「동동」전편을 통석할 때, 님이 현존하는 것으로 여겨 "長存ᄒ샬 藥이라 받줍거나(5월)" 망혼일(亡魂日)에 "百種 排ᄒ야 두고 니믈 흔ᄃᆡ 녀가져 願을 비ᄂᆞᆫ(7월)" 것, 그리고 엄동에 "봉당 자리예 아으 汗衫 두퍼 누워(11월)" 있는 화자의 모습은 기행(奇行)에 가깝다. 어학적 규명은 됐지만「동동」전편을 통석하는 데에 여전히 문제적이라는 것이다. 특히 7월 망혼일(亡魂日)에 화자가 "니믈 흔ᄃᆡ 녀가져(님과 한 곳에 지내기)"를 바라고 있기에 많은 논자들이 님을 '망자(亡者)'로 판단했었다.[4] 하지만 본문에서 언급하겠지만 '님'을 망자로 상정하면 전편을 온전히 이해할 수 없다. 이 부분은 님의 부재에 따른 화자의 심리가 반영된 것으로 방어기제(defense mechanism)에 기대 해명해야 한다. 5월, 7월, 11월은 물론 2월, 3월, 12월에 나타나는 화자의 독특한 심리를 해명하면「동동」전편을 통석할 수 있다.

이 글은「동동」화자의 심리를 통해 작품을 통석하는 데 목적이 있

이혜구,『한국음악서설』, 개정판; 서울대출판부, 1989; 최용수,『고려가요연구』, 계명문화사, 1993; 김준옥,「장생포와 동동」,『한국언어문학』35, 한국언어문학회, 1995; 허남춘,「동동의 송도성과 서정성(1)」,『도남학보』14집, 도남학회, 1993; 허남춘,「동동의 송도성과 서정성 연구(2)」,『도남학보』15집, 도남학회, 1996.

2) 임기중,「고려가요 동동고」,『양주동 박사 고희기념논문집』, 탐구당, 1973(『고려가요연구』, 국어국문학회 편, 중판; 정음문화사, 1990, 372면).

3) 졸고,「동동의 송도와 선어」,『민족문학사연구』36, 민족문학사학회, 2008, 23면.

4) 임동권,「동동의 해석」,『고려시대의 가요문학』, 김열규·신동욱 편, 새문사, 1982, I-51면, "영이별의 상태에서 고독에 겨워 함께 하기를 간절히 소망"; 박병채,『고려가요의 어석연구』, 3판; 이우출판사, 1978, 129면, "저승 偕行의 애상"; 김형규,『고가주석』, 백영사, 1955, 85면, "이 노래는 백종일에 죽은 님을 위하여 후세에서라도 만나기를 비는 비원의 노래"; 전규태,『고려가요』, 중판; 정음사, 1979, 44면, "후세에서라도 다시 만나기를"; 장진호,「동동고」,『새국어교육』40, 한국국어교육학회, 1984, 215면, "이별이 없는 임 계신 곳으로 빨리 가고 싶어 하는 여인의 禱"; 최미정, 앞의 글, 63면, "따라 죽고 싶다는 절절한 읍소"; 허남춘,「동동의 송도성과 서정성 연구(2)」, 117면, "음식을 진설하고 님과 일체가 되고자 하는 소망…… 님이 예사로운 존재가 아닐 것"; 최용수, 앞의 글, 195면, "내세에서라도 님과 함께 살아가고자 기원."

다. 하지만 「동동」의 화자를 특정인으로 추정하는 경우는 있었지만 화자의 심리를 본격적으로 논의한 경우는 전무하다. 화자의 심리가 진술에 그대로 반영된다는 점에서 그것에 기대어 「동동」을 이해하는 것도 연구의 한 방법이다. 그래서 이 글은 먼저 「동동」이 고려속요의 일반적 특성 안에 있다는 점을 지적한 후 노래 전편에 해당하는 화자를 상정할 것이다. 그리고 화자의 기행(奇行)에 해당하는 5월, 7월, 11월을 비롯해 이와 밀접하게 연계된 2월, 3월, 12월을 방어기제에 기대어 해석한 후, 기제가 작동된 원인을 지적할 것이다. 끝으로 이를 바탕으로 「동동」 전편을 통석할 수 있다.

2. 고려속요 이해의 전제와 「동동」의 화자

고려속요의 장르적 특성을 규정하는 일은 쉽지 않다. 이것은 작자, 창작시기, 형식, 주제, 배경 등을 일괄적으로 규정하기 힘들다는 점과 무관하지 않다. 다만 "모든 광대 잡기와 지방의 노는 기녀들"5)과 "서울의 무당과 관비 중에서 가무를 잘하는 자"6)가 궁중으로 유입된 경우를 통해 보건대 속요가 "민요를 속악으로 전용하는 과정에서 생성·발전해" 갔으며 "장르의 발전 및 전성기를 맞게 되자 무가 및 불가를 수용하는 데까지 확산되어 간 것으로 추정"7)하는 데에 대부분 공감한다. 민요를 궁중으로 운반했던 기녀·관비·무당들이 개사·편사한 노래를 불렀던 만큼 화자를 상정하는 일은 무의미할 수 있다.

---

5) 『고려사절요』 권8 예종, 凡倡優雜伎以至外官遊妓無不被徵.

6) 『고려사』 권125 열전38 오잠, 選京都巫及官婢善歌舞者.

7) 김학성, 「속요의 장르상의 제 문제」, 『천봉 이능우 박사 칠순기념논총』, 간행위원회, 1990, 83면.

하지만 속악으로 전용되는 과정에 참여했던 자들이 자의적으로 노래를 개사·편사하지 않을 정도의 소양을 지니고 있었다.[8] 예컨대 「서경노래」, 「구슬노래」, 「대동강노래」가 합가(合歌) 형식을 띠고 있는 「서경별곡」에서 노래 전편에 해당할 화자가 여성으로 등장하는 것도 이와 무관하지 않다. 심지어 「만전춘별사」의 경우 민요·시조·한시·경기체가의 양식이 합가되어 있지만 특정 화자가 노래 전편에 적용되는 것도 우연이 아니다.[9] 다양한 양식이 같은 작품에 존재하면서 화자의 심사가 시간순으로 정연하게 진술돼 있는 것을 통해서도 이를 확인할 수 있다.[10] 이 또한 고려속요가 개사·편사의 과정을 겪되 노래 전편을 일관되게 읽을 수 있도록 화자가 존재한다는 점을 방증하는 것이다.

> 諸道에 행신을 보내서 관기로 자색과 기예가 있는 자를 고르고 또 城中에 있는 관비와 무당으로 가무를 잘하는 자를 골라 宮中에 등록해서…… 따로 한 隊를 만들어 男粧이라 칭하여 노래(新聲)를 가르쳤다(敎以新聲). …… 고저와 완급이 곡조에 맞았다.[11]

「쌍화점」과 관련된 위의 기록을 통해 '민요를 속악으로 전용하는 과정'을 짐작할 수 있다. 민요를 궁중으로 운반한 자들이 관기·관비·무당이었으며 그들이 궁중에서 가창한 것은 운반했던 노래 그대로가 아니라 교열·신성의 과정을 거쳐 '고저완급'의 곡조에 맞춘 노래였

---

8) 송방송, 『한국음악통사』, 일조각, 1984, 153면.

9) 「만전춘별사」의 화자를 기녀로 파악하여 작품을 일관적으로 분석한 논자로 성현경(「만전춘별사의 구조」, 『고려시대의 언어와 문학』, 한국어문학회편, 형설출판사, 1975)이 있다.

10) 고려속요의 화자를 특정인으로 파악해야 해당 작품을 온전히 이해할 수 있는데 이에 대해서는 졸저, 『고려속요와 기녀』, 경인문화사, 2004; 졸고, 「고려시대의 단오 풍속으로 읽는 '청산별곡'」, 『역사민속학』 24호, 한국역사민속학회, 2007, 참조.

11) 『고려사절요』 권22 충렬왕 25년, 分遣倖臣諸道 選官妓有姿色伎藝者 又選城中官婢及女巫善歌舞者 籍置宮中…… 別作一隊 稱爲男粧 敎以新聲 其詞云…其高低緩急 無不中節.

다. 고려속요의 형성과정을 "가락에 알맞은 재래의 사설을 찾아 새 형태의 우리말 사설이 지어지고" 혹은 "재래의 사설과 新傳의 가락이 맞지 않을 때 그 조절을 위한 여러 가지 시도가 이루어질"[12) 것으로 추정한 논의도 이러한 과정을 지적한 것이다. 물론 노래 전편에 일관되게 적용될 만한 화자를 설정하는 것도 '민요를 속악으로 전용하는 과정'에서 이루어지게 마련이다.

고려속요 이해의 전제 안에 「동동」도 위치한다. 「동동」에서 화자는 자신을 '별해 ᄇ룐 빗(강둑에 버린 빗; 6월)'과 '상처를 낸 열매(져미연 ᄇ룻; 10월)'에 비유하고 있다. '별해 ᄇ룐 빗'에 대해 "벼랑에 드리운 무지갯빛"이라 하여 "님을 따르겠다는 추앙"[13)으로 이해하는 경우도 있지만 이는 제의적 문맥에서 파악한 것일 뿐 어학적 성과를 그대로 받아들여 문면대로 "강둑에 버린 빗"[14)으로 해석해야 한다. "6월 보름에 동쪽으로 흐르는 물에 머리를 감아 불길한 것을 씻는"[15) 풍속과 밀접한 '강둑에 버린 빗(6월)'은 화자의 처지를 극명하게 드러낸 표현이다. 머리를 빗거나 감을 때 빗이 필요하지만, 그것이 '빗'으로서 온전하지 않다면 누구건 하찮은 것으로 여기기 마련이다. 그리고 'ᄇ룻'에 대한 어석은 확증할 수 없지만 '꺾어버리신(것거 ᄇ리신)'이란 표현으로 보건대 나뭇가지에 매달린 열매임에는 틀림없다. '보로쇠'와 같은 열매이되 '저민(져미연)' 상태에 있었으니 '강둑에 버린 빗'과 마찬가지로 화자가 자신을 비유한 대상이 얼마나 쓸모없는 것

---

12) 김택규, 「별곡의 구조」, 『고려가요연구』, 중판; 국어국문학회편, 정음문화사, 1990, 279면.

13) 허남춘, 「동동의 송도성과 서정성 연구(2)」, 102~103면.

14) 최철·박재민, 『석주 고려가요』, 이회, 2003, 67면. 이하 주석을 밝히지 않은 해석은 이에 의거한다.

15) 홍석모, 『동국세시기』, 이석호 역, 『한국사상대전집』 12, 양우당, 1994, 84면.

인지 알 수 있다.

결국 고려속요의 화자와 관련하여 어휘, 비유, 화자의 태도 등을 통해 판단허긴대, 「동동」은 "버림받은 여성의 노래"[16]에 해당한다.「동동」 화자에게서 "님의 부재로 인한 상실감, 결여감, 그리움, 수동적 태도"[17]를 발견할 수 있는데 이것은 기녀의 발화를 특징짓는 핵심이다. 게다가 '선어를 본받았다(效仙語)'는「동동」의 평가에서 '선어'가 "경망한 연정의 노래"[18]이거나 "기녀의 역할과 정서를 담고 있는 말"[19]이니만큼「동동」 전편에 해당할 화자로 기녀를 상정할 수 있다. 속요의 작자층을 기녀 혹은 유녀로 파악하고 있는 경우가 있는데,[20] 필자는 작자층을 운운하는 게 아니라「동동」 전편에 일관되게 적용될 만한 화자로 기녀가 최적이라는 것이다.[21]

3. 화자의 처지와 방어기제, 그리고 불안한 심리의 원인

화자가 님의 부재라는 불안에 시달리지 않고 이를 극복할 수 있는 방법은 자신의 태생적인 부분을 인정하는 일이다. 그렇지 않으면 일련의 고통을 슬기롭게 이겨낼 수 없어 불안으로부터 자아를 보호하

---

16) 박혜숙, 「고려속요와 여성화자」, 『고전문학연구』 14집, 한국고전문학연구회, 1998, 11면.

17) 신은경, 「조선조 여성텍스트에 대한 페미니즘적 조명(2)-기녀의 언술을 중심으로」, 『페미니즘과 문학비평』, 고려원, 1994, 81면.

18) 임기중, 앞의 글, 372면.

19) 졸고, 「동동의 송도와 선어」, 20면.

20) 성현경, 앞의 글; 박병채, 앞의 글; 전규태, 「만전춘별사고」, 『고려시대의 가요문학』, 새문사, 1982; 최동원, 「고려속요의 향유계층과 그 성격」, 『고려시대의 가요문학』, 새문사, 1982; 정상균, 『한국중세시문학사연구』, 한신문화사, 1986.

21) 물론 「동동」 서연의 송도와 관련된 진술이 1월에서 12월의 내용과 일정한 괴리를 이루지만 이는 '속악으로 전용'하는 과정에 개입된 것이기에 여기서는 논외로 하고 「동동」 노랫말과 송도 및 선어의 관계는 졸고(「동동의 송도와 선어」)로 미룬다.

기 위해 정신기제가 작동될 수밖에 없다. 이른바 자아가 합리적인 방법으로 불안을 제거하지 못할 경우, 즉 자아가 자기에게 부딪쳐오는 모든 요소를 통합하고 대처하기에 너무 열악하기 때문에 이를 보호하는 장치가 방어기제라는 것이다. 프로이트의 방어기제와 관련해 가장 대표적인 것이 '억압(repression)'인데 이것은 방어기제의 원형에 해당한다. 정신분석의 역사가 '억압'의 역사일 정도로 이에 대한 개념은 프로이트 정신분석 초기부터 자리 잡고 있었다. '억압'은 "위험한 기억, 사고, 지각 등을 의식세계에 올라오지 못하게 막고 어떠한 형태의 행동으로든 표출되지 못하게 장벽을 치는 역할"[22)을 한다. 달리 표현하면 "지난날에 당했던 상처 입은 기억이나 그와 관련된 기억들이 떠오르지 못하도록 막는 역할"[23)을 한다는 것이다. 자아가 불안할 때 억압이 방어기제의 근간을 이루면서 부정(denial), 자기에로의 전향(turning against self), 투사(projection), 의식화(ritual), 반동형성(reaction formation), 대체(substitution), 승화(sublimation), 해리(dissociation), 상징화(symbolization), 퇴행(regression) 등의 기제와 복합적으로 작동하게 된다. 이러한 경향을 「동동」의 화자에게서 확인할 수 있는데 2월, 3월, 5월, 7월, 11월, 12월이 그것이다.

무엇보다 5월 "수릿날 아촘藥은 즈믄힐 長存ᄒ살 藥이라 받줍노이다(단옷날 아침 약은 천년을 길이 사실 약이라 드리옵니다)"는 방어기제를 통해 구체적으로 이해할 수 있다. 흔히 '長存ᄒ살 藥이라 받줍는' 것에 대해 "님을 천상적 존재"[24)로 파악하거나 "모두들 약을 獻上

22) S. 프로이트·C. S. 홀·R. 오스본, 『프로이트 심리학 해설』, 설영환 옮김, 3판; 선영사, 1986, 186면.
23) 같은 면.
24) 최용수, 앞의 글, 194면.

하는데 헌상할 이가 없음을 애달파 한 것"[25]으로 이해하는데 이것보다 님의 부재를 인정하지 않고 마치 님이 현재 있는 것으로 생각하고 행동하는 화자의 모습이라는 게 실상에 가깝다. 이는 님의 부재를 있는 그대로 받아들이기 너무 괴롭기에 그것을 부정(denial)하는 기제가 작동했기 때문이다. 부정은 '지난날에 당했던 상처 입은 기억'이 너무나 컸기에 그것을 억압하여 인정하지 않는 방어기제인데 흔히 사망한 사람을 아직 생존해 있는 것으로 굳게 믿고 행동하는 경우가 이에 해당한다. 사망을 인정하지 않고 그가 쓰던 방에 꽃을 꽂아 두거나 밥상을 차리는 행위 등이 그것이다. '長存ᄒ샬 藥이라 받줍는' 화자의 기이한 행동은 이런 맥락에서 이해할 수 있다.

사정이 이러할 때, 2월의 "노피현 燈ㅅ블 다호라 萬人비취실 즈ᅀᅵ (높이 켠 등불 같구나 만인 비추실 모습)"도 "님의 신격화 혹은 신의 인격화"[26]나 "님이 표상하는 존재는 신"[27], 또는 "사회적 영웅의 면모를 지닌 님"[28]이나 "만인의 애인"[29]으로 이해하기보다 5월에 나타난 심리를 감안해야 한다. 님의 부재를 받아들이지 않는 부정의 기제에 갇힌 화자에게 님의 모습은 평범할 수 없다. 모든 사람을 비추어 줄 만한 출중한 모습, 혹은 등불처럼 빛나는 얼굴로 기억하고 있는 것이다.

기억을 어떻게 재현했는가 하는 것은 회상의 기억을 말하는데 의

---

25) 임기중, 「속 고려가요 동동고」, 『한국학연구』 1집, 동국대한국문화연구소, 1976, 85면.

26) 허남춘, 「동동의 송도성과 서정성 연구(2)」, 111면.

27) 박혜숙, 「동동의 님에 대한 일고찰」, 93~94면.

28) 고혜경, 「동동의 정서적 경과」, 『고려시가의 정서』, 김대행편, 개문사, 1997, 127면.

29) 박노준, 『고려가요의 연구』, 새문사, 1990, 312면.

식과 무의식이 상호적으로 행위를 가하는 과정에서 만들어진다. 이를테면 무의식으로 흘러간 기억으로 망각의 강을 넘어 구조해오는 과정에서 새로운 기억이 만들어진다.[30]

화자가 기억하고 있는 님의 모습은 5월의 심리와 연동된 '새로운 기억'으로 "진정한 기억흔적(Erinnerungsspur)이 아니라 이후에 수정된 기억"[31]에 의한 것이다. 님의 부재를 부정하는 기제에 기댔던 화자였던 만큼 님의 모습에 대한 기억도 수정되기 마련이다. 수정된 기억은 2월 연등행사에 매달아놓은 등불이 님의 모습을 방불케 했듯 3월의 꽃도 남들이 부러워할 모습(둘 읫고지여 ᄂᆞ민 브롤 즈슬)을 지닌 님이었다.

7월 "百種 排ᄒᆞ야 두고 니믈 혼ᄃᆡ 녀가져 願을 비ᅀᆞᆸ노이다(백종상을 차려두고 님과 함께 살아가고자 소원을 비옵니다)"도 방어기제의 사례이다. 『동국세시기』에 따르면 '百種 排ᄒᆞ'고 '願을 비ᅀᆞᆸ노이다'는 죽은 어버이의 혼을 달래(招其亡親之魂)는 '亡魂日'과 관련된 부분이다.[32] 그래서 화자가 망혼일에 '님과 한 곳에 지내(니믈 혼ᄃᆡ 녀가져)' 기를 바라고 있기에 많은 논자들이 님을 '망자'로 생각할 수 있었다. 제의 및 축자적 접근이 가능할 수 있었던 토대를 7월이 제공했던 것이다. 하지만 「동동」에 대하여 『고려사』 악지에 '頌禱之詞盖效仙語'라 규정했고, '선어'가 "경망한 연정"[33]과 관련되거나 "기녀의 역할과 정서를 담고 있는 말"[34]이기에, 님이 망자여서는 안 될뿐더러 「동동」

---

30) 변학수, 「언어, 문화, 기억-문학과 기억」, 『독일어문학』 제38집, 한국독일어문학회, 2007, 17면.

31) 프로이트, 『일상생활의 정신병리학』, 이한우 역, 열린책들, 1988, 75면.

32) 國俗以中元爲亡魂日 盖以閭閻小民是夜月夕 備蔬果酒飯 招其亡親之魂.

33) 임기중, 「고려가요 동동고」, 372면.

34) 졸고, 「동동의 송도와 선어」, 20면.

전편을 해석할 수도 없다. 무엇보다 4월의 '어찌하여 녹사님은 옛 나[我]를 잊고(므슴다 錄事니믄 녯나룰 닛)' 있냐는 진술은 녹시를 망자로 생각할 경우 성립되기 힘들다. 게다가 12월에 님이 나타나자 화자가 '분디나무로 깎은 젓가락(분디남ᄀ로 갓곤 아ᄋ 나ᄉᆞᆯ 盤잇 져)'을 '님의 앞에 들어 나란히 두었기에(니믜 알픠 드러 얼이노니)' 님은 망자가 아니다. 화자가 5월 '藥이라 받줍'고 있을 정도로 님의 부재를 부정하고 있다는 점에서 '님의 부재'라는 고통이 화자에게 얼마나 큰 것인지 알 수 있고 이러한 면은 연등이나 꽃을 통해 님을 왜곡하여 기억한 데에서도 확인한 바 있다. 남들에게는 '백종상을 차려두고(百種 排ᄒᆞ)' 망친을 위로하는 망혼일이지만 화자는 이것을 '님과 함께 살아가고자 소원을 비는(니믈 ᄒᆞᆫ ᄃᆡ 녀가져 願을 비ᄉᆞᆸ)' 날로 대체한 셈이다. 대체형성(substitution)은 목적했던 바를 못 이룬 데서 오는 갈등을 줄이기 위해 원래와 비슷한 것으로 대체하는 기제이다. 7월에 이러한 기제가 작동할 수 있었던 것은 '百種 排ᄒᆞ'여 놓은 망혼일의 상(床)이 개인의 바람을 기원하는 상(床)과 유사했기 때문이다. 게다가 '百種 排ᄒᆞ'여 놓은 상(床)이 과거에 만났던 '녹사'와 마주앉았던 상(床)을 연상시키기도 했는데 이는 12월 님과 만났을 때 盤(床)이 등장한 것과 무관하지 않다.

11월 "봉당 자리예 아ᄋ 汗衫 두퍼 누워 슬ᄒᆞᆯ스라온뎌 고우닐 스싀옴 녈셔(봉당 자리에 한삼을 덮고 누워 슬픔을 태우는구나 고운 이와 외따로 살아가는구나)"의 해석은 전후반부로 나누어 살펴야 한다. 후반부의 '고우닐 스싀옴 녈셔'는 "고운 님을 여희고 나 혼자 살아감이여"35)나 "사랑하는 임을 갈라져 한 사람씩 살아가는구나"36)이지만 전반부의 '봉당 자리예 아ᄋ 汗衫 두퍼 누워 슬ᄒᆞᆯ스라'는 다소 낯설다. 음력 11월에 '봉당'이라는 '마루를 깔지 않은 흙바닥으로 된 공간'에서 '汗衫'이라는 '저고리 속에 입는 홑옷'[37]을 덮고 누워 슬픔을 사르고 있기에 더욱 그렇다. 그런데 11월 화자의 기행이 2월, 3월, 5월, 7월 심리와 연계됐기에 11월 화자의 기행도 님과의 재회를 간절히 바라는 심리와 관련되기 마련이다.[38]

12월 "분디남ㄱ로 갓곤 아으 나슬 盤잇 져다호라 니믜 알픠 드러 얼이노니 소니 가재다 므ᄅ습노이다(산초나무로 깎은 드릴 상의 젓가락 같구나 님의 앞에 들어 나란히 두니 손[客]이 가져다 물어버리옵니다)"도 2월, 3월, 5월, 7월, 11월 심리의 연장이다. 이러한 점을 배려하지 않으면 "손이 가져다 먹는다는 것은, 임금이 조상이나 상제를 예로 접대하는 행위"[39]나 "화자는 조상제 의식을 보고, 거기에 있는 '져'를 자기와 동일시한 것"으로 "여기서 님은 실존의 님이 아니라 님의 靈"[40]이라 판단하게 된다. 그러나 화자의 심리는 '상(床)' 위에 올려놓은 젓가락을 자신에 비유한 것(져다호라)과 분디나무라는 재료를 통해 재고할 수 있다. 음식을 집어 입에 넣을 때 사용하는 젓가락은 화자의 처지처럼 수동적인 성향을 띠는 도구이다. 그리고 분디나무(山椒)로 젓가락을 만든 것은 "波形의 紋理가 있어 저의 材料에 적합"[41]했거나 "가슴 아픈 자학의 선택"[42]도 아니라 이것이 "따뜻한

---

35) 양주동, 앞의 글, 132면.

36) 박병채, 앞의 글, 120~121면.

37) '汗衫'은 '두루마기나 여자의 저고리 소매 끝에 길게 덧대는 소매'일 수 있지만 여러 정황상 '속옷'으로 이해해야 한다. 예컨대 '겨울에 입는 속저고리의 일종(최철·박재민, 앞의 글, 92면)'이라 한다.

38) 이에 대해서는 12월과 함께 상술한다.

39) 허남춘, 「동동의 송도성과 서정성 연구(2)」, 122면.

40) 최용수, 앞의 글, 199면.

41) 양주동, 앞의 글, 133면.

성질과 독특한 향기가 있어서 벽을 칠할 때 넣으면 온기를 더하고 나쁜 냄새를 제거하는 芳香의 효과와 多産을 기원하는 의미로 부인의 방이나 후궁의 처소에 쓰인”[43] 재료였기 때문이다. 조선시대에 后妃를 “椒寢”[44]이라 칭했던 것을 통해서도 화자가 자신을 분디나무 젓가락으로 비유한 이유를 알 수 있다. 기녀가 “감람빛 넓은 허리띠를 차고 채색 끈에 금방울을 달고 비단으로 만든 향랑”[45]을 차고 다니는 “사치노예”[46]였던 만큼 ‘芳香’과 관련된 분디나무 젓가락은 화자의 처지를 상징(symbolization)하는 도구이다. 분디나무 젓가락을 ‘나란히 둔(얼이노)’ 상황에서 님이 그것을 잡았으면 화자가 크게 실망하지 않았을 것이다. 그런데 盤(床)의 젓가락을 ‘가져다(가재다)’가 ‘물어버린(므릇)’[47] 자는 님이 아니라 손[客]이었기에 화자가 받은 심리적 상처는 심각했다. 이 상처가 화자에게 “결코 잊지 못할 체험과 관련되었기에“[48] 자아는 합리적인 방법으로 불안을 제거하지 못해 방어기제에 기댔던 것이다.[49]

여기서 12월 화자의 ‘결코 잊지 못할 체험’은 ‘상의 젓가락 같구나(盤잇 져다호라)’와 ‘손[客]이 가져다 물어버(소니 가재다 므릇)’린 것

---

42) 최미정, 앞의 글, 74면.

43) 김인숙, 『중국 중세 사대부와 술 · 약 그리고 여자』, 서경문화사, 1998, 51면.

44) 『성종실록』 10년 7월 16일, 予雖有子 天折者多 椒寢未繁; 『인조실록』 16년 12월 4일, 椒寢一閉 槐火五鑽 蓋宮室之靡安 而嬪御之多關.

45) 『고려도경』 권20, 귀부, 橄欖勒巾加以采條金鐸…… 佩金香囊.

46) 김동욱, 「이조 기녀사 서설-사대부와 기녀」, 『아세아여성연구』 5집, 숙명여자대학교, 1966, 116면.

47) ‘가재다’는 ‘取’의 의미이고 ‘므릇 숍노이다’은 ‘숍(양주동)’, ‘咬(박병채)’, ‘齧(최철 · 박재민)’처럼 미세한 차이가 있을 뿐 동일하다.

48) 프로이트, 『정신분석입문』, 이명성 옮김, 홍신문화사, 1987, 208면.

49) 이 글은 프로이트의 ‘노이로제의 일반이론’에서 시사 받은 바 크다. 특정 여성이 첫날밤 남편의 성불구를 경험한 후, 결코 잊지 못할 체험이 그대로 노출되는 것을 꺼려 여러 형태의 방어기제에 기댄 과정이 그것이다. 위의 글, 206~208면 참조.

을 통해 짐작할 수 있다. 盤(床) 위에 올려놓은 '芳香' 소재의 젓가락을 당연히 님이 잡아 물었어야 하는데 그것을 손[客]이 대신한 상황에서 주목할 것은 盤(床)이라는 도구이다. 7월 '百種 排ᄒᆞ'여 놓은 상(床)을 개인적 기원의 상(床)으로, 혹은 과거에 만났던 '녹사'와 마주앉았던 상(床)으로 대체한 것처럼 12월 盤(床)이 단순히 음식을 올려놓는 도구를 넘어 그것이 침상으로 대체(substitution)됐다고 가정할 수 있다.[50] 결국 침상 위의 화자가 盤(床) 위의 '芳香' 젓가락으로 대체된 것이고, 그것을 취(가재다; 取)한 자는 화자의 바람과 상관없는 손[客]이었다는 게 12월 노랫말이다. 화자가 '결코 잊지 못할 체험'이 어떤 것인지 윤곽을 잡음에 따라 11월 봉당의 상황을 이해할 수 있다. 앞서 11월 화자의 기행을 재회의 간절한 심리로 진술한 바 있는데 이는 의식화(ritual)와 밀접한 취침의례(Schlafzeremoniell)이다. 이것은 "자기의 취침을 방해받지 않도록 어떤 조건을 만드는"[51] 기제로 취침을 하기 전에 이불을 반쯤 접었다 펴고 베개를 털거나 혹은 방문을 조금 열어 놓는 행위 등으로 그 이면에는 성적 소망이 자리 잡고 있다. 예컨대 어린 아이가 무섭다는 이유로 부모의 침실과 자신의 침실 사이의 문을 열어놓는 행위는 그 이면에 부모를 떼어놓으려는 의도가 있다는 것이다. 11월 화자의 기이한 행위도 이러한 맥락과 동일하다. 엄동에 방안이 아니라 방과 방 사이에 있는 봉당에서 홑옷을 입고 슬픔을 사르는 행위는 방 안에서 일어나는 일을 방해하려는 의도에 의한 것이다.[52] 화자가 방해하고 싶은 대상은 자신을 가져다 물어버(가재

---

50) '침대'가 '테이블'로 대체돼 나타나는 것은 방어기제뿐 아니라 꿈에서도 흔하다고 한다. 위의 글, 207면.
51) 위의 글, 208~209면.
52) 방과 방 사이에 위치한 '봉당'은 사각형으로 침상이나 이불의 또 다른 모습이다.

다 므르)리지 않은 님이라는 점에서 님을 향한 화자의 성적 소망이 얼마나 강렬했는지 짐작할 수 있다. 이는 12월의 '결코 잊지 못할 체험'이 자아가 합리적으로 제어할 수 없을 정도로 심각했었다는 것을 반증하는 것이기도 하다.

2월, 3월, 5월, 7월, 11월, 12월에 나타난 화자의 심리를 방어기제를 통해 살펴보았다. 4월 '어찌하여 녹사님은 옛 내[我]를 잊고(므슴다 錄事니믄 녯나를 닛고)'에 나타난 대로 화자를 이러한 심리에 있게 했던 자는 '녹사'[53]였다. 화자와 녹사가 만난 것은 '과거(녯)'였고 화자는 그것을 잊지 못했던 것이다. 흔히 "과거 어떤 일에 대한 감정적인 고착의 전형은 슬픔"인데 "슬픔에 빠지면 현재와 미래에서 완전히 격리된 상태에 있게"[54] 된다고 한다. '과거 슬픔'에 갇혀 있는 화자에게 무엇보다 문제인 것은 그가 자신의 처지를 잊고 있다는 점이다. 기녀를 지칭하는 '해어화'가 '기녀들을 소비하는 남성측의 시선을 집약하는 단어'라는 점을 염두에 두었다면 혹은 자신이 태생적으로 감내해야 할 문제를 고려했다면 화자의 고통은 크게 문제될 게 없다. 차라리 부재의 님을 향해 '항의투의 진술'[55]을 퍼붓는 것도 하나의 방법일 것이다. 자족적인 것과 무관하게 남성들이 요구하는 수동적인 성향을 띠면서 이를 바탕으로 남성들에게 보여주기 위해 '님의 부재'에 시달리거나 '약속에 대한 집착'에 매달리는 모습을 유지하면 그만이다.[56] 온전한 기녀에게 12월의 상황은 문제될 게 없다. '님의 부재'는

---

53) 박용운,『고려시대 관계 관직 연구』, 고려대출판부, 1997, 25~28면에 따르면 녹사는 고려시대 관직 편제에서 하급관리에 해당하는 胥吏이다.

54) 프로이트, 앞의 글, 218면.

55) "다짐하던 이가 누구였습니까(벼기더시니 뉘러시니잇가;「만전춘별사」)"와 "어떠한 기약입니까(이러쳐 뎌러쳐 期約이잇가;「이상곡」)"가 이에 해당한다.

56) 이에 대해서는 졸고,「조선후기 수작ㆍ기지 시조의 행방」,『시조학논총』, 한국시조학회, 2008, 265~267

기녀에게 늘 일어나기에 이를 받아들이면 별일 아니지만 그렇지 않았을 때, 화자처럼 될 수밖에 없다.

기녀답지 않았던「동동」화자가 어떤 성향의 사람인지 알 수 없다. 다만 프로이트가 강박 노이로제 환자의 공통점을 지적한 부분을 통해 그 일단을 지적할 수 있다. 일반적으로 강박 노이로제 환자는 "매우 정력적인 성품을 가졌거나 남달리 완고하고, 일반적인 평균치보다 지적이다. 그들은 대게 뛰어나게 높은 도덕적인 수준에 도달해 있으며, 양심적이고 매우 단정하다"[57]고 한다. 이런 성향의 사람이 '결코 잊지 못할 체험'을 계기로 자아의 합리적인 방법으로 그것과 관련된 불안을 제거하지 못할 때 방어기제가 작동한다. 그래서 환자의 기이한 언행은 방어기제의 결과이기에 방어기제가 작동하기 이전의 '결코 잊지 못할 체험'을 찾아내는 게 정신분석에서 하는 일이다. 강박 노이로제 환자의 공통점과 방어기제의 작동 전후를 고려할 때, 「동동」화자는 기녀가 갖추어서는 절대 안 될 '남달리 완고'하거나 '뛰어나게 높은 도덕적 수준에 도달'하거나 '양심적이고 매우 단정'한 사람이다. 즉 자신의 처지를 인정하지 않은 화자의 기이한 행동은 강박 노이로제 환자의 그것과 유사했던 셈이다.

4. 「동동」 통석

正月ㅅ 나릿 므른 아으 어져 녹져 ᄒᆞ논ᄃᆡ 누릿 가온ᄃᆡ 나곤 몸하 ᄒᆞ올로 녈셔 / 二月ㅅ보로매 아으 노피현 燈ㅅ블 다호라 萬人비취

면 참조.
57) 프로이트, 앞의 글, 205면.

실 즈싀샷다 / 三月나며 開훈 아으 滿春 둘욋고지여 ᄂ미 브롤 즈
슬 디녀 나샷다 / 四月 아니 니저 아으 오실셔 곳고리새여 므슴다
錄事니믄 녯나롤 닛고신뎌 / 五月 五日애 아으 수릿날 아춤 藥 은
즈믄힐 長存ᄒ샬 藥이라 받줍노이다 / 六月ㅅ 보로매 아으 별해 ᄇ
룐 빗 다호라 도라 보실 니믈 젹곰 좃니노이다 / 七月ㅅ 보로매 아
으 百種 排 ᄒ야 두고 니믈 흔ᄃ 녀가져 願을 비ᄉ노이다 / 八月ㅅ
보로믄 아으 嘉俳나리마룬 니믈 뫼셔 녀곤 오ᄂᆯ낤 嘉俳샷다 / 九月
九日에 아으 藥이라 먹논 黃花고지 안해 드니 새셔 가만 ᄒ얘라 /
十月애 아으 져미연 ᄇ롯 다호라 것거 ᄇ리신 後에 디니실 흔부니
업스샷다 / 十一月ㅅ 봉당 자리예 아으 汗衫 두퍼 누워 슬홀ᄉ라온
뎌 고우닐 스싀옴 녈셔 / 十二月ㅅ 분디남ᄀ로 갓곤 아으 나ᄉᆯ 盤
잇 져다호라 니믜 알피 드러 얼이노니 소니 가재다 므ᄅᅌᆸ노이다
(서연과 반복어 '아으 動動다리' 생략)

「동동」은 달거리의 유형 및 내용과 같은 듯하지만 정월과 4월, 그
리고 11월과 12월의 내용에서 차이가 있다.[58] 달거리에서 정월은 부
모봉양이나 님의 부재가 소년들의 답교(踏橋)나 완월(玩月)을 통해서,
「동동」에서는 홀로 살아가는 화자의 심사가 냇물의 결빙과 해빙을
통해 나타난다. 달거리에서 4월은 관등(觀燈)이란 행사에서 부재자가
벗이나 부친, 그리고 님으로 나타나지만 「동동」에서 부재자는 "錄事
님"이다. 물론 여기서 '녹사'는 고려시대 관직 편제에서 하급관리에
속하는 서리로 기녀들이 기부(妓夫)로 삼기에 적당한 자이다.[59] 달거
리에서 11월의 내용은 지극히 효성스러웠던 왕상(王祥)과 맹종(孟宗)
에 기대어 부모에 대한 상사의 정인데 비하여 「동동」에서 11월은 홀

58) 임기중, 「고려가요 동동고」, 390~400면.

59) 고려시대 기녀와 기부의 관계를 증언하는 자료가 현전하지 않지만 조선의 경우 전대에 걸쳐 존재했다(『세
종실록』 12년 5월 21일, 『성종실록』 6년 4월 23일, 『순조실록』 22년 8월 6일). 게다가 一妓一夫가 아니
라 一妓多夫의 관계에 있었다(『연산군일기』 11년 1월 13일). 조선시대 기녀가 사치와 생계를 도모하기 위
해 "軍士・商賈・衙前 등 豐饒한 妓夫를 잡아야(김동욱, 앞의 글, 79면)" 했던 것처럼 기녀의 태생적인
부분이 변하지 않는 한 고려시대의 경우도 마찬가지였을 것이다.

옷을 흙바닥에서 덮고 누워서 슬픔을 태웠다는 진술이다. 달거리에서 12월은 설날이란 절기를 계기로 부모의 부재나 세월의 덧없음을 주 내용으로 삼고 있지만 「동동」에서 12월은 상 위의 젓가락을 손님이 입에 문다는 내용이다. 이렇듯 「동동」이 달거리의 형식에 기대되 내 용면에서 동일하지 않은 것은 전술했듯이 고려속요 이해의 전제인 '민요를 속악으로 전용하는 과정'을 겪었기 때문이다.

　먼저 정월에 화자는 홀로 있다. 물이 계절에 따라 결빙과 해빙을 반복하는 것에 비해 화자는 님의 부재상황에서 변함이 없다. 이는 님 의 부재를 드러내는 방편으로 여타의 여성화자 시가에서 발견할 수 있는 내용이다. 2월 연등행사에 높이 켜놓은 등불을 통해 화자는 님 의 모습을 기억해내고 있다. 물론 이러한 기억은 타인과 변별되는 님 의 출중한 외모를 그대로 재현한 것일 수도 있으나 다른 연에 나타나 는 심리를 고려할 때 수정된 기억이다. 3월에 핀 꽃을 통해 님의 모습 을 연상해내는 것도 2월 심리의 연장이다. 4월에 화자의 님이 누구인 지 구체적으로 나타나는데 '녹사'가 바로 그자이다. 절기에 맞춰 꾀꼬 리는 회귀할 줄 알지만 녹사는 화자를 아예 잊고 있다. 5월은 화자가 님의 부재를 인정하지 않고 마치 님이 현재 있는 것으로 착각해서 단 옷날에 약을 올리고 있는 모습이다.[60] 화자의 이러한 행위는 님의 부 재를 그대로 받아들이기 너무 괴롭기에 작동된 기제 때문이다. 6월에 서 화자는 유둣날 머리를 감는 풍속과 관련해서 자신을 '강둑에 버린 빗'으로 비유한다. '빗'이 빗으로 온전하지 못할 경우 누구건 내버릴

---

60) '수릿날 아촘 藥'을 '藥酒'로 해석하기도 한다. 홍기문, 『고가요집』, 해외우리문학연구총서 75, 한국문화 사, 1996, 235면을 최철・박재민, 앞의 글, 63면에서 재인용. 다만 송도와 선어의 의미를 고려할 때 '아촘 藥'은 '약주'이어야 한다. 이에 대해서는 졸고, 「동동의 송도와 선어」 참조.

정도로 하찮은 것이라는 점에서 화자의 처지를 극명하게 나타낸 부분이 '강둑에 버린 빗'이다. 7월에 녹사님을 '망자'로 파악하게 하는 망혼일 풍속이 등장한다. 하지만 복적했던 바를 이루지 못한 데서 오는 갈등을 줄이기 위해 원래와 비슷한 것으로 대체하는 대체형성이라는 기제에 기댈 때, 화자가 님과의 재회를 얼마나 갈구했는지 짐작할 수 있다. 다른 사람들에게 7월 풍속은 망혼일이지만 화자가 '님과 함께 살아가기를 비는' 날로 바꿀 수 있었던 것은 '百種 排ᄒ'여 놓은 망혼일의 상(床)을 자신의 바람을 기원하는 상(床)으로 대체했기 때문이다. 8월 한가윗날은 모든 사람들에게 즐거움을 주는 명절이지만 님이 여전히 부재하기에 화자에게 한가위다울 리 없다. 9월은 중양절(重陽節)과 관련된 것으로 약으로 먹는 국화가 술통 안에 드니 향기가 새서 은은하구나이다.[61] 10월 화자는 나뭇가지에 매달린 상처 난 열매에 자신을 비유하면서 그것을 꺾어버린 후 몸에 지닐 사람이 없을 거라 진술하고 있다. 유둣날 '강둑에 버린 빗'처럼 화자의 처지를 짐작할 수 있는 부분이다. 11월 화자는 엄동에 흙바닥에서 홑옷을 덮고 슬픔을 사르고 있다. 화자가 누워 있는 공간은 방과 방 사이에 위치했기에 방에서 일어나는 일을 가까이서 엿보거나 경계할 수 있는 장소이다. 화자가 계절에 맞지 않은 복식으로 봉당에 누워 있는 것은 의식화기제 즉 취침의례와 다름 아닌데 이는 화자의 성적 소망의 대상이 방 안에 있다는 것을 의미한다. 어찌 보면 방 안에서 일어나는 일련의 일을 방해하려는 의도에 따른 것이다. 물론 화자에게 이러한

---

61) 이응백, 「동동 구월령 어석고」, 『국어국문학』 77, 국어국문학회, 1978, 65~66면에서 '고지'는 '누룩이나 메주 등을 단단하게 다져 만드는 나무틀'로 '술을 빚는다는 뜻'이라 했고 이에 대해 최철·박재민은 '술고조(酒糟; 술통)이라 했다. 한편 해석의 주류(양주동·박병채)는 '黃花고지'를 '국화'로 파악하는 것이었다.

기제를 작동하게 만든 '결코 잊지 못할 체험'은 12월에서 확인할 수 있다. 12월은 언뜻 보기에 화자가 상 위의 젓가락으로 비유돼 있고 이를 붙잡은 자가 손님이었다 정도로 이해할 수 있다. 하지만 2월, 3월, 7월, 11월의 원인을 12월에서 찾는 경우, 상(盤)과 젓가락의 재료는 화자의 성적 소망과 밀접하다. 상(盤)은 침상의 대체이고 '분디나무(山椒)'는 '芳香'의 재료로 화자의 대체이다. 사정이 이러할 때 젓가락을 님이 쉽게 잡을 수 있도록 만반의 준비를 다 해놓은 상태(얼이노니)였지만 젓가락을 잡아 입에 물어버린 자는 녹사님이 아니라 그와 동행했던 손님이었다는 점에서 화자의 '결코 잊지 못할 체험'을 재구해 낼 수 있다. 결국 녹사님를 향한 성적 소망이 좌절된 사건 즉 화자의 잊지 못할 체험이 방어기제를 작동하게 했던 원인이었다. 12월에 일어난 성적 소망의 좌절은 화자에게 결코 잊지 못할 체험이었기에 이를 억압하려는 일련의 방어기제가 작동하여 화자로 하여금 기이하게 행동하게 했다는 것이다.

5. 결론

「동동」연구의 주류였던 제의적 접근이 온전히 해명하지 못한 화자의 기이한 행동을 방어기제에 기댐에 따라 전편을 통석할 수 있었다. 2월, 3월, 5월, 7월, 11월, 12월이 그것에 해당하는데 특히 5월 화자의 낯선 행동은 님의 부재를 인정하지 않으려는 부정(denial)의 기제와 밀접했다. 이는 님의 부재라는 불안을 현실적으로 받아들일 수 없었던 데에서 출발한 것이기에 화자가 님을 그리워하는 정도를 짐작할 수 있는 부분이기도 하다. 그래서 2월과 3월에 나타난 님의 모습은 제의적 문맥으로 읽을 게 아니라 화자의 수정된 기억으로 판단할 수 있었다. 7월 망혼일에 '百種 排ᄒᆞ'여 놓은 상(床)은 재회를 희구하는 대체(substitution)기제와 관련돼 있었다. '百種 排'한 망혼일의 상(床)이 자기의 바람을 기원하는 상(床)과 유사할뿐더러 과거에 만났던 '녹사'와 마주앉았던 상(床)을 연상시켰기 때문인데 이는 12월 님의 앞에 있던 盤(床)과 밀접했다. 이를 고려하지 않을 경우, 7월에서 님은 망자가 되겠지만 5월, 11월, 12월에 나타난 심리를 통해 보건대 님은 결코 망자일 수 없다. 11월 봉당에서 속옷을 덮고(혹은 속옷차림으로) 누워 있는 화자의 모습은 의식화(ritual)기제에 해당하는 취침의례의 한 사례였다. 성적 소망을 근간으로 취침의례가 행해진다 할 때 화자의 소망이 좌절된 상황을 12월에서 구체적으로 확인할 수 있었다. 12월에서 '芳香' 소재의 젓가락을 盤(床)에 올려놓고 님이 잡기를 바랐지만 손[客]이 그것을 대신했다는 데에 머물게 아니라 盤(床)과 젓가락이 각각 침상과 화자로 대체(substitution)될 수 있다는 점에서 화자가 입은 상처가 얼마나 심각했는지 알 수 있었다. 그리고 이것이 화자를 방어기제에 기대게 했던 '결코 잊지 못할 체험'이었던 것이다. 방어기제와 결부해 보건대 12월의 체험을 받아들이지 않은 「동동」 화자는 기녀다운 소양을 지니지 못했다. 태생적인 부분을 인정하지 않는, 즉 자신이 늘 안고 가야 할 '님의 부재'나 '수동적 태도' 등을 수긍하지 않았던 것이다.

　「동동」은 "歌詞多有頌禱之詞 盖効仙語"라는 평가와 함께 "男女間淫詞"[62]로 지목받아 결국 「신도가」로 대체된 노래이다. '송도'와 '선어'

---

62) 『중종실록』 13년 4월 1일.

그리고 '음사'는 서로 교직될 수 없는 「동동」에 대한 상충된 평가인 듯하지만, 서연 이외의 전편에서 기녀화자의 심리를 재구성함에 따라 '선어'나 '남녀간음사'인 이유가 명확해진 셈이다. 물론 '송도'가 군신 · 부자 · 존비 · 노소 · 부부처럼 상하관계가 형성된 상태에서 가능한 것처럼 녹사와 기녀의 관계가 '존비'의 관계이기에 「동동」 전편에서 '송도'를 발견할 수 있는 것이다.63) 화자의 심리를 고려하지 못하면 이 노래는 '송도'나 '선어'의 축자에 기대 특정 부분만 해석할 수밖에 없기에 방어기제에 기대 전편을 통석했다는 데에 이 글의 의의가 있다고 하겠다. 무엇보다 달거리의 형식에 기대면서 기녀화자의 불안한 심리를 「동동」에 담을 수 있었던 것은 '민요를 속악으로 전용하는 과정'에서 담당자들이 기녀의 처지를 온전히 이해하고 있었다는 반증이기도 하다.

끝으로 화자의 행동을 온전히 해명하기 어려운 사례는 여타의 고려속요에서도 발견할 수 있는데 "네 가시 럼난디 몰라(「서경별곡」)", "올하 올하 아련 비올하(「만전춘별사」)", "믜리도 괴리도 업시 마자셔 우니노라(「청산별곡」)", "내님을 두옵고 년뫼를 거로리(「이상곡」)" 등이 그것이다. 이들도 심리학적으로 접근해야 하는데 이에 대해서는 후고로 남긴다.

---

63) 이에 대한 자세한 내용은 졸고, 「동동의 송도와 선어」 참조.

「유구곡」 해석의 다양성과 가능성
─가창자 · 가창물 · 가창공간의 특성을 고려해서[*]

1. 서론

　이 글은 속요의 가창자 · 가창물 · 가창공간의 특성을 고려해 「유구곡」 해석의 가능성을 모색하는 데 목적이 있다. 속요 이해의 전제에 해당하는 것을 통해 노래를 이해하는 게 당연하겠지만, 「유구곡」의 경우 논의의 초기부터 제기된 「벌곡조」와의 동일성 여부로 인해 이

---

[*] 이 글은 『우리어문연구』 40(우리어문학회, 2011)에 수록된 것이다.

러한 점이 다소 소홀했다. 「유구곡」은 노랫말만 전하고 「벌곡조」는 작자와 생성배경만 전하기에 동일성이 제기될 수 있었다. 특히 예종이 자신의 "과오와 시정의 득실을 듣고자 언로를 열어놓고 혹여 신하들이 불언할까 저어해 벌곡조를 지어 풍유했다"[1]는 기록에서 '벌곡조는 잘 우는 새이다(伐谷鳥之善鳴者也)'와 '신하들이 말해주지 않을까 저어하여 이 노래를 지어 풍유했다(猶恐群下不言 作此歌 以諷諭之也)'라는 생성배경에 주목하면 '우루믈 우루듸 / 버곡댱이사 난 됴해'의 「유구곡」이 곧 「벌곡조」와 동일한 것으로 생각할 수 있다. '버곡댱이사 난 됴해'에서 '됴해'의 주체에 해당하는 '난'이 예종일 수 있다는 것이다. 그래서 "버곡댱을 증표삼아 예종의 벌곡조에 비의해 보았으나 미상"[2]이지만 "군이 비의한다면 고려의 벌곡조에 비의할 수 있겠으나 후고를 기다릴 수밖에 없다"[3]고 가능성이 제기됐던 것이다. 이후 「유구곡」=「벌곡조」는 어학적 해독에 영향을 줄 정도로 강세를 띠다가 「유구곡」≠「벌곡조」의 논의가 등장했고 근자에 「유구곡」=「벌곡조」=「포곡가」를 주장하기에 이르렀다. 「유구곡」=「벌곡조」와 「유구곡」≠「벌곡조」, 그리고 「유구곡」=「벌곡조」=「포곡가」의 관계를 밝히려는 논의들이 「유구곡」의 연구사였던 셈이다.

그러나 두 노래의 동일성 여부는 튼실한 논거가 제시되지 않는 한 어느 쪽이 우세하다 할 수 없다. 다만 속요가 "민속가요 가운데 민요를 속악으로 전용하는 과정에서 생성·발전한"[4] 장르이고 「유구곡」

---

1) 『고려사』 악지 속악 「벌곡조」, 伐谷鳥之善鳴者也 睿宗欲聞其過及時政得失 廣開言路 猶恐群下不言 作此歌 以諷諭之也.

2) 김동욱, 「시용향악보가사의 배경적 연구」, 『진단학보』 17집, 1955, 118면.

3) 위의 글, 122면.

4) 김학성, 「속요의 장르상의 제 문제」 『천봉 이능우 박사 칠순기념논총』, 간행위원회, 1990, 83면.

도 이러한 특성에 포함될 속요이기에 그것의 가창자·가창물·가창 공간의 특성을 고려하여 해석의 가능성을 논의하는 것도 연구의 한 방법일 수 있다. 특히 기창공간의 여러 정황들, 예컨대 자색과 기예를 갖춘 관기·관비·무당 출신의 가창지와 '님의 부재', '수동석 성향', '사랑의 실패'에 괴로워하는 가창물의 화자와 주효·음악이 구비된 공간에서 즐거움을 목적으로 하는 참석자들, 그리고 당악과 속악이 교대로 연주되는 공연방식 등이 그것이다. 게다가 가창공간에 참석한 자들이 지니고 있는 비둘기와 뻐꾸기에 대한 인식도 감안한다면, 「유구곡」 해석의 가능성을 찾을 수 있을 것이다.

2. 해석의 다양성

비두로기새ᄂ / 비두로기새ᄂ / 우루믈 우루딕 / 버곡댱이사 난 됴해 / 버곡댱이사 난 됴해

특정 단어를 달리 해석하면 노래 전체의 의미가 바뀔 정도로 짧은 노래이다. 예컨대 '우루딕'를 '울지마는'과 '우는데'로 이해했던 대표적인 사례이다. 전자는 비둘기와 뻐꾸기의 울음을 비교하는 "비둘기새는 / 울음을 (아주 좋게)울지마는 / (그것보다는 저 숲 속에서 절실히도 울어주는) 뻐꾹새야말로 나는 (더욱더) 좋도다"[5]에 해당하고 후자는 비둘기의 언술을 인용하는 "비둘기새는 / 울음을 우는데 / (그 울음의 내용인즉슨) '뻐꾸기가 난 좋아라'"[6]로 해석하는 것이다. 이

---

5) 권영철, 「유구곡고」, 『어문학』 3집, 한국어문학회, 1955, 50면.
6) 윤성현, 「유구곡의 구조와 미학의 본질」, 『한국시가연구』 3집, 한국시가학회, 1998, 263면.

러한 해석의 편차는 예종이 지은 「벌곡조」가 '신하들이 말해주지 않을까 저어하여 이 노래를 지어 풍유'한 노래로 그것이 「유구곡」과 동일하다, 그렇지 않다는 주장에 따라 생긴 것이다. 양자의 동일성 여부는 작자, 생성배경, 노랫말을 통해 규명해야 하지만 「벌곡조」는 노랫말이 없고 「유구곡」은 작자와 생성배경이 없기에 선편을 잡은 논의도 '굳이 비의한다면 고려의 벌곡조에 비의할 수 있겠으나 후고를 기다릴 수밖에 없다'고 「유구곡」=「벌곡조」의 가능성을 조심스럽게 언급했던 것이다.

물론 이 논의는 가능성에 머문 게 아니라 『동국여지승람』의 유구역의 신수과정에 기대 "양자의 명칭에서 뿐만 아니라 유구역 신수의 의의와 벌곡조 가사창작의 동기가 서로 방불하여 한층 그 긴밀한 밀도의 도를 제시하여 준다"[7]며 「유구곡」=「벌곡조」의 관계로 진전됐다. 논자는 예종의 「벌곡조」가 「유구곡」으로 노래명이 바뀐 것에 대해 창작 당시 노래명 '벌곡조'였던 것이 민요시대에 '비두로기 새는……'이라는 첫 구절의 가사에 따라 속칭 '비두로기'로 불려오다가 한자식으로 정착하던 시기에 '유구곡'으로 바꿨다고 지적하기도 했다.[8] 이후의 논의들도 "악보에서 '속칭 비두로기'라 하였으며, 가중의 '버곡'은 '뻐꾸기', 한자로 '포곡'이니, 고려 예종이 지었다는 벌곡조가 곧 이것이 아닌가"[9]라거나 "유구곡이 고려 제16대 군주인 예종의 소작임을 전제"[10]하는 단계에 이르렀다.

---

7) 권영철, 앞의 글, 65면.

8) 위의 글, 63~68면.

9) 박성의, 「시용향악보 소재의 려가고」, 『국어국문학』 53집, 1971, 443면.

10) 박노준, 『고려가요의 연구』, 새문사, 1990, 119면.

하지만 「별곡조」와 「유구곡」의 동일성에 얽매인 점을 되돌아보며 「유구곡」 작자가 예종이라는 증좌가 없다며 문제를 제기한 경우가 있었다.11) 『동국여지승람』의 유구역 기록에 기대 '유구곡=별곡조'를 규정한 논의에 대해 "유구역 기사가 유구곡은 예종삭임을 증명하기보다는 거꾸로 유구곡이 예종작이어야만 유구역 기사가 성립할 수 있기에"12) 양자는 무관한 노래라는 것이다. 예종의 창작 당시에 '별곡조'였던 노래명이 민요시대를 거치면서 '비두로기'로 바뀌고 그것이 『시용향악보』에 실리면서 '유구곡'으로 변경됐다는 주장에 대해서도 "가사 첫 구를 인용하여 취재한 것도 있지만 그것은 전해오던 속요를 문헌에 기록할 경우에 해당하는 것이지, 작자와 제목이 있는 것까지도 그런 식으로 개제했다는 것은 이해가 가지 않는다"13)며 노래명의 개칭과정도 개연적이지 않다고 한다.

　이러한 주장은 다음 논의에서 더 구체화되었다.

　　권영철 교수가 『동국여지승람』의 기록에 따라 계사년에 이 역을 신수하고 예종이 「별곡조」를 창작한 정신에 따라 유구역으로 명명했다고 추론했던 부분이, 『동국여지승람』의 편찬자들이 인용했다고 명시한 『보한집』에는 유구역의 공관을 신수한 것으로 되어 있기 때문이다. 따라서 계사년에 신수한 것은 유구역이 아니라 유구역의 공간이므로 유구역은 그전부터 있어 온 것이 분명하고…… 이렇게 볼 때 '유구'라는 역명은 문극겸, 의종의 사적과 무관함은 물론, 「유구곡」이나 「별곡조」와 관계 지을 근거가 현재로서는 전혀 없는 것으로 생각되며, 따라서 유구역 조의 기록을 바탕으로 「별곡조」가 바로 「유구곡」이라고 주장하는 견해는 설득력을 가지기가 어렵다고 해야 할 것이다. …… 요컨대 「유구곡」이 바로 「별곡조」

---

11) 이동근, 「유구곡 재론」, 『고전시가작품론1』, 집문당, 1992, 213면.

12) 위의 글, 209면.

13) 위의 글, 211면.

라는 주장이 정설화된 것은 이병기, 김동욱 교수 등의 단순추론에 다시 잘못된 추론이 첨가된 데 있다고 해야 할 것이다.[14]

　'「유구곡」＝「벌곡조」'의 논거였던 『동국여지승람』의 '新修是驛'이란 표현은 편찬자들이 『보한집』의 '定山縣 維鳩驛 新修公館'을 옮겨 적으며 생긴 착오라는 것이다. 즉, '유구역'은 「벌곡조」의 창작과 무관하며 유구역을 신수한 게 아니라 그전부터 있어 왔던 유구역의 공간을 신수했기에 유구역과 「유구곡」을 연계시키는 일은 합리적이지 못한 셈이다. 특히 계사년 겨울은 무신들이 문신들을 도륙한 공포스런 분위기였기에 "무신의 타도 대상인 의종의 사적과 그를 위해 충성을 다한 충신의 간언을 기리는 기념물을 짓고 예종이 벌곡조를 창작한 정신에 따라서 그 이름을 명명할 리는 없기에"[15] 유구역과 「유구곡」의 친연성을 살피려는 시도는 실증적 오류에 해당하는 것이다. 그리고 노래명이 예종의 '벌곡조→비두로기→유구곡'으로 변경된 과정도 불합리한데 "만약 「유구곡」과 「벌곡조」가 같은 작품이라면 『시용향악보』의 편찬자가, 『고려사』에 「벌곡조」라는 공식적인 명칭이 붙여져 있는 국왕의 작품을 「유구곡」으로 변경한 셈인데, 그럴 가능성은 거의 없다"[16]고 단정하고 있다.

　이후 문극겸의 생애와 유구지역의 전설을 검토한 논자는 「벌곡조」와 「유구곡」을 관련시키는 일이 무리라고 지적했다. 문극겸이 의종에게 간언했을 때와 송유인과의 불화로 명종 때 좌천당하기는 하지만 곧 더 높은 벼슬로 올랐을 뿐 아니라 이의방과 사돈관계를 맺었던 것

14) 이종문, 「유구곡＝벌곡조 설에 대한 재검토」, 『국어국문학』 116호, 1996, 292~293면.

15) 위의 글, 291면.

16) 위의 글, 297면.

으로 보건대, 문극겸이 의종에게 간언했던 기록을 확장하여 유구역을 새로 수리한 바탕에 예종의 「벌곡조」 가사 제작정신이 깔려 있다는 것은 어울리지 않다고 한다.[17] 이는 유구역이 생성된 시기가 무신들이 문신들을 도륙한 공포스런 분위기였기에 '무신의 타도 대상인 의종의 사적과 그를 위해 충성을 다한 충신의 간언을 기리는 기념물을 짓고 예종이 「벌곡조」를 창작한 정신에 따라서 그 이름을 명명할 리는 없다'는 선행 지적과 다름 아니다. 이렇듯 「유구곡」과 유구역의 관계가 느슨하지만 "만에 하나 이 일이 역 이름을 바꾼 직접 계기가 되었다손 치더라도, 그 경우 역명은 '유구역'이 아닌 '벌곡역'이 되어야 옳다"[18]며 유구역의 생성에 예종의 「벌곡조」 가사 제작정신을 견인하는 것에 동의하지 않는다. 게다가 유구지역의 전설을 검토했을 때, "마을사람들이 한결같이 『동국여지승람』의 문극겸과 관련된 유구역 기사에 대해서는 주민들의 인지도가 없는 반면, 이 지역명 유구의 유래를 비득재와 관련하여서는 모든 주민들이 그렇게 인식하고"[19] 있고 특히 이 지역은 '비득재'로 인해서 풍수설에 따른 비둘기의 맥의 흐름으로 널리 알려진 공간이었는데 이는 신라, 백제, 마한까지 소급시킬 수 있다고 한다.

　「유구곡」과 「벌곡조」의 동일성 여부가 확정되지 않은 상황에서 "1) 「유구곡」은 「유구곡」 그 자체로 해석되어야지 예종의 「벌곡조」와 무리하게 연관시켜 해석해서는 안 된다. 2) 해석의 과정에서 작품의 형식적 구성과 이를 뒷받침하는 형태소의 문법적 기능에 대한 정확

---

17) 윤성현, 「유구곡을 다시 생각함」, 『한국민요학』 4집, 한국민요학회, 1996, 150~153면.
18) 위의 글, 152면.
19) 위의 글, 154면.

한 분석이 요망된다. 3) 작품분석을 위한 새로운 해석방법이 요구된다"20)는 문제제기가 있었다. 「유구곡」을 특정 노래와의 동일성 여부를 따지지 않고 「유구곡」 그 자체를 대상으로 하되 새로운 해석방법이 필요하다는 주장이다. 새로운 해석법은 "비둘기는 우는데 뻐꾸기는 웃는다는 의미의 대조가 형성된다"21)는 것으로 이는 '우루뎌'에서 '~뎌'를 '~하되'라는 반대사실의 기술(역접)의 기능에 주목한 결과이다. 이어 비둘기의 울음을 작품의 핵심사항이라면서 이는 "불행을 초래한 원인자에 대한 고발과 함께 그를 풍자하는 뜻을 강하게 지닌다"22)고 한다. 물론 여기서 고발 및 풍자는 「유구곡」에서 참요성을 지적하는 계기로 기능하여 "울고 있는 비둘기는 힘없고 가난하면서도 착한 이 땅의 민중이며 뻐꾸기는 그 민중을 수탈하고 민중의 덕으로 안락한 삶을 즐기는 착취자가 된다. 탐관오리나 포악한 군주가 그 대상일 가능성이 많다"23)는 데까지 진전되기도 했다.

「유구곡」과 「벌곡조」의 동일성이 언급된 후 이것이 후행 논의에 의해 정설로 자리 잡았지만 논거로 활용한 자료가 두 작품의 동일성을 논의하는 데 합당하지 않았다는 문제제기들이 「유구곡」 연구사에 해당한다. 전반적으로 초기 논의는 「유구곡」=「벌곡조」이고 후기 논의는 초기 논의의 실증적 오류를 지적하여 양자가 무관하다는 「유구곡」≠「벌곡조」의 입장이다.

근자에 「유구곡」과 「벌곡조」의 동일성을 논의하는 것을 넘어 「유

---

20) 권오경, 「유구곡의 구조와 참요성」, 『어문학』 64집, 한국어문학회, 1998, 132~133면.
21) 위의 글, 134면.
22) 위의 글, 135면.
23) 위의 글, 137면.

구곡」=「벌곡조」=「포곡가」의 관계를 주장한 경우가 있었다. 「유구곡」
에 등장하는 '비두로기'는 '집비둘기'가 아니라 '산비둘기'이며 그 새
의 울음소리가 뻐꾸기에 가깝기에 「유구곡」의 "이러한 표현법은 충
분히 가능하다"[24]는 것이다. 그리고 비둘기(維鳩, 布穀)가 새 가운데
제왕의 상징으로 쓰일 수 있으며 그 새의 울음소리는 제왕이 자신을
낮추어 이르는 '不穀'의 음과도 매우 유사하다.[25] 그에 따라 「유구곡」
을 "우리 군주께서는 '말을 많이 하는 군하들도 나는 좋다'라고 말씀
하신다"[26]로 해석할 수 있다는 것이다. 지금까지의 주장은 다음과 같
은 해석으로 연계된다.

> ㉠ 비둘기 새는 울음을 (아주 좋게)울지마는 (그것보다는 저 숲 속에서
> 절실히도 울어주는) 뻐꾹새야말로 나는 (더욱더) 좋도다(권영철)
> ㉡ 비둘기는 울음을 우는데, (그 울음의 내용인즉슨) "뻐꾸기가 난
> 좋아라"(윤성현)
> ㉢ 비둘기는 울음을 우는데 뻐꾸기는 '난 좋아' 뻐꾸기는 '난 좋
> 아'(권오경)
> ㉣ 비둘기(維鳩, 布穀)는 울음을 울되, '뻐꾹쟁이(鳴鳩)야 난 좋아'
> (임주탁)

㉠은 비둘기를 긍정하면서 뻐꾸기를 더욱 선호하는 쪽으로 풀이한
것으로 「벌곡조」=「유구곡」의 관계를 인정하는 후행 논의들에 의해
지지를 받았다.[27] 예종이 "뭇신하들이 상언하지 않을까 두려워하여

---

24) 임주탁, 「유구곡의 해석과 벌곡조·포곡가와의 관계」, 『한국문학논총』 49집, 한국문학회, 2008, 11면.

25) 위의 글, 12~14면.

26) 위의 글, 21면.

27) 박병채, 『고려가요의 어석연구』, 3판; 이우출판사, 1978, 346면, "본가는 고려 예종이 지었다는 벌곡조가
의 개제로 생각되며, 그 율조·언어 등으로 보아 고려대에 소성임이 틀림없을 것이다"; 박노준, 앞의 책,
120면, "정설이라고 자신 있게 단정할 수 없는 예종창작설이지만 현재까지의 학계수준의 탐색으로는 거
의 확실시되고 있는 실정이므로 큰 회의를 품지 않고."

이 노래를 지어 풍유한(猶恐群下不言 作此歌 以諷諭之也)" 것을 감안한 해석이다. 그래서 화자인 '난'은 예종이고 "비둘기는 그 당시의 권력 있는 신하", 뻐꾹새는 "忠諫의 人士로 비유"[28]된 셈이다. 하지만 이러한 해석은 "이병기 선생의 '울기, 우는데'와 권영철 이후의 '울지만'의 두 가지가 있으나, 뒤의 것은 벌곡조설을 위한 조정의 결과일 것이다. 중세어의 인용문 구조상 앞의 해석이 正格"[29]이라는 반론에 자유롭지 못하다. 「유구곡」=「벌곡조」의 가설을 지지하기 위한 방편으로 어학적 고려마저 넘어섰다는 것이다.

ⓒ은 ⓐ처럼 비둘기와 뻐꾸기를 비교할 경우 'A는 좋지만 B야말로 더 좋다'라는 구문은 어색하며 차라리 'A도 좋지만 B야말로 더 좋다' 혹은 'A가 좋지만 (나는) B가 더 좋다'이어야 바른 표현이라는 입장이다. 이것은 비교문장에서 당연히 사용해야 할 조사 'ㅣ' 또는 '도' 대신에 한정적이고 배타적인 기능을 하는 'ᄂᆞᆫ'의 쓰임에 주목한 결과이다.[30] 그리고 '우루듸'는 '울지만'이 아니라 바로 뒤의 인용절을 받아 연결해주는 기능을 하기에 '난 좋아라'의 주체는 '비둘기'라는 것이다. 논자는 이미 문극겸의 생애와 유구지역의 전설을 검토하여 「유구곡」=「벌곡조」의 관계가 부당한 점을 지적했고 민요에 나타나는 새의 이미지를 통해 비둘기는 '약자'에 해당하고 뻐꾸기는 '남성적인 이미지'이기에 「유구곡」을 남녀상열지사 계열의 민요로 규정한 바 있다.[31]

---

28) 권영철, 앞의 글, 69면.

29) 김완진, 『향가와 고려가요』, 서울대출판부, 2000, 224면; 최철·박재민, 『석주고려가요』, 이회, 2003, 351~353면.

30) 윤성현, 「유구곡의 구조와 미학의 본질」, 261~262면. "철수가 밥을 먹는다의 의미와 철수는 밥을 먹는다의 의미가 같을 수 없다. 앞쪽이 다른 이들의 행동거지 여하를 문제 삼지 않는데 반해, 뒤쪽은 다른 이들의 그것과는 구별되는 어떤 행위로서의 의미가 한정보조사 '는'에 내포되어 있기 때문이다. 또 이 '는'을 쓸 경우는 관심의 초점이 서술부에 집중되어, 주부에 초점이 맞춰지는 'ㅣ'의 경우와 구별된다. 따라서 기존의 논의처럼 비둘기와 뻐꾸기를 단순 비교하는 구문이 될 수 없다."

31) 윤성현, 「유구곡을 다시 생각함」, 166~168면. 이런 입장에 선 논자로 엄국현(「고려궁정잔치노래 비두로

ⓒ의 해석은 '우루딕'에서 '~딕'를 '~하되'라는 역접기능과 '비둘기가 뻐꾸기를 좋아한다'는 낯선 진술을 이해하기 위해 참요의 특징에 기댄 경우이다. '울고 있는 비둘기는 힘없고 가난하면서도 착한 이 땅의 민중이며 뻐꾸기는 그 민중을 수탈하고 민중의 덕으로 안락한 삶을 즐기는 착취자'인 셈이다. 하지만 '우루딕'에서 '~딕'의 기능이 비둘기와 뻐꾸기를 '대조'하는 데에만 한정될 수 없으며,[32]「유구곡」이 "비록 첩구형식으로 된 짧은 노래이기는 하지만 아무런 기교가 없으면서도 몇 마디 말 속에는 천금의 함축미가 번득이는 노래"[33]라는 기존의 평가를 감안해 노래에서 참요성을 찾아내려 했던 것이다.「유구곡」을 '천금의 함축미'로 이해하는 것은「유구곡」=「벌곡조」의 관계를 인정하여 작자를 예종으로 판단한 것을 토대로 하고 있는 것이지, 논자가 방법론에서 지적했듯 노랫말 자체만을 대상으로 할 때 함축미를 운운하는 것은 타당하지 않다. 게다가 '딕'를 대조의 기능으로 파악한 것도「유구곡」=「벌곡조」의 관계를 인정하려는 '조정의 결과'라는 어학적 지적에서 벗어날 수 없다.

ⓔ은「유구곡」=「벌곡조」=「포곡가」의 관계를 인정하는 해석이되 ⓐ과 ⓑ, 그리고 ⓒ에서 해석했던 비둘기는 집비둘기가 아니라 산비둘기(維鳩, 布穀)를 지칭하는 것으로 그 새의 울음소리가 뻐꾸기(布穀)에

___

기의 작품분석과 장르적 성격」,『한국문학논총』 35집. 한국문학회, 2003)이 있는데, 노랫말의 "표현기법은 여성이 남성을 사랑하는 감정을 새의 사랑에 기대어 표현한 것"(9면)이라 한다.

32) 최철·박재민, 앞의 책, 351~353면에 따르면 '~딕'는 세 경우에 사용된다고 한다. '1. 역접, 2. 인용, 3.자세한 설명'이 그것인데 어석자는 '2. 인용'이 타당하다고 한다.

33) 권오경, 앞의 글, 142면; 박병채, 앞의 책, 348면, "비록 첩구형식으로 된 짧은 노래이기는 하지만 아무런 기교가 없으면서도 몇 마디 말 속에는 千古의 함축미가 번득이는 노래"; 박성의,『한국가요문학론과 사』, 집문당, 1974, 292면, "첩구형식으로 된 짧은 노래요, 순박하고 기교도 부리지 않았지만 몇 마디 안 되는 말 속에는 천고의 함축미가 있다"라는 주장은「유구곡」의 작자를 예종으로 이해하여「유구곡」=「벌곡조」를 인정하는 데에서 출발한다.

가깝다는 전제를 바탕으로 한다.34) 그리고 제왕의 상징으로 비둘기 (維鳩, 布穀)가 사용될 수 있는 것과 그 새의 울음소리가 왕이 자신을 낮추어 이르는 '不穀'의 음과도 매우 유사하다.35) 이어 '不穀'은 예종 이 스스로 자신을 낮추었던 '寡人'이란 표현과 같은 의미이기에 '不穀' 과 가장 음이 유사한 '布穀'과 무관하지 않다고 한다.36) 그래서 「유구 곡」은 "우리 군주께서는 '말을 많이 하는 군하들도 나는 좋다'라고 말씀하신다"37)로 해석할 수 있다는 것이다. 하지만 '과인'의 축자적 의미와 관련될 수 있는 '불곡' 그리고 그것과 음이 유사한 것으로 '포 곡'이 있다 하더라도 이것이 「유구곡」=「벌곡조」=「포곡가」의 관계를 인정하게 하는 결정적 논거는 아니다. 다시 말하면 비두로기가 뻐꾸 기와 유사하게 우는 산비둘기를 가리키는 것이고 예종이 자신을 낮 추는 말이었던 '과인'이 '불곡'과 같은 의미를 지니더라도, 그것으로 써 「유구곡」=「벌곡조」의 관계가 형성되는 것은 아니다. 게다가 예종 이 지은 특정 노래가 동일한 제목이 아니라 세 가지로 나뉘어 전달된 이유도 불명확하다. 선행 논자가 '만약 「유구곡」과 「벌곡조」가 같은 작품이라면 『시용향악보』의 편찬자가, 『고려사』에 「벌곡조」라는 공 식적인 명칭이 붙여져 있는 국왕의 작품을 「유구곡」으로 변경한 셈 인데, 그럴 가능성은 거의 없다'는 지적과 함께 노래명이 셋으로 불 린 이유를 해명해야 한다. 물론 「벌곡조」=「포곡가」의 관계는 「유구 곡」 관련 기존의 논자들 대부분 수긍했던 것으로 이에 대해 이론이

---

34) 임주탁, 앞의 글, 11면.
35) 위의 글, 12~14면.
36) 위의 글, 16면.
37) 위의 글, 21면.

없겠지만 「유구곡」과 「벌곡조」의 동일성 여부가 논의의 출발이 돼야 「유구곡」=「벌곡조」=「포곡가」의 관계를 확보할 수 있다.

결국 「유구곡」=「벌곡조」, 「유구곡」≠「벌곡조」, 「유구곡」=「벌곡조」= 「포곡가」를 통해 작품의 동일성 여부를 논의할 때 작품의 작자와 작품의 생산과정, 그리고 노랫말을 확보해야 한다는 점을 생각게 한다. 그러나 「유구곡」과 「벌곡조」의 경우는 이런 상황과는 거리가 있다. 전자는 작자와 생산과정과 관련된 어떠한 자료도 현전하지 않고 단지 노랫말만 확보된 상태이고, 후자는 작자와 생산과정은 알 수 있지만 노랫말에 대한 자료가 없다. 특히 전자의 「유구곡」은 조사 하나라도 달리 해석하면 작품 전체의 의미가 바뀔 정도로 짧은 노랫말이기에 후자와의 동일성을 논의하는 게 쉬운 일이 아니다. 그래서 초기의 「유구곡」=「벌곡조」의 관계를 주장한 논자들도 '고려의 벌곡조에 비의할 수 있겠으나 후고를 기다릴 수밖에' 없다거나 '고려 예종이 지었다는 벌곡조가 곧 이것이 아닌가 한다'며 확증에 대한 거리감을 두었던 것도 이런 이유에서이다.

3. 속요 이해의 한 전제들-가창자 · 가창물 · 가창공간

속요의 가창자 · 가창물 · 가창공간의 실체를 온전히 파악하기에 적확한 자료는 드물지만 기존의 성과를 토대로 윤곽이나마 잡을 수 있다.

> 왕이 군소배를 친압하여 연회를 즐기었다. …… 諸道에 행신을 보내서 관기로 자색과 기예가 있는 자를 고르고 또 城中에 있는 관비와 무당으로 가무를 잘하는 자를 골라 宮中에 등록해서…… 따로 한 隊를 만들어 男粧이라 칭하여 노래(新聲)를 가르쳤다(敎以新聲).

그 노랫말은 (「삼장」 「사룡」 생략)…… 고저와 완급이 곡조에 맞았
다. …… 매일 밤 방자하게 가무하여 군신의 예의가 다시 없었다.
공역과 사여의 비용을 이루 다 기록할 수 없었다.[38]

   가창자는 관기·관비·무당 출신의 여성들이었다. 관기라면 누구
건 궁중으로 들어올 수 있었던 것이 아니라 '자색과 기예'를 갖춘 자
에 한정됐으며 차선책으로 '城中에 있는 관비와 무당'들이 대상이었
다. 관비와 무당에게 '자색과 기예'라는 잣대가 적용되는 것은 물론이
다. 그들이 궁중으로 유입되기 전에 활동한 곳은 궁핍한 공간이 아니
라 기록에 나타난 대로 '城中', 즉 시정이었다. 그래서 '민요가 속악화'
되는 전 단계의 '민요'는 단순히 농어촌의 정서가 아니라 '城中(시정)'
의 정서에 가까운 이유도 그들의 활동공간과 밀접하다. 예컨대 "도시
시정인들의 노래로 불린 고려인민가요에는 애정 윤리적인 가요가 적
지 않다"[39]거나 "고려속요의 '민가적 형태'를 발생시키고 또 그것을
향유한 계층은 민중 가운데서도 도시평민층이 그 중심이지 않았을까
생각하는"[40] 것도 민요를 궁중으로 운반했던 자들의 활동공간을 고
려하면 타당한 지적이다.

   가창자들이 궁중에서 부른 가창물, 즉 속요는 형태와 내용으로 나
누어 살필 수 있다. 먼저 가창물은 궁중으로 유입되기 전 城中(시정)
에서 부르던 노래 그대로가 아니라 교열·신성의 과정을 거쳐 '고저
완급'의 곡조에 맞춘 노래였다.

---

38) 『고려사절요』 권22 충렬왕 25년, 王狎昵群小嗜好宴樂…… 分遺倖臣諸道選官妓有姿色伎藝者 又選城中
官婢及女巫善歌舞者籍置宮中…… 別作一隊稱爲男粧敎以新聲 其歌云…… 其高低緩急無不中節……
日夜歌舞褻慢 無復君臣之禮 供億賜與之費不可勝記.

39) 현종호, 『조선국어고전시가사연구』, 교육도서출판사, 1984, 209면.

40) 박희병, 「고려가요의 민중정서」, 『민족문학사강좌』 상, 창작과비평사, 1995, 107면.

속요는 민속가요 가운데 민요를 속악으로 전용하는 과정에서 생성·발전해 갔으며 이러한 속요가 더욱 세력을 얻어 장르의 발전 및 전성기를 맞게 되자 무가 및 불가를 수용하는 데까지 확산되어 간 것으로 추정된다.[41]

속요의 장르적 특성을 규정한 위의 논의는 형태론적으로 볼 때 개개의 노래가 민요의 특성과 관계를 맺은 듯하면서도 그렇지 않은 것을 통해서도 확인된다. 실제로 속요에 나타난 반복구, 후렴구, 여음, 투식어 등을 제거하면 민요와 친연한 작품으로 변모되는 것도 장르적 특성에서 비롯된 것이다. 민요의 특성에서 벗어나게 된 근본적인 이유는 속악으로 전용되는 교열·신성의 과정을 거쳐 '고저완급'의 곡조에 맞추었기 때문이다. 흔히 고려속요의 형성과정을 "가락에 알맞은 재래의 사설을 찾아 새 형태의 우리말 사설이 지어지고" 혹은 "재래의 사설과 新傳의 가락이 맞지 않을 때 그 조절을 위한 여러 가지 시도가 이루어질"[42] 것으로 추정한 논의도 이러한 과정을 지적한 것이다.

가창물 내용의 경우, 전체 노랫말의 내용과 거리를 두고 있는 頌禱之詞가 개입되어 있거나 화자의 진술에서 '님의 부재'와 '수동적 성향'이 두드러진다는 점이다. 이별의 아픔을 주제로 삼은 「가시리」에 '위 증즐가 大平盛代'가 매연의 후반에 위치하거나 선어를 본받았다(效仙語)는 「동동」에 '德으란 곰비예 받줍고 福으란 림비예 받줍고 德이여 福이라호놀 나수라 오소이다'가 서연의 역할을 하는 게 그것이다.[43] 노랫말과 관계가 느슨해 보이는 이러한 구절은 궁중이라는

41) 김학성, 앞의 글, 83면.
42) 김택규, 「별곡의 구조」, 『고려가요연구』, 중판; 국어국문학회편, 정음문화사, 1990, 279면.

가창공간에서 가창하기에 합당한 형태로 만드는 이른바 '속악으로 전용되는 교열·신성의 과정'을 거치면서 생성된 것이다.44)

'님의 부재'와 관련하여 「만전춘별사」의 "耿耿孤枕上애 어느 ᄌᆞ미 오리오(외로운 침상에서 어찌 잠이 오겠는가)"와 「이상곡」의 "잠싸간 내님을 너겨(잠을 빼앗아간 내 님을 생각하며)", 「서경별곡」의 "괴시 란ᄃᆡ 우러곰 좃니노이다(사랑하신다면 울면서 따르겠습니다)"와 「동동」의 "몸하 ᄒᆞ올로널셔(이 몸이여 홀로 살아가는구나)", "스싀옴 녈 셔(제각기 떨어져 살아가는구나)" 등이 그것이다. 물론 무가계열의 속요 「내당」의 "니믈뫼셔 술와지(님을 모시고 살고 싶습니다)"도 마찬가지이다. 심지어 님의 부재상황이 아니더라도 화자는 곧 님의 부재를 수용할 수밖에 없기에 「만전춘별사」의 "어름우희 댓닙자리 보와 님과 나와 어러주글만뎡 情둔 오ᄂᆞᆯ밤 더듸 새오시라"처럼 시간의 정지를 바라거나 혹은 「정석가」의 "구은 밤 닷 되를 심고이다 그 바미 우미 도다 삭나거시와 有德ᄒᆞ신 님믈 여희ᄋᆞ와지이다"처럼 불가능한 일을 상정한 후 그것이 실현되면 님과 헤어지겠다고 진술한다. 화자가 님과 함께 '어러주글만뎡' 같은 공간에 있기를 바라거나 '구은 밤'에서 싹이 날 때 비로소 헤어지겠다는 생각은 님의 부재를 막으려 했던 화자의 간절한 바람이었다.

화자가 자신을 '수동적 성향'에 기대는 것도 특성에 해당한다. 「만전춘별사」의 "桃花는 시름업서 笑春風ᄒᆞᄂᆞ다"와 "올하 올하 아련 비 올하 여흘랑 어듸두고 소에 자라 온다"에서 '도화'와 '소(연못)'는 화

---

43) 이외에도 「정석가」의 '딩하 돌하 當今에 계샹이다 先王聖代예 노니ᄋᆞ와지이다'와 「만전춘별사」의 '아소 님하 遠代平生애 여힐ᄉᆞᆯ 모ᄅᆞᆸ새'도 이에 해당한다.
44) 김학성, 「고려가요의 작자층과 수용자층」, 『국문학의 탐구』, 성균관대학교 출판부, 1987, 35~37면.

자를 비유하고 있다. 그리고 「동동」의 '별해 ᄇ론 빗(강둑에 버린 빗)', '져미연 ᄇ롯(저며 놓은 고로쇠 나무)', '盤잇 져(소반의 저)'는 모두 그러한 경향의 소재들이다. 득히 '강둑에 버린 빗'은 화자의 처지를 극명하게 드러낸 표현으로, 머리를 빗거나 감을 때 빗이 필요하지만 그것이 온전한 형태를 갖추지 못했다면 누구건 하찮은 대상으로 여기기 마련이다. 어떤 열매이되 '여러 개의 작은 조각으로 얇게 베어내다'의 의미에 해당하는 '저민(져미연)' 상태에 있었으니 '강둑에 버린 빗'과 마찬가지로 화자가 자신을 비유한 대상이 얼마나 쓸모없는 것인지 알 수 있다.

가창공간은 가창자가 가창물을 공연하는 곳으로 공간의 목적과 참석자들을 한데 묶어 살필 수 있다. 앞서 인용한 「삼장」과 「사룡」에서 '가무하여 군신의 예의가 다시 없었고', '비용을 이루 다 기록할 수 없다'는 것처럼 가창공간의 목적은 참석자들에게 즐거움을 주는 데 있다. 이는 『고려사』 악지의 속악조에 편제돼 있는 「풍입송」과 「야심사」의 노랫말이 각각 "신선의 음악이 뜰에 가득 찼는데 모두 음률에 맞는다. 군신이 함께 태평잔치에 취하니 임금의 마음은 기쁘다"[45]와 "임금과 신하들이 함께 태평시절에 취하였다. 술은 만취되고 밤은 깊어 닭은 새벽을 고한다"[46]에서도 확인할 수 있다. 물론 속악조의 「야심사」 다음에 기록된 「한림별곡」도 이러한 공간에서 공연된바, "문인의 입에서 나온 것이기는 하지만 矜豪放蕩할 뿐 아니라 褻慢戲狎하여 군자가 본받을 만한 것이 아니다"[47]라며 조선조 유학자가 평가한 것

---

45) 『고려사』 악지 속악 「풍입송」, 仙樂盈庭皆應律 君臣共醉太平筵帝意多憔悴.

46) 『고려사』 악지 속악 「야심사」, 君臣共醉太平年憔醉夜深難唱曉. 이 노래에 대하여 "야심사는 군신이 서로 즐기는 뜻이 있는바 이 노래는 모두 연회가 끝날 무렵에 부르는 노래(夜深詞言君臣相樂之意皆於終宴而歌之也)"로 설명돼 있다.

도 노랫말에 한정된 게 아니라 음악과 주효 그리고 참석자들의 질펀한 즐거움을 감안한 것이기에 가창공간의 분위기를 간접적이나마 짐작할 수 있다.[48]

　가창공간의 이러한 분위기는 공연방식과 밀접한데, "우리 동방은 아직도 옛 관습에 따라 종묘에는 아악을 쓰고 조회에는 당악을 쓰고, 연향에는 향악과 당악을 번갈아 연주하였다"[49]에 나타난 대로 향악의 노랫말이 속요이고 이것이 연향이라는 공간에서 가창되는 만큼 그곳의 분위기를 저해하는 노래는 가창될 수 없었을 것이다. 예컨대 "혀는 향기롭고 부드럽고…… 젖은 달고 허리는 가늘다(「해패령」)"[50]는 당악의 노랫말이 공연되는 공간에 "情 나눈 오늘 밤 더디 새오시라…… 각시를 안고 누워…… 가슴을 맞추옵니다(「만전춘별사」)"의 속악의 노랫말이 번갈아가며 공연될 수 있었다는 것이다. 이처럼 연향공간에서의 향악과 당악의 공연방식과 가창공간의 분위기를 감안하면 남녀상열지사가 궁중에서 공연된 이유도 짐작할 수 있다.

　가창공간의 목적과 참석자들을 살피면서 주목되는 것은 가창물에 나타난 화자의 특징이 시조의 여성화자의 경우와 유사하다는 점이다. 가창물의 화자가 '님의 부재', '수동적 경향', '사랑의 실패'에 놓여 있듯 시조의 여성화자도 "님을 얼마나 절실하게 그리워하고, 얼마나 간절하게 사랑하고 있는가"에 집중돼 있어 "마치 대답 없는 메아리처럼

---

47) 『퇴계집』 「도산십이곡발」, 如翰林別曲之類 出於文人之口 而矜豪放蕩 兼以褻慢戲狎 尤非君子所宜尙.

48) 「한림별곡」의 공연방식과 관련한 기록이 "사람마다 기생을 끼고 앉아…… 여러 사람들이 모두 손뼉을 치고 춤을 추면서 한림별곡을 부른다. 반주 없이 부르는 노래가 매미 울음소리 같이 울려 나오는 사이사이에 개구리 들끓는 소리를 뒤섞여 부른다(『용재총화』 권4, 人挾一妓…… 衆人皆拍手搖舞 唱翰林別曲 乃於淸歌蟬咽之間 雜以蛙沸之聲)"로 나타나는 것으로 보더라도 속요의 가창공간은 참석자들에게 즐거움을 주기 위한 곳이다.

49) 『태종실록』 9년 4월 7일, 吾東方 尙循舊習 宗廟用雅樂 朝會用唐樂 於燕享迭奏鄕唐樂.

50) 『고려사』 악지 당악 「해패령」, 舌兒香軟…… 妳兒甘眠腰兒細.

공허한 울림을 자아내고 있다"[51])는 게 그것이다. 이것은 속요의 가창 공간에 참석한 자들이 음악과 주효가 구비된 곳에서 즐거움을 목적으로 삼았듯이 시조의 가창공간도 "酒宴席이나 風流場이 대부분"[52])이었던 것과 무관하지 않다. 속요와 시조의 가창공간이 공연방식이나 규모 면에서 차이가 있겠지만 참석자들이 즐거움을 목적으로 삼았다는 점에서는 동일하다. 이러한 목적에 부합하기 위한 방편으로 화자의 애정이 성공하는 쪽보다 실패하는 쪽으로 치우치기 마련이기에 속요의 작자층을 기녀 혹은 유녀로 파악했던 논의도 화자의 이러한 특성과 무관하지 않다.[53])

고려속요 이해의 한 전제를 가창자·가창물·가창공간의 특성에 기대 간략히 살펴보았다. 노래를 궁중으로 운반한 자는 시정공간에서 '자색과 기예'를 구비한 관기·관비·무당들이며, 그들이 운반한 노래는 '속악으로 전용되는 과정'을 겪은 후 가창자에 의해 궁중에서 가창될 수 있었다. 속악으로 전용된 가창물에 등장하는 화자가 '님의 부재', '수동적 경향', '사랑의 실패'에서 괴로워하는 모습으로 나타나는 것은 가창공간의 참석자들에게 즐거움을 주기 위한 방편으로 이해할 수 있었다. 가창공간은 가창물이 공연되는 장소로 음악과 주효가 구비돼 있고 군신이 참석하여 즐거움을 목적으로 삼고 있는 공간이었다. 그곳에서 향악과 당악이 교대로 공연됐는데, 향악의 노랫말이 현전하는 고려속요였다. 무엇보다 가창자·가창물·가창공간에

---

51) 김용찬, 「시조에 구현된 여성적 목소리의 표출 양상」, 『한국고전여성문학연구』 4, 한국고전여성문학회, 2002, 72면.

52) 최동원, 『고시조론』, 중판; 삼영사, 1991, 73면.

53) 성현경, 「만전춘별사의 구조」, 『고려시대의 언어와 문학』, 한국어문학회편, 형설출판사, 1975; 박병채, 앞의 책; 전규태, 「만전춘별사고」, 『고려시대의 가요문학』, 새문사, 1982; 최동원, 「고려속요의 향유계층과 그 성격」, 『고려시대의 가요문학』, 새문사, 1982; 정상균, 『한국중세시문학사연구』, 한신문화사, 1986.

나타난 여러 특성은 군왕과 신하들에게 '소통의 즐거움'을 주기 위한 것과 밀접한 것이었다. 여기서 소통의 즐거움은 "서로에게 어떤 것도 기대하지 않고 그저 대화를 나누는 이들의 즐거움을 위해 대화하는 전형적인 방식"54)과 유사하기에 이것에 배치되는 "도움을 요청하는 고함, 요구, 설득"55)과 같은 '소통의 고통'이 개입될 수 없을 것이다.

　고려속요 이해의 한 전제가 이러할 때, 「유구곡」 해석의 가능성도 여기서 출발해야 할 것이다. 「유구곡」의 가창자와 가창공간에 대해서는 전술한 부분에 포함시켜도 무방하되 노랫말이 여타의 속요에 비해 너무 짧다는 게 문제이다. 짧은 노랫말에서 '님의 부재', '수동적 경향', '사랑의 실패'를 찾는다는 것 자체가 불합리하다는 것이다. 다만 간접적인 단서에 해당하는 『시용향악보』 소재의 노래들과 관련된 "歌詞只錄第一章 其餘見歌詞冊 他樂倣此"라는 기록으로 보건대 「유구곡」이 긴 노래일 가능성이 있기에 논의를 확장할 수 있을 것이다. 『시용향악보』 소재의 「청산별곡」, 「쌍화점」, 「서경별곡」 등의 노래가 전편이 아닌 일부분이 수록된 것처럼 「유구곡」도 이런 경우에 포함될 가능성이 있기 때문이다.56)

4. 해석의 가능성-참석자들의 새에 대한 인식

　노래의 작자와 생성배경을 알 수 없는 상황에서 속요 이해의 한 전

---

54) 박성봉, 『대중예술의 미학』, 동연, 1995, 286면.

55) 위의 책, 286면.

56) 이동근(앞의 글, 212면)은 「유구곡」을 "나는 뻐꾸기를 좋아하고, 소나무를 좋아하고, 고량주를 좋아한다는 식의 작품구조를 가졌으리라 생각하는" 바탕에 "歌詞只錄第一章 其餘見歌詞冊 他樂倣此"도 자리잡고 있다.

제(가창자·가창물·가창공간)와 가창공간 참석자들의 새에 대한 인식을 고려하면「유구곡」해석의 가능성을 모색할 수 있을 것이다. 단순히 현재이『동물도감』類에서 해당 조류의 특성을 찾아 이를 해석의 방편으로 삼았을 때, 위탁 부화하는 뻐꾸기의 습성에 주목하여 "배은망덕한 새"[57]로 규정될 수 있다. 하지만『동물도감』類에 나타난 새의 생태와 습성이 당대인들의 인식과 편차가 있을뿐더러「유구곡」이『시용향악보』에 수록될 정도로 가창공간에서 인기 있는 레퍼토리였던 만큼 그곳에 참석했던 자들의 비둘기와 뻐꾸기에 대한 인식을 감안해야 한다. 이것은 소통의 즐거움이 공유되는 가창공간과 그곳에서 가창물을 향유하던 참석자들을 고려하는 일이기도 하다.

고려시대 사람들의 비둘기에 대한 인식을 각종자료를 통해 살펴본 결과에 따르면 "고려문인들에게 비둘기는 남의 집을 빼앗아 사는 옹졸한 비둘기를 인식하였다"[58]고 한다. 예컨대 이규보가 천수사에서 밤을 보내면서 자신의 처지를 "나는 절에 깃드는 비둘기 같아 와서는 범승의 집을 더럽히네"[59]로 나타내거나, 이색이 田制의 경계가 바르지 못한 것에 대해 "호족이 모두 겸병했던 것은 '까치가 살고 있는 집에 비둘기가 거한다'는 말이 이와 같다"[60]고 지적하는 데에서 알 수 있다. 전자는 자신의 소유와 무관한 곳에 기거하고 있는 경우이고 후자는 자신의 소유가 아닌 것을 자신의 소유로 여긴 경우이다. 사찰에서 기거하는 자나 토지를 겸병했던 자는 각각 '더럽히다(汚)'와 '바르

---

57) 권오경, 앞의 글, 137면.

58) 여기현, 「시가 속 비둘기의 변용-유구곡 재해석을 위하여」, 『반교어문연구』 23집, 반교어문학회, 2007, 119면.

59) 『동국이상국집』 권10 「天壽寺鍾義大師方丈」, 我如棲寺鴿 來汚梵僧廬.

60) 『동문선』 권53 주의 「陳時務書」, 經界不正豪强兼并 鵲之巢而鳩之居者皆是也.

지 못한(不正)'이란 표현과 관련돼 있다. 비둘기와 관련하여 이규보와 이색의 이러한 표현은 그들의 개인에게서 비롯된 게 아니라 『시경』「召南·鵲巢」의 "까치가 둥지를 둠에 비둘기가 살도다 / 새아씨가 시집옴에 百兩으로 맞이하도다(維鵲有巢 維鳩居之 之子于歸 百兩御之)"[61]에 나타난 비둘기의 이미지를 수용한 것이다. '까치가 둥지를 둠에 비둘기가 살도다'의 노랫말에서 비둘기는 자신의 소유와 무관한 곳에 기거하는 자이다. 이에 대하여 朱子가 "제후의 딸이 제후에게 시집감에 보내고 맞이함을 모두 수레 百兩으로 한 것(諸侯之子 嫁於諸侯 送御皆百兩也)"으로 해설했더라도 노래에 나타나는 비둘기와 까치가 각각 여성과 남성에 비유되고 있기에 시집가는 딸이 남성에 해당하는 까치가 만든 집에 얹혀사는 모습을 연상할 수 있다.[62] 물론 『시경』「衛·氓」의 "아, 비둘기여 / 뽕나무 오디를 먹지 말지어라 / 아, 여자여 / 남자와 놀아나지 말지어라(于嗟鳩兮 無食桑葚 于嗟女兮 無與士耽)"에서도 비둘기가 바람난 여자로 비유되고 있는데 이 노래에 대하여 주자가 "부인이 버림을 받은 뒤에 깊이 스스로 부끄러워하고 뉘우친 말(婦人被棄之後 深自愧悔之辭)"로 이해한 것을 통해서도 그러한 사정을 알 수 있다.

이러한 비둘기 이미지의 수용은 조선시대에서도 마찬가지인데, 비둘기가 궁중에 있는 경우 "듣건대 궁전 옥상에 비둘기 소리가 있다 합니다. 비둘기가 사특하여 사가에서 기르는 것도 불가하거늘 하물며 궁중이겠습니까? 청컨대 이를 제거하소서"[63]라고 간언하는 신하를 통해 비둘기를 사특(邪慝)한 조류로 파악하고 있었던 것을 알 수 있다.

---

61) 성백효 역주, 『현토완역 시경집주 상』, 전통문화연구회, 1993의 해석에 의거한다.

62) 이에 대해 여기현(「시가 속 비둘기의 변용」, 132면)은 "비둘기에 대한 정착된 이미지와 의미는 분명 빈손으로 시집을 와서는 남자네 집에 얹혀사는 여인"이라 한다.

63) 『중종실록』 4년 1월 26일, 聞殿屋上有家鳩之聲 鳩邪慝之物畜於私家 猶不可 況宮禁乎 請去之.

자신의 소유와 무관한 곳에 기거하는 비둘기의 속성이 '사특'으로 연장된 셈이다. 비둘기를 부정적인 주류로 여긴 것은 유득공이 "암수기 시로 혀를 빠는 까닭에 비둘기의 성품을 음란하다"[64]고 말한 것이나 이도령과 춘향의 첫날밤 장면에 "귓밥도 쪽쪽 빨며 입술도 쪽쪽 빨면서 朱紅같은 혀를 물고, 오색단청 순금장 안에 雙去雙來 비둘기같이 꿍꿍 낑낑 으흥거리는"[65) 부분도 암수가 서로 혀를 빠는 까닭에 비둘기를 '음란'하거나 '사특'한 조류로 인식할만한 것이다.

　고려시대 사람들의 뻐꾸기에 대한 인식을 살필 수 있는 자료는 드물지만 조선 전기의 기록을 통해 그 일단을 엿볼 수 있다. 조휘가 상소하는 내용에 "아비가 비록 사랑하지 않더라도 자식은 불효를 해서는 안 되며 어미가 자식을 사랑하는 게 고르지 못하여 혹시 뻐꾸기[鳲鳩]만 못하더라도"[66)라는 표현이 있는데 여기에서 뻐꾸기는 자식 사랑을 균등하게 하는 새로 등장한다. 이 또한 『시경』「曹・鳲鳩」의 "뻐꾸기가 뽕나무에 있으니 / 그 새끼 일곱이로다 / 淑人君子여 / 그 威儀가 한결같도다(鳲鳩在桑 其子七兮 淑人君子 其儀一兮)"의 이미지를 수용한 것으로, 뻐꾸기가 새끼를 먹일 때의 순서를 보면 아침에는 위에서 아래로 내려오고 저녁에는 아래에서 위로 올라가면서 굶는 새끼가 없도록 공평하게 먹이를 나누어 주기 때문에(飼子朝從上下 暮從下上平均如一也), 공평하고 균등하게 남을 대하는 군자의 한결같은 위의를 비유하면서 뻐꾸기가 등장한 것이다. 그래서 예종이 자신의 과오와 시정의 득실을 듣고자 노래를 지었는데, 노래명이 뻐꾸기 즉 '벌

64) 유득공, 「발합경」, 정민, 『한시 속의 새 그림 속의 새』 둘째 권, 효형출판, 2003, 105면에서 재인용.
65) 구자균 교주, 『춘향전』, 보성문화사, 1978, 81면.
66) 『세종실록』 31년 5월 28일, 父雖不慈 子不可以不孝 其母平日愛子不均 雖或鳲鳩之不如. 뻐꾸기와 관련하여 이런 비유는 『태종실록』 7년 5월 22일, 『성종실록』 21년 7월 16일에서도 발견할 수 있다.

곡조'인 것도 신하들로부터 공평 및 균등한 간언을 듣고자 했던 의도와 무관하지 않을 것이다. 이는 조선시대의 여러 문헌자료에서 뻐꾸기가 '공평하고 균등하게 남을 대할 때의 비유'[67]로 나타나는 것을 통해서도 짐작할 수 있다.

「유구곡」 해석의 가능성을 모색하기 위해 가창공간의 정황과 새에 대한 참석자들의 인식을 살펴보았다. 이를 「유구곡」과 함께 논의해야 할 것이다.

> 비두로기새ᄂᆞᆫ / 비두로기새ᄂᆞᆫ / 우루믈 우루딕 / 버곡댱이아 난 됴해 / 버곡댱이아 난 됴해

노래의 화자는 '비둘기'이다. '우루딕'를 '울지마는'으로 이해하는 것(권영철)은 「유구곡」=「벌곡조」의 가설을 지지하려는 방편일 뿐, '중세어의 인용문 구조상' '우로딕'는 일반적으로 '울기를', '우는데'처럼 이해해야 한다.[68] 이는 「유구곡」≠「벌곡조」의 주장(윤성현)이나 「유구곡」=「벌곡조」=「포곡가」의 경우(임주탁)에서도 인정하고 있다. 그래서 화자인 "비둘기는 울기를, '뻐꾸기가 나는 좋아'"로 해석할 수 있다. 비둘기가 동종의 비둘기를 좋아하는 게 아니라 이종의 뻐꾸기를 좋아한다는 진술인데, 여기서 비둘기와 뻐꾸기가 각각 무엇과 연관돼 있는지 앞서 언급한 비둘기와 뻐꾸기에 대한 것을 통해 해명해

---

67) 「曹·鳲鳩」의 노래가 공평하고 균등하게 남을 대할 때의 비유로 사용된 전적과 해당항목은 다음과 같다. 『가정집』「趙貞肅公祠堂記」, 『동문선』「趙貞肅公祠堂記」, 『목은집』「演雅」, 『성호사설』「鳲鳩詩」「庶孽防限」, 『점필재집』「李提學氷母挽章代作」「挽李氏夫人」「十八日入京有懷」「李都事父母挽詞」, 『청음집』「議政府左議政鄭公墓誌銘 幷序」, 『청장관전서』「人倫」, 『포저집』「論宣惠廳疏 癸亥」, 『학봉전집』「先考成均生員府君行狀」. 이에 대한 검색과 확인은 한국고전번역원(http://www.minchu.or.kr/)에 의거한다.

68) 김완진, 앞의 책, 224면; 최철·박재민, 앞의 책, 351∼353면; 윤성현, 「유구곡의 구조와 미학의 본질」, 261∼262면; 임주탁, 앞의 글, 21면.

야 한다.

전술했듯 고려사람들의 비둘기에 대한 인식은 『시경』 「召南·鵲巢」
와 「衛·氓」을 연원을 둔 것으로 여성에 해당하는 비둘기가 남성이
만든 까치의 집에 들어가 사는 모습이거나 바람난 여성을 가리켰다.
뻐꾸기는 균등하게 남을 대하는 군자의 한결같은 위의와 관련돼 있
었다. 이러한 결과는 『시경』에 나타난 비둘기의 이미지가 "남편과 대
조되는 인물로서의 여인이나 임금에 대한 신하의 입장 등, 늘 상대적
인 관계에서 약자의 입장"[69]이거나 민요를 검토했을 때 비둘기는 '약
자'이미지이고 뻐꾸기는 '남성'이미지라고 지적한 것과 일치한다.[70]
결국 「유구곡」에 등장하는 비둘기와 뻐꾸기를 각각 여성과 남성이미
지로 이해할 수 있는 것이다.

사정이 이러할 때, "암수를 가늠할 정보가 전혀 주어져 있지 않은
데 어느 한쪽으로 성별을 규정하는 것은 자의적인 판단"[71]이란 주장
은 유보해야 할 듯하다. 노랫말이 짧으면서 작자나 창작배경을 전혀
알 수 없는 상황에서 「유구곡」에 등장하는 비둘기와 뻐꾸기의 이미
지를 논의하는 것은 노래 해석의 가능성을 확보하는 일이다. "비둘기
는 울기를, '뻐꾸기가 나는 좋아'"에서 비둘기는 이규보와 이색의 시
문에 나타나듯 '더럽히다(汚)'와 '바르지 못한(不正)'이란 표현과 관련
되거나 『시경』에 연원을 둔 바람난 여성, 혹은 '사특'이나 '음란'의
이미지이고 뻐꾸기는 공평한 남성의 이미지와 관련돼 있기에, 「유구
곡」은 부정적 성향의 여성이 긍정적 성향의 남성을 좋아한다고 진술

---

69) 윤성현, 「유구곡을 다시 생각함」, 164면.

70) 위의 글, 166~168면.

71) 임주탁, 앞의 글, 12면.

하는 것으로 판단할 수 있다.

여기서 가창자·가창물·가창공간을 고려하면 「유구곡」은 좀 더 선명해진다. 비록 노랫말이 짧은 「유구곡」이라도 당악과 속악이 번갈아가며 공연되는 상황에서 참석자들에게 소통의 즐거움을 주기 위해 가창물(속요)이 가창됐다 할 때, 「유구곡」 해석의 가능성을 모색하는 것도 여기서 출발해야 할 것이다. 앞서 진술한 속요들의 화자가 '님의 부재', '수동적 성향', '사랑의 실패'에 놓였듯이 「유구곡」의 화자도 이러한 처지에 있었을 가능성이 크다는 것이다. 짧은 노랫말에서 '님의 부재', '수동적 성향', '사랑의 실패'를 운운하는 게 불합리한 듯하지만 「유구곡」도 현전하는 것보다 훨씬 긴 노래일 수 있기에 일부분이지만 그 안에 가창물의 특성이 있게 마련이다.[72] 예컨대 "비둘기는 울기를, '뻐꾸기가 나는 좋아'"에서 비둘기의 독백체 진술이 한 단서일 수 있다. 비둘기가 뻐꾸기와 대등한 관계에 있거나 혹은 뻐꾸기보다 나은 위치에 있었다면 인용문을 동반한 독백체의 진술이 개입되기보다 '비둘기가 뻐꾸기를 좋아한다'는 명징한 표현이 어울릴 텐데 비둘기가 뻐꾸기와 대등하지 않은 수동적 위치에 있었기에, 인용문을 동반한 독백체로 자신의 바람을 진술했던 것이다. 비둘기의 이러한 진술은 '더럽히다(汚)'와 '바르지 못한(不正)', 혹은 바람난 여성, '사특'하거나 '음란'의 이미지의 화자가 공평 균등의 이미지를 지닌 남성에게 직접화법을 구사하지 못하고 개인의 바람을 혼잣말로 되뇌는 모습을 연상케 한다. 이는 '님의 부재'를 극복할 수 있는 방법을 화자 스스로 강구하지 못하고 수동적 성향으로 응대하고 있는 여타

---

72) 『시용향악보』 소재 「청산별곡」, 「쌍화점」, 「서경별곡」 등의 노래가 전편이 아닌 일부분이 수록돼 있는 것처럼 말이다.

의 속요 화자에게서 발견되는 것이다. 「만전춘별사」의 "耿耿孤枕上애 어느 ᄌᆞ미 오리오(외로운 침상에서 어찌 잠이 오겠는가)"와 「이상곡」 의 "잠짜간 내님을 너겨(잠을 빼앗아간 내 님을 생각하며)", 「동동」의 "몸하 ᄒᆞ올로녈셔(이 몸이여 홀로 살아가는구나)", "스싀옴 녈셔(제각기 떨어져 살아가는구나)", 「서경별곡」의 "괴시란ᄃᆡ 우러곰 좃니노이다 (사랑하신다면 울면서 좇으렵니다)" 등에서 화자의 진술이 향하는 곳 은 님이 아니라 자신 쪽이다. 물론 비둘기의 독백은 사랑의 실패로 귀결되기 마련일 텐데 이는 여타의 속요의 경우와 유사하게 가창공 간의 참석자들에게 소통의 즐거움을 주기 위한 방편이었을 것이다.

5. 결론

해석의 가능성에서 살폈듯이 「유구곡」은 특정 어휘의 해석에 따라 노랫말 전체의 의미가 바뀔 정도로 짧은 노래이다. 노랫말이 짧되 생 성배경과 관련된 직접적인 자료가 없는 관계로 예종의 「벌곡조」와의 동일성 여부가 이 노래의 연구사와 다름 아니었다. 이른바 「유구곡」= 「벌곡조」, 「유구곡」≠「벌곡조」, 「유구곡」=「벌곡조」=「포곡가」의 관계 를 증명하는 과정이었다. 하지만 해석의 가능성을 모색하기 위해 가 창자·가창물·가창공간의 특성과 참석자들의 새에 대한 인식을 고 려해보았다. 속요의 가창자는 자색과 기예를 갖춘 관기·관비·무당 출신이고, 그들의 가창물에서 화자는 님의 부재와 수동적 성향을 띠 면서 사랑에 실패할 수밖에 없는 처지였고 가창공간은 주효와 음악 이 구비된 곳이었다. 가창공간은 참석자들에게 '소통의 즐거움'을 주 기 위한 곳이었다는 것이다. 참석자들의 새에 대한 인식을 통해 보건대 비둘기는 '더럽히다(汚)'와 '바르지 못한(不正)'이란 표현과 관련되거나 『시경』에 연원을 둔 바람난 여성의 이미지이고 뻐꾸기는 공평한 남성의 이미지와 관련돼 있기에, 「유구곡」은 부정적 성향의 여성이 긍정적 성향의 남성을 좋아한다고 진술하는 것으로 판단할 수 있었다. 게다가 비둘기가 독백체 진술에 기댄 이유도 짐작할 수 있는바, 바람난 여성이미지의 화자가 공평 균등의 이미지를 지닌 남성에게 직접화법을 구사하지 못하는 것은 여타의 속요 화자가 스스로 님의 부재를 적극적으로 해결하지 않고 소극적으로 대처하는 점과 무관하지 않았다. 이 또한 가창공간에 참석한 사람들에게 '소통의 즐거움'을 주기 위한 일련의 장치로 「유구곡」이 조선조로 넘어와 『악장가사』와 『시용향악보』에 수록돼 현전할 수 있었던 한 이유일 것이다.

소통의 즐거움을 위한 장치, 「쌍화점」[*]

1. 해석이 다양한 노래

　「쌍화점」은 독특한 구조를 지닌 속요이다. 노래의 각 연은 '어디에
무엇하러 갔더니 누구가 내 손목을 잡았고 이 말이 어디 밖에 드나들
면 아무개가 한 말이라 하겠다'로 되어 있다. 각 연마다 '어디·무엇·
누구·아무개'라는 부분만 차이가 있고 나머지는 같은 내용의 반복
이다. '어디'라는 장소에 있음직한 '무엇'과 '누구'가 뒤따르고 손목을
잡은 일이 소문이라도 나면 제삼자인 '아무개'가 한 말이라 하겠다는

---

* 이 글은 『쌍화점, 다섯 개의 시선』(다인아트, 2010)에 수록된 것이다.

것이다. 이어서 '나도 그 잠자리에 자러 가리라'라는 부분에 이르러 또 다른 화자가 등장한다. 이처럼 복잡한 듯하면서 간단한 구조를 지닌 「雙花店」은 남녀의 행위를 어떻게 이해하느냐에 따라 달리 해석할 수 있다. 예컨대 "전체인간의 해방을 주장"하는 "전 인류애가 숨어 있는 작품"1)이거나 "육정적 음란가극"2) 혹은 "긴박한 현실 속에서 허덕이는 군상을 통렬히 풍자"3)한 것으로 이해하기도 했다. '애정지 상주의'와 '자유분방한 삶의 동경', 그리고 '부도덕한 행위에 대한 심적 고통'과 '타락한 사회상의 풍자'4)를 한데 묶어 이해하기도 했다. 그리고 「雙花店」이 『고려사』 악지에 있는 「삼장」·「사룡」과 관계하고 있다는 점에 주목하여 기존의 주제론을 보완코자 했던 논의도 있었다. 「사룡」의 "蛇含龍尾나 過太山岑이라는 구절에서도 음탕한 맛을 느낄"5) 수 있다거나 「삼장」의 표층에서는 "남녀상열"이되 중간층에서는 "사원의 타락"이고 심층에서는 "인간성 상실"6)을 엿볼 수 있다는 지적, 그리고 「삼장」과 「사룡」을 각각 "무속적 성격"과 "불교적 성격"7)으로 파악하기도 했다.

하지만 「雙花店」은 개인의 정서를 일관되게 진술하는 창작물이 아니라 주효와 음악이 구비된 가창공간에서 가창되던 가창물이다. 그러한 공간에서 가창되는 만큼 가창물은 참석한 사람들에게 불쾌감이 아니라 즐거움을 주기 위해 기능하기 마련이다. 이른바 소통의 즐거

---

1) 윤경수, 「쌍화점에 나타난 인간자세」, 『현대문학』 98, 현대문학사, 1963, 244〜245면.

2) 여증동, 「쌍화점 고구(3)」, 『국어국문학』 53, 국어국문학회, 1971, 349면.

3) 정병욱, 『한국고전시가론』, 증보판; 신구문화사, 1994, 122면.

4) 양태순, 「고려시대의 시가연구-속요를 중심으로」, 서울대석사논문, 1982, 56〜57면.

5) 송정헌, 「쌍화점 연구」, 『충북대학교논문집』 17, 충북대, 1979, 36면.

6) 최용수, 「삼장·사룡 고」, 『영남어문학』 13, 영남어문학회, 1986, 131〜132면.

7) 최동국, 「쌍화점의 성격연구」, 『문학과 언어』 5, 문학과 언어연구회, 1984, 131〜132면.

움을 주기 위한 일련의 장치들을 고려해서 「쌍화점」을 이해해야 한다는 것이다.

2. 고려속요 이해의 전제들-소통의 즐거움을 위한 가창자 · 가창물 · 가창공간

속요는 전공서적이나 교양서, 혹은 교과서에서 만날 수 있다. 문자로 정착된 것을 단순히 확인할 수 있을 뿐, 그것을 가창한 사람과 가창물의 특성, 가창공간에 대해 특별히 관심을 갖지 않으면 알 수 없다. 하지만 속요는 단순히 읽기자료로 기능했던 게 아니라 가창공간에서 가창을 위한 노랫말이었다. 특정한 공간에서 가창자가 가창물을 공연할 때 그것을 즐기는 자도 있었다. 그래서 속요 이해의 전제는 가창자 · 가창물 · 가창공간의 특성을 고려하는 일이다.

1) 가창자

> 諸道에 행신을 보내서 관기로 자색과 기예가 있는 자를 고르고 또 城中에 있는 관비와 무당으로 가무를 잘하는 자를 골라 宮中에 등록해서…… 따로 한 隊를 만들어 男粧이라 칭하여 노래(新聲)를 가르쳤다(敎以新聲). …… 고저와 완급이 곡조에 맞았다.[8]

가창자는 관기 · 관비 · 무당 출신의 여성들이었다. 관기라면 누구건 궁중으로 들어올 수 있었던 것이 아니라 '자색과 기예'를 갖춘 자에 한정됐으며 차선책으로 '城中에 있는 관비와 무당'들이 대상이었다.

---

8) 『고려사절요』 권22 충렬왕 25년, 分遣倖臣諸道選官妓有姿色伎藝者 又選城中官婢及女巫善歌舞者籍置宮中…… 別作一隊稱爲男粧敎以新聲 其詞云…… 其高低緩急無不中節.

관비와 무당에게 '자색과 기예'라는 잣대가 적용되는 것은 물론이다. 그들이 궁중으로 유입되기 전에 활동한 곳은 궁핍한 공간이 아니라 기록에 나타난 대로 '城中', 즉 시정이었다. 그래서 '민요가 속악화'되는 전 단계의 '민요'는 단순히 농어촌의 정서가 아니라 '城中(시정)'의 정서에 가까운 이유도 그들의 활동공간과 밀접하다. 예컨대 "도시 시정인들의 노래로 불린 고려인민가요에는 애정 윤리적인 가요가 적지 않다"[9]거나 "고려속요의 '민가적 형태'를 발생시키고 또 그것을 향유한 계층은 민중 가운데서도 도시평민층이 그 중심이지 않았을까 생각하는"[10] 것도 민요를 궁중으로 운반했던 자들의 활동공간을 고려하면 타당한 지적이다.

2) 가창물

가창물 형태의 경우, 가창물은 궁중으로 유입되기 전 城中(시정)에서 부르던 노래 그대로가 아니라 교열·신성의 과정을 거쳐 '고저완급'의 곡조에 맞춘 노래였다. 속요에 해당하는 노래들의 형태가 일정하지 않은 것도 이런 과정과 밀접한데, 예컨대 「서경별곡」의 2연과 「정석가」 6연이 동일하듯 특정 노래의 특정한 연이 다른 노래에 그대로 나타나거나 「만전춘별사」의 3연과 「정과정」의 5~6행의 가사 일부분이 동일한 점, 「만전춘별사」의 1연은 순수 우리말이지만 2연은 한시현토체로 바뀐 문체상의 변화와 여음이나 후렴이 일관되지 않은 점이다.

---

9) 현종호, 『조선국어고전시가사연구』, 교육도서출판사, 1984, 209면.
10) 박희병, 「고려가요의 민중정서」, 『민족문학사강좌』 상, 창작과비평사, 1995, 107면.

속요는 민속가요 가운데 민요를 속악으로 전용하는 과정에서 생성·
발전해 갔으며 이러한 속요가 더욱 세력을 얻어 장르의 발전 및 전
성기를 맞게 되자 무가 및 분가를 수용하는 데까지 확산되어 간 것
으로 추정된다.[11]

속요의 장르적 특성을 규정한 위의 논의는 형태론적으로 볼 때 개
개의 노래가 민요의 특성과 관계를 맺은 듯하면서도 그렇지 않은 것
을 통해서도 확인된다. 실제로 속요에 나타난 반복구, 후렴구, 여음,
투식어 등을 제거하면 민요와 친연한 작품으로 변모되는 것도 장르
적 특성에서 비롯된 것이다. 물론 민요의 특성에서 벗어나게 된 근본
적인 이유는 속악으로 전용되는 교열·신성의 과정을 거쳐 '고저완
급'의 곡조에 맞추었기 때문이다. 흔히 고려속요의 형성과정을 "가락
에 알맞은 재래의 사설을 찾아 새 형태의 우리말 사설이 지어지고"
혹은 "재래의 사설과 新傳의 가락이 맞지 않을 때 그 조절을 위한 여
러 가지 시도가 이루어질"[12] 것으로 추정한 논의도 이러한 과정을 지
적한 것이다.

가창물 내용의 경우, 노랫말과 무관하게 송도의 말(頌禱之詞)이 개
입되거나 화자가 '님의 부재'와 '수동적 성향'과 밀접하다는 특성이
있다. 전자는 이별의 아픔을 주제로 삼은 「가시리」의 노랫말에 뜬금
없이 '위 증즐가 大平盛代'라는 송도의 말이 매연의 후반에 위치한 것
에서 확인할 수 있다. 그리고 '선어를 본받았다(效仙語)'는 「동동」에서
'德으란 곰비예 받줍고 福으란 림비예 받줍고 德이여 福이라호놀 나
ᅀᆞ라 오소이다'도 이에 해당한다.[13] 노랫말과 관계가 느슨해 보이

---

11) 김학성, 앞의 글, 83면.

12) 김택규, 「별곡의 구조」, 『고려가요연구』, 중판; 국어국문학회편, 정음문화사, 1990, 279면.

는 이러한 구절은 궁중이라는 가창공간에서 가창하기에 합당한 형태로 만드는 이른바 '속악으로 전용되는 교열·신성의 과정'을 거치면서 생성된 것이다.[14]

'님의 부재'는 화자와 밀접하게 연계돼 있다. '耿耿孤枕上애 어느 ᄌᆞ미 오리오(외로운 침상에서 어찌 잠이 오겠는가:「만전춘별사」)'와 '잠짜간 내님을 너겨(잠을 빼앗아간 내 님을 생각하며:「이상곡」)', '괴시란디 우러곰 좃니노이다(사랑하신다면 울면서 따르겠습니다:「서경별곡」)'와 '몸하 ᄒᆞ올로널셔(이 몸이여 홀로 살아가는구나)', '스싀옴 녈셔(제각기 떨어져 살아가는구나)', '니믈 뫼셔 녀곤 오ᄂᆞᆯ낤 嘉俳샷다(님을 모시고 지내야만 오늘이 한가윗날입니다:「동동」)'가 그것이다. 물론 무가계열의 속요 '니믈뫼셔 술와지(님을 모시고 살고 싶습니다:「내당」)'도 마찬가지이다. 심지어 님의 부재상황이 아니더라도 화자는 곧 님의 부재를 수용할 수밖에 없기에 '어름우희 댓닙자리 보와 님과 나와 어러주글만뎡 情둔 오ᄂᆞᆺ밤 더듸 새오시라(「만전춘별사」)'처럼 시간의 정지를 바라거나, 혹은 '구은 밤 닷 되를 심고이다 그 바미 우미 도다 삭나거시아 有德ᄒᆞ신 님믈 여히ᄋᆞ와지이다(「정석가」)'처럼 불가능한 일을 상정한 후 그것이 실현되면 님과 헤어지겠다고 진술한다. 화자가 님과 함께 '어러주글만뎡' 같은 공간에 있기를 바라거나 '구은 밤'에서 싹이 날 때 비로소 헤어지겠다는 생각은 님의 부재를 막으려 했던 화자의 간절한 바람이다.

'수동적 성향'도 화자의 또 다른 모습이다. '桃花는 시름업서 笑春風

---

13) 이외에도 「정석가」의 '딩하 돌하 當今에 계샹이다 先王聖代예 노니ᄋᆞ와지이다'와 「만전춘별사」의 '아소 님하 遠代平生애 여힐술 모ᄅᆞᆸ새'도 이에 해당한다.

14) 김학성, 「고려가요의 작자층과 수용자층」, 『국문학의 탐구』, 성균관대학교 출판부, 1987, 35~37면.

ᄒᆞᆫ다'와 '올하 올하 아련 비올하 여흘랑 어듸두고 소에 자라 온다(「만전춘별사」)'에서 '도화'와 '소(연못)'는 화자를 비유하고 있다. 그리고 '별해 ᄇᆞ룐 빗(강둑에 버린 빗)', '져비연 ᄇᆞᆽ(저며 놓은 고로쇠 나무)', '盤잇 져(소반의 저:「동동」)'는 모두 그러한 경향의 소재들이다. 특히 '강둑에 버린 빗'은 화자의 처지를 극명하게 드러낸 표현으로, 머리를 빗거나 감을 때 빗이 필요하지만 그것이 온전한 형태를 갖추지 못했다면 누구건 하찮은 대상으로 여기기 마련이다. 어떤 열매이되 '여러 개의 작은 조각으로 얇게 베어내다'의 의미에 해당하는 '져민(져미연)' 상태에 있었으니 '강둑에 버린 빗'과 마찬가지로 화자가 자신을 비유한 대상이 얼마나 쓸모없는 것인지 알 수 있다.

3) 가창공간

가창공간은 가창자가 가창물을 공연하는 공간이다. 그곳은 "신선의 음악이 뜰에 가득 찼는데 모두 음률에 맞는다. 군신이 함께 태평잔치에 취하니 임금의 마음은 기쁘다"[15]거나 "임금과 신하들이 함께 태평시절에 취하였다. 술은 만취되고 밤은 깊어 닭은 새벽을 고한다"[16]에서 알 수 있듯 음악과 주효를 구비해놓고 군왕과 신하가 참석하고 있는 공간이다. 그곳에는 군신이 참석해 즐거움이 공유되는 공간이기에 이를 저해하는 요소는 일절 개입될 수 없다. 주효가 소비되는 宴席의 공간이기에 그곳에서의 공연물은 참석자들의 즐거움을 위

---

15) 『고려사』 악지 속악 「풍입송」, 仙樂盈庭皆應律 君臣共醉太平筵帝意多懽是.

16) 『고려사』 악지 속악 「야심사」, 君臣共醉太平年懷醉夜深雞唱曉. 이 노래에 대하여 "야심사는 군신이 서로 즐기는 뜻이 있는바 이 노래는 모두 연회가 끝날 무렵에 부르는 노래(夜深詞言君臣相樂之意皆於終宴而歌之也)"로 설명돼 있다.

해 기능해야 한다. 예컨대 "사람마다 기생을 끼고 앉아…… 반주 없이 부르는 노래가 매미 울음소리 같이 울려 나오는 사이사이에 개구리 들끓는 소리를 뒤섞인"[17] 상황이기에 참석자들에게 즐거움을 줄 수 있도록 노랫말이 頌禱之詞나 '님의 부재'와 '수동적 성향'을 띠는 것이다. 특히 가창물이 님의 부재와 수동적 성향을 띠는 것은 "酒宴席이나 風流場이 대부분"[18]이었던 시조의 가창공간과 유사한데, 시조의 화자는 님을 얼마나 절실하게 그리워했느냐가 문제될 뿐 님과의 상호 간 교유된 감정은 중요하지 않다. 님을 그리워하지만 그것이 실패해야 가창공간의 참석자들에게 주연석이나 풍류장의 즐거움을 줄 수 있기 때문이다. 사랑의 성공이나 능동적 성향의 가창물은 가창공간의 참석자들에게 즐거움을 줄 수 없는데,[19] 이른바 가창공간에 있는 사람들은 "행위를 하라는 명령, 도움을 요청하는 고함, 요구, 설득"이 목적이 아니라 "그저 대화를 나누는 이들의 즐거움을 위해 대화하는 전형적인 방식"[20]과 유사한 공간에 참석했기에 즐거움에 위배되는 사랑의 성공이나 능동적 성향의 가창물은 등장하기 어렵다.

「쌍화점」도 고려속요 이해의 전제 안에 위치한다. 「쌍화점」을 궁중으로 운반한 자는 시정공간의 '자색과 기예'를 구비한 관기·관비·무당들이며, 그들이 운반한 노래는 가창공간의 참석자들에게 즐거움을 줄 수 있도록 '속악으로 전용되는 과정'을 겪어야 했다. 가창공간에 구비된 주효와 음악, 그리고 가창물은 그곳에 참석했던 군왕과 신

---

17) 성현, 『용재총화』 권4, 人挾一妓…… 衆人皆拍手搖舞 唱翰林別曲 乃於淸歌蟬咽之間 雜以蛙沸之聲.

18) 최동원, 『고시조론』, 중판; 삼영사, 1991, 73면.

19) 주연석이나 풍류장에서 기녀가 妓名을 쓰는 것도 그곳에 참석한 사람들과 혹시 충돌할지 모르는 '姓'의 문제를 극복하기 위한 방편인데, 즉 참석자들과의 소통의 즐거움을 유지하기 위한 장치이다.

20) 박성봉, 『대중예술의 미학』, 동연, 1995, 286면.

하들의 즐거움을 위해 기능하는 것이었다. 송도지사, 님의 부재, 수동적 경향은 가창공간의 즐거움을 위한 일련의 장치이다. 결국 즐거움을 위한 여러 가창물 중에서 「쌍화짐」도 포함돼 있었으며 그것이 조선조로 넘어와 『악장가사』에 수록돼 현전할 수 있었던 것이다.

3. 「쌍화점」과 「한림별곡」의 유사점-형식 · 평가 · 가창방식

「쌍화점」은 고려속요이고 「한림별곡」은 경기체가로 장르가 다르지만 양자 간에 형식 및 평가에서 유사한 면을 지닌다.

형식과 관련하여 두 노래를 제시하면 아래와 같다.

元淳文 仁老詩 公老四六 (3 3 4)
李正言 陳翰林 雙韻走筆 (3 3 4)
沖基對策 光鈞經義 良鏡詩賦 (4 4 4)
위 試場ㅅ景 긔엇더ᄒ니잇고 (위 ( )ㅅ경 긔엇더ᄒ니잇고)
(葉)琴學士의 玉笋門生 琴學士의 玉笋門生 (4 4 4 4)
위 날조차 몃 부니잇고 (위 날조차 몃 부니잇고)

雙花店에 雙花 사라 가고신ᄃᆡᆫ (4 4 4)
回回아비 내 손모글 주여이다 (4 4 4)
이 말ᄉᆞ미 이 店밧긔 나명들명 (4 4 4)
다로러거디러 (다로러거디러)
죠고맛감 삿기광대 네 마리라 호리라 (4 4 4 4)
더러둥셩 다리러디러 다리러디러 다로러거디러 다로러
긔 자리예 나도 자라 가리라
위의 다로러거디러 다로러
긔 잔ᄃᆡᄀᆞ티 덦거츠니 업다

두 노래의 의미부는 3음보 3행(제1~3행)과 4음보 1행(제5행)이며,

후렴은 이들 사이와 각 연의 끝에서 반복되고 있다. "쌍화점의 형태는 그 자수율이 속요에서는 유일하게 4·4·4조로 된 것까지 경기체가의 형태와 궤를 같이 하여 속요와 경기체가와의 형태적 교섭을 시사해주고 있다"21)거나 "쌍화점 각 연의 전절(4행)+후절(후렴 2행) 구성은 한림별곡 등의 경기체가와 유사한 면을 보인다"22)고 지적한 것도 위의 경우를 반영한 것이다. 「한림별곡」이 고종 3년(1216년) 신진사인들이 최충헌의 추천연회장에서 가창된 것이고, 「쌍화점」은 충렬왕 시기(1275~1308) 궁중에서 聲色容悅하여 부른 노래로 양자 간에 시간적 거리가 존재하지만 형식이 유사하다는 것이다.23)

당대인들의 평가도 예외가 아니다. 「한림별곡」이 "문인의 입에서 나온 것이기는 하지만 矜濠放蕩할 뿐 아니라 褻慢戲狎하여 군자가 본받을 만한 것이 아닌"24) 것처럼 「쌍화점」 또한 "윤리를 해치는 내용으로 차마 들을 수 없으니 공자가 다시 나타나도 그대로 내버려두실지 알 수 없다"25)며 부정적이었다.

가창방식과 관련해 「한림별곡」은 "사람마다 기생을 끼고 앉아…… 여러 사람들이 모두 손뼉을 치고 춤을 추면서 한림별곡을 부른다. 반주 없이 부르는 노래가 매미 울음소리 같이 울려 나오는 사이사이에 개구리 들끓는 소리를 뒤섞여 부른다"26)고 한다. 여기서 '반주 없이 부르는 노래(淸歌, 혹은 맑은 소리로 노래를 부름)'와 '매미울음(蟬咽)'

21) 이종출, 「고려속요의 형태적 연구」, 『고려가요연구』, 중판; 정음문화사, 1990, 83~84면.
22) 성호경, 「고려시가의 문학적 형태복원 모색」, 『벽사 이우성 선생 정년퇴직기념논총』, 여강출판사, 1990, 339면.
23) 이는 정기호(『고려시대 시가의 연구』, 인하대출판부, 1986, 198면)도 이미 지적했던 부분이다.
24) 이황, 『퇴계집』 도산십이곡발, 如翰林別曲之類 出於文人之口 而矜濠放蕩 兼以褻慢戲狎 尤非君子所宜尚.
25) 주세붕, 『무릉집』 권5 답황학정중거, 其淫藝敗理 至有不忍聞者 設使夫子復生 其不在所放乎 吾不可知也.
26) 성현, 『용재총화』 권4, 人挾一妓…… 衆人皆拍手搖舞 唱翰林別曲 乃於淸歌蟬咽之間 雜以蛙沸之聲.

은 가창자의 독창을 의미하고 '개구리 들끓는 소리(蛙沸)'는 가창공간 참석자들의 합창을 가리킨다. 이러한 가창방식은 「한림별곡」이 "집단적 정서표출에 저당하다"[27]는 평가와 무관하지 않다. 반면에 「쌍화점」의 가창방식은 알 수 없지만, 「한림별곡」과 형식과 평가가 유사하고 그것이 가창되는 공간에 주효 및 음악이 구비된 것을 고려하면 가창방식마저 유사했던 것으로 추정할 수 있다. 무엇보다 「쌍화점」의 제7행과 제9행에 새로운 화자가 등장하여 '긔 자리예 나도 자라 가리라 / 긔 잔티ㄱ티 덦거츠니 업다(그 자리에 나도 자러 가리라 / 그 잠잔 데 같이 지저분한 게 없다)'고 진술한 부분이 「한림별곡」의 경우처럼 가창공간 참석자들의 합창에 해당한다는 것이다. 「쌍화점」의 제7행과 제9행을 의미부로 볼 수 있으나 1연부터 4연에 걸쳐 글자의 등락 없이 계속 반복되고 있기에 「한림별곡」의 4행과 6행처럼 합창하는 부분으로 파악할 수 있다. 「쌍화점」의 후반부 제7행~제9행이 "궁중가악으로 차용될 단계에서 음란성의 제고와 가요적인 사건의 확장을 얻기 위해서 후첨된 것"[28]으로 이는 "노래를 듣는 남성 청자에게도 성적 자극과 충동을 주는 효과"가 있을 정도로 "궁중 술자리에서 가창된 저급의 노래"[29]였기에 후반부는 가창자와 가창공간의 참석자들이 합창했을 가능성이 크다.[30]

---

27) 박경주, 「한림별곡의 연행방식과 향유층」, 『한국고전시가작품론』 1, 집문당, 1992, 379면.

28) 박노준, 『고려가요의 연구』, 새문사, 1990, 199면.

29) 위의 책, 201면.

30) 分唱이나 合歌의 형식으로 파악한 논의로 여운필, 「쌍화점연구」, 『국어국문학』 92, 국어국문학회, 1984.

4. 「雙花店」·「삼장」·「사룡」

三藏寺애 브를 혀라 가고신된 / 그 뎔 社主ㅣ 내 손모글 주여이다
/ 이 말스미 이 뎔밧긔 나명들명 / 다로러거디러 죠고맛감 삿기 上
座ㅣ 네 마리라 호리라 / 더러둥셩 다리러디러 다리러디러 다로러
거디러 다로러 / 긔 자리예 나도 자라 가리라 / 위 위 다로러 거디
러 다로러 / 긔 잔된ᄀ티 덦거츠니 업다(「雙花店」 2연)

삼장사에 등불 켜러 갔더니 / 스님이 내 손목 잡더라 / 이 말이 절
밖에 퍼지면 / 성좌, 너의 말이라 하겠다(三藏寺裡點燈去 / 有社主
兮執吾手 / 徜此言兮出寺外 / 謂上座兮是汝語『고려사』악지)

뱀이 용의 꼬리를 물고 / 태산 기슭을 지나간다 하네 / 만인이 저마
다 한 마디씩 하지만 / 짐작은 두 마음에 있지(有蛇含龍尾 / 聞過泰
山岑 / 萬人各一言 / 斟酌在兩心『고려사』악지)

이상 두 노래는 충렬왕대에 지어진 것이다. …… 諸道에 행신을 보
내서 관기로 자색과 기예가 있는 자를 고르고 또 城中에 있는 관비
와 무당으로 가무를 잘하는 자를 골라 宮中에 등록해서…… 따로 한
隊를 만들어 男粧이라 칭하여 이 노래를 가르쳤다(敎閱此歌). 소인
무리들과 더불어 밤낮으로 이런 가무를 하고 음탕하게 놀아서 군신
의 예절을 찾아볼 수 없었다. 여기에 주는 경비와 상 주는 비용은
일일이 기록할 수 없으리만큼 많았다(『고려사』 권71 악2).[31]

「雙花店」·「삼장」

「雙花店」의 가창방식에서 언급했듯 가창공간 참석자들이 합창했
던 부분 '긔자리예 나도자라가리라(……) / 그잔된ᄀ티 덦거츠니업다'
를 제외하고 나머지 앞부분을 한역했을 때 「삼장」과 동일하다. 「쌍화

---

31) 『고려사』 권71 악2, 右二歌 忠烈王朝所作…… 遣倖臣諸道 選官妓有姿色伎藝者 又選城中官婢及女巫善
歌舞者 籍置宮中…… 別作一隊 稱爲男粧 敎閱此歌 敎閱此歌 與群小日夜歌舞 褻慢無復君臣之禮 供
億賜與之費 不可勝記.

점」의 후반부가 빠져 있는 게 「삼장」이지만 가창공간에서 즐거움을 주기 위한 일련의 장치는 지니고 있다. '삼장사'라는 공간에서 신앙행위에 충실해야 힐 주지승이 여인의 손복을 잡은 일과 그것이 소문이 났을 때 동자승에게 책임을 돌린 일은 승려의 싸계에 조점이 있는 게 아니라 가창공간의 분위기를 돋우거나 유지·고조시키는 기능과 관련돼 있다. 금욕을 수행해야 할 주지승이 여자의 손목을 잡는 행위 곧 "사이비 성자의 가면이 벗겨지는 것을 볼 때에 느껴지는 쾌감은 아주 비정한 것이 아니며 또 이때에 나오는 웃음은 정당"[32]하며 "우스꽝스러운 것이란 예전에는 존중되던 것이 보잘 것 없고 천한 것으로 제시될 때 생긴다"[33]는 지적을 통해서도 「삼장」은 가창공간의 참석자들에게 즐거움을 줄 수 있었다.

「사룡」

반면 「삼장」과 동시에 수록돼 있는 「사룡」은 즐거움과 달리 참언(讖言)에 대한 경계와 관련된 한시이다. 뱀이 용의 꼬리를 물 수 없거니와 태산을 지나갈 수도 없는데, 많은 사람들이 한 마디씩 거들다 보면 그것이 거짓이 아니라 참이 될 수 있으니 말조심하라는 것이다. 하지만 '밤낮으로 이런 가무를 하고 음탕하게 놀아서 군신의 예절을 찾아볼 수 없는' 가창공간을 고려했을 때, 「사룡」과 같은 노랫말은 참언을 목적으로 삼았기보다 단순히 가창공간의 참석자들에게 즐거움을 주기 위한 것으로 이해해야 한다. 「사룡」과 같은 경우는 "민간에 광범위하게 보이는 말투"이며 이와 관련한 "시조도 산견"[34]된다

---

32) N. 하르트만, 『미학』, 전원배 옮김, 을유문화사, 1995, 464면.
33) 앙리베르그송, 『웃음-희극성의 의미에 관한 시론』, 7쇄; 정연복 옮김, 세계사, 1999, 103면.

고 한다. 특히 시조가 가창되는 공간이 "酒宴席이나 風流場이 대부분"
이고 "시조를 순정한 문학으로 대접하지 않고 '詩餘'니 '時人調'라"[35]
했던 만큼 「사룡」도 가창공간에서 동일한 기능을 했기 마련이다.[36]

결국 「한림별곡」(고종3년, 1216)과 「쌍화점」(충렬왕, 1275~1308)
사이에 시간적 거리가 존재하되, 양자 사이에 형식과 당대인들의 평
가, 그리고 가창방식은 유사했다. 이것은 고려속요 이해의 전제에서
언급했듯, 관기·관비·무당들이 가창자였으며 그들이 궁중에서 '새
로운 노래를 배웠는데(敎以新聲) 고저완급이 모두 곡조에 맞았다(高低
緩急 皆中節簇)'는 기록을 감안할 때 그들이 궁중으로 운반한 노래를
손질하여 '한림별곡' 류의 경기체가 곡에 얹어 불렀다는 가능성을 의
미한다.[37] 특히 「쌍화점」 각 연의 후반부 '긔 자리예 나도 자라 가리
라', '긔 잔듸ㄱ티 덦거츠니 업다'가 '高低緩急 無不中節'와 관계한 것

---

34) 김석회, 「쌍화점의 발생 및 수용에 관한 전승사적 고찰」, 『방촌 유예근 박사 화갑기념논총』, 형설출판사,
    1990, 77면.

35) 최동원, 앞의 책, 73면.

36) '님이 짐작ᄒᆞ소서' 노래는 시조의 가창공간에서 분위기를 돋우는 기능을 했는데, 심재완편, 『교본 역대시
    조전서』, 재판; 세종문화사, 1972의 통번과 띄어쓰기에 따르면 다음과 같은 노래들이 이에 해당한다. 됴고
    만 빗암이라셔 龍의 초리 톰박이 물고 / 高峰峻嶺을 넘단말이 잇ᄂᆞ이라 / 왼 놈이 왼 말을 하여도 님이
    짐작 ᄒᆞ시소(#2606); 심의산 세네 바희 감도라 휘도라 / 五六月 낫계즉만 살얼음 지 우희 즌서리 섯거
    티고 자최눈 디엇거늘 브앗ᄂᆞ다 님아님아 / 온 놈이 온 말을 ᄒᆞ여도 님이 짐작ᄒᆞ쇼셔(#1798); 大川바다
    흔가온듸 中針細針 싼지거다 / 열아믄 沙工이 길남은 沙於ᄉᆞ를 ᄉᆞᆺ가지 두러메여 一時에 소릭치고 귀 쎄
    여 내단말이 이셔이다 님아님아 / 왼놈이 왼말을 ᄒᆞ여도 님이 斟酌ᄒᆞ소셔(#834); 기암이 불기암이 즌둥
    쪽 부러진 불기암이 / 압발에 정종 나고 뒷발에 종긔 난 불기암이 廣陵쉽지 넘어 드러 가람의 허리를 가
    로 믈어 취혀 들고 北海를 건너던 말이 이셔이다 님아 님아 / 왼놈이 왼말을 ᄒᆞ여도 님이 斟酌 ᄒᆞ소셔
    (#134); 玉의ᄂᆞᆫ 틔나 잇닌 말곳ᄒᆞ면 다 님이신가 / 닉 안 뒤혀 남 못뵈고 天地間의 이런 답답ᄒᆞ미 ᄯᅩ 인
    ᄂᆞᆫ가 / 왼 놈이 왼 말을 ᄒᆞ여도 님이 斟酌ᄒᆞ시소(#2113).

37) 정도전이 지은 「납씨가」와 「정동방곡」을 형태나 표기법에서 확연히 차이가 나는 「청산별곡」과 「서경별곡」
    의 곡에 얹어 부를 수 있었던 것은 懸吐를 통해 字數의 부족을 극복할 수 있었기(장사훈, 「고려가요와 음
    악」, 『고려시대의 가요문학』, 김열규·신동욱 편, 새문사, 1982, Ⅱ-172~174면) 때문이다. 「쌍화점」과 「
    한림별곡」이 형태·평가·가창방식에서 아주 유사하다 할 때 「쌍화점」을 「한림별곡」의 곡에 얹어 불렀
    을 가능성은 크다.

이라면 "雙花店이라는 제목이 붙기 이전 민간차원에 있을 때 이 노래의 원형은 어느 1개 연"[38]이었을 텐데 무엇보다「雙花店」2연의 전반부가「삼장」과 동일하고 급암(1295~1359)이 당시에 한역한 민요도 그 것과 자구의 등락이 약간 있을 뿐,[39] 동일한 문맥이란 점을 통해서도 궁중으로 들어오기 전의「雙花店」의 원래 모습은 2연의 전반부 곧「삼장」이었던 것이다.

5.「雙花店」의 해석

雙花店에 雙花 사라 가고신된 / 回回아비 내 손모글 주여이다 / 이 말슘미 이 店밧긔 나명들명 / 다로러거디러 죠고맛감 삿기 광대 네 마리라 호리라 / 더러둥셩 다리러디러 다리러디러 다로러거디러 다로러 / 긔 자리예 나도 자라 가리라 / 위 위 다로러 거디러 다로러 / 긔 잔되ᄀ티 덦거츠니 업다//

三藏寺애 브를 혀라 가고신된 / 그 뎔 社主ㅣ 내 손모글 주여이다 / 이 말ᄉ미 이 뎔밧긔 나명들명 / 다로러거디러 죠고맛감 삿기 上座 네 마리라 호리라 / (……)//

드레 우므레 므를 길라 가고신된 / 우뭇 龍이 내 손모글 주여이다 / 이 말ᄉ미 이 우믈밧긔 나명들명 / 다로러거디러 죠고맛감 드레바가 네 마리라 호리라 / (……)//

술폴 지비 수를 사라 가고신된 / 그 짓 아비 내 손모글 주여이다 / 이 말ᄉ미 이 집밧긔 나명들명 / 다로러거디러 죠고맛감 싀구바가 네 마리라 호리라 / (……)//
(각 연의 반복어 생략,『악장가사』)

---

38) 박노준, 앞의 책, 192면.
39) 三藏精廬去點燈 / 執吾纖手作頭僧 / 此言若出三門外 / 上座閑談是必應(『급암 선생 시집』).

노래의 각 연은 '어디에 무엇하러 갔더니 누구가 내 손목을 잡았고 이 말이 어디 밖에 드나들면 아무개가 한 말이라 하겠다'로 되어 있다. '어디'라는 장소에 있음직한 '무엇'과 '누구'가 뒤따르고 손목을 잡은 일이 소문이라도 나면 제삼자인 '아무개'가 한 말이라 하겠다는 것이다. 이어서 "나도 그 잠자리에 자러 가리라"라는 부분에 이르러 또 다른 화자가 등장한다. 그리고 두 번째의 화자가 "나도 자러"가기를 바라는 곳은 '격렬한 정사'[40]를 벌인 장소이다. 그래서 「쌍화점」의 노랫말과 또 다른 화자가 등장하는 것을 고려하면 "성적인 충동을 느끼게 하기 위해 궁중 술자리에서 가창된 저급의 노래"[41]라고 판단하게 된다. 하지만 '저급의 노래'라는 판단을 하기에 앞서, 이 노래는 가창공간에서 참석자들이 흥을 돋우는 데 기능했던 것으로 판단할 수 있다. 물론 '고려속요 이해의 전제들'에서 언급했듯 자색과 기예를 갖춘 관기·관비·무당이 궁중으로 적을 옮겨 와서 그곳의 특성에 맞게 재구성된 노래를 배워 가창했기에 「쌍화점」의 이해는 '소통의 즐거움을 위한 가창자·가창물·가창공간'을 감안하는 데에서 출발해야 한다. 게다가 「한림별곡」과 「쌍화점」이 형식·평가·가창방식에서 유사한 면을 지녔다고 할 때, '사람마다 기생을 끼고', '손뼉을 치고 춤추며', '개구리 들끓는 소리가 뒤섞이는' 「한림별곡」에 대하여 '군자가 본받을 게 못 되'듯이 「쌍화점」 또한 '윤리를 해치는 내용'으로 '공자가 다시 나타나도 그대로 내버려두지 못할' 노래로 평가를 받았을 정도로 주효가 구비된 가창공간의 분위기를 돋우는 기능을

---

40) 양주동, 『여요전주』, 중판; 을유문화사, 1985, 267면. "답답 ㅎ"; 박병채, 『고려가요의 어석연구』, 이우출판사, 1975, 250면. "거칠·지저분할."

41) 박노준, 앞의 책, 201면.

했던 것이다.

특히 주효와 관기 및 음악이 구비된 공간이니만큼, 그곳에 "분위기의 흥을 돋우는 네 결코 빠지지 않는 행위"42)에 해당하는 음담패설의 등장은 필연적이다. 음담패설이 진술된 공간에서 "쾌락의 효과를 누리는 사람은 농담을 하는 사람이 아니라 아무것도 하지 않는 청중"43) 들인데 그들은 "언어유희나 허튼소리를 내뱉는 데서 나오는" 농담의 쾌락을 듣는 데에만 머무는 게 아니라 "비판에 의해 사라지지 않도록 보호"44)하려는 경향이 있다고 한다. 음담패설의 이러한 특징에 기댈 때, 「쌍화점」의 가창공간에서 쾌락의 효과를 누리면서 그것을 보호하려 했던 자는 그곳에 참석했던 자들이다. 그리고 농담을 하는 자는 관기·관비·무당출신의 가창자이다.

이러한 점을 고려하면 '어디에 무엇하러 갔더니 누구가 내 손목을 잡았다'에서 '어디'와 '누구'와 관련된 "우물"과 "우물용"을 각각 "궁정"과 "군왕"45) 혹은 "풍요 기원의 장소"와 "신격"46)이기보다 '어디' 라는 공간이 만두가게나 사찰, 술집으로 사람의 출입에 제한이 없는 곳이기에 '우물'도 그러한 특성에 준해서 이해해야 한다. 실제로 「대황반」이란 무가에서도 우물이 "계집질"47)을 매개하는 공간으로 설정되어 있고 "물이 가까운 곳에서는 여자가 많다"48)는 말도 우물의 의미와 무관하지 않기에 "우물용"에서 '용'을 상징의 동물로 상정할 게

---

42) 지그문트 프로이트, 『농담과 무의식의 관계』, 임인주 옮김, 재간; 열린책들, 2004, 129면.

43) 같은 면.

44) 위의 책, 170면.

45) 정병욱, 앞의 책, 120면.

46) 허남춘, 「쌍화점의 우물용과 삿기 광대」, 『반교어문연구』 2집, 반교어문회, 1992, 171~174면.

47) 박병채, 앞의 책, 367면. "뭇 짗가 수리 장화새라"의 번역은 '물가의 계집질이 장하구나'이다.

48) 『국역성호사설』 Ⅰ, 민족문화추진회, 1977, 126면. 近澤多女之證.

아니라 우물이란 공간이 여자의 출입이 많은 곳이기에 그곳에서 손을 잡을만한 사람 곧 우물을 배회하는 남자 정도로 이해할 수 있다.[49]

'어디'에 해당하는 공간은 아무나 자유롭게 출입할 수 있는 곳이고 '누구'는 '어디'에 있음직한 인물들이지 궁중의 가창공간에 참가했던 사람들이 아니다. '어디'에 있음직한 사람이 자신의 본분에서 벗어나 '손목을 잡은' 것이나 그것을 감추기 위해 '아무개'로 책임을 돌린 것, 그리고 '아무개'가 '어디'에 소속돼 있어 당연히 '누구'의 허물을 덮어주어야 함에도 불구하고 소문을 냈다는 진술은 가창공간에 참석한 사람들의 마음을 이완시키는 기능을 하기에 충분하다.[50] 게다가 '아무개'로 등장하는 게 사람이 아니라 '드레박'이나 '술바가지'일 경우에 이르러 이완의 효과는 크기 마련이다. 이어서 또 다른 화자인 '나도'가 등장하면서 '어디'에서 '누가' 손목을 잡은 일이 '격렬한 정사'에까지 이어졌고 자신도 그 단계에 동참하겠다고 하니 그 분위기는 더욱 고조된다. 또 다른 화자의 등장을 전후로 전반부를 1차 이완으로, 후반부를 2차 이완이라 할 수 있는데 2차 이완을 통해 분위기를 고조시킬 수 있었다. 이렇듯 「쌍화점」은 가창자・가창물・가창공간을 고려하면 '상징'이나 '신앙적 요소'와 무관하게 소통의 즐거움을 주기 위한 장치를 구비한 노래였던 것이다.

---

49) 이어령, 『고전을 읽는 법』, 갑인출판사, 1985, 167면.

50) 「쌍화점」은 청자의 예상을 계속 무너뜨리게 하는 '이완'의 형식이기에 김대행, 「쌍화점 반전의 의미」, 『고려시가의 정서』, 김대행편, 중판; 개문사, 1997에서 '반전의 심리 기제' 부분을 감안하면 노래를 더 효과적으로 이해할 수 있다.

* 보론: 남녀상열지사(男女相悅之詞)를 궁중에서 가창할 수 있었던 이유?

'남녀상열지사'라는 단어는 '열(悅: 기뻐하다)'이 의미하는 것처럼 남녀가 서로 기뻐할 만한 노랫말을 지칭한다. 남녀 사이에서 일어날 수 있는 여러 상황으로 만남, 육체적 결합, 이별, 그리움, 정한 등이 그것이다. 흔히 고려속요라 칭하는 노래들을 남녀상열지사라 하는데, 이것이 고려의 궁실 안에서 가창됐다는 점은 고려의 풍속을 감안할 때, 별 문제가 없다. 예컨대 "분별없이 사랑하고, 재물을 중히 여기며 남자와 여자의 혼인에도 경솔히 합치고 헤어지기를 쉽게 하는(『고려도경』권19, 泛愛重財男女婚娶輕合易離)" 분위기였기에 그렇다.

> 都堂에서 啓하기를…… 판사 이하 6품 관원의 처는 남편이 죽은 후 3년 이내에는 再嫁를 하지 못하게(『고려사』권84, 恭讓王元年九月 都堂啓…… 判事以下至六品妻夫亡三年不許再嫁)

고려시대 형법에서 호적과 혼인을 규정한 호혼(戶婚) 조항은 당대 여성의 재가가 자유로웠다는 것을 증명한다. 도당에서 계를 올리기 이전에 여성들의 재가는 서긍(徐兢)이 『고려도경』에 기술한 것처럼 분방했다. 심지어 충렬왕에게 축첩 허용을 상소한 박유(朴楡)가 거리에서 "첩을 두자고 요청한 자가 바로 저 빌어먹을 놈의 늙은이(『고려사』권106, 一嫗指之曰請畜庶妻者彼老乞兒也)"라는 폭언과 손가락질을 당한 후 그의 건의가 실행되지 못한 경우도 있을 정도였다. 축첩에 대한 거센 항의와 재가의 자유로움은 여성의 성적 권리를 찾는 문제와 결부되어 있었던 것이다.

조선이 남녀상열의 문제를 엄격히 제한하는 성리학을 기저로 출발

했지만 여전히 남녀상열지사에 해당하는 고려속요가 궁중에서 공연되었고 해당 노랫말이 『악장가사』, 『악학궤범』, 『시용향악보』라는 음악책에 수록되기도 했다. 흔히 조선시대의 남녀애정은 "정든 님이 오셨는데 인사도 못해 행주치마 입에 물고 입만 방긋"이라는 민요처럼 자연스러움을 그대로 드러낼 수 없었다. 하지만 남녀상열지사의 속요가 여전히 궁중 안에서 공연될 수 있었던 이유는 공연방식에서 찾을 수 있다.

> 당악은 고려에서 섞어 썼기(雜用) 때문에 모아서 부기한다(『고려사』, 악지 악2 당악, 唐樂高麗雜用之故集而附之)

> 우리 동방은 아직도 옛 관습에 따라 종묘에는 아악을 쓰고 조회에는 당악을 쓰고, 연향에는 향악과 당악을 번갈아 연주하였다(『태종실록』, 9년 4월 7일, 吾東方尙循舊習宗廟用雅樂朝會用唐樂於燕享迭奏鄉唐樂)

고려조의 궁중악은 조선조로 그대로 계승되었다. 고려조의 당악과 향악이 '兩部'로 나뉘어 있었듯이(『고려도경』 권40, 악률, 今其樂有兩部左曰唐樂中國之音右曰鄉樂) 조선조에는 그것이 '東西'로 분할돼(『세종실록』, 16년 7월 18일, 鄉樂在東……唐樂在西) 번갈아가며 연주되었던 것이다. 궁중악에는 아악, 당악, 속악이 있는데 이들은 각기 사용처가 따로 있었다. 종묘에서 아악, 조회에서 당악, 연향에서 향악+당악이 사용되었다. 특히 주효(酒肴)·음악·기생 등이 구비된 연향의 공간에서 향악(우리의 민속악)과 당악(중국의 민속악)을 번갈아가며 연주했는데, 이때 향악의 노래를 고려속요라 한다.

동서로 구분된 향악과 당악이 질주(迭奏: 번갈아 연주)됨에 따라 양자 간에 유사점이 생겼는데, 예컨대 당악에서는 치어(致語)와 구호(口號)를 통해 송도지사(頌禱之詞)를 드러내는 반면 속악에서는 가사 자체의 서두나 끝 부분에 배열, 혹은 노랫말 전체를 송도로 꾸미는 게 그것이다. 당악과 향악을 질주함에 따라 노랫말의 형식적 특성이 생성될 수 있었다.

> 당악정재에서는 죽간자(竹竿子)가 연희의 시작과 끝을 알리는 치어와 구호 부분이 있어 본격적인 가무가 시작되기 전과 끝난 후에 송도지사를 아뢸 기회가 따로 주어졌으나, 향악정재에서는 죽간자의 치어나 구호가 없이 곧바로 속악의 가무를 연행하도록 절차가 짜여 있기 때문에 속악가사 자체의 서두나 말미 부분에 구호와 치어에 해당하는 송도의 말을 담든지 아니면 작품 자체의 상당 부분에 송도의 내용을 담는 경우가 왕왕 나타날 수 있음은 자연스러운 일로 받아들일 수 있겠다(김학성, 「고려속요의 작자층과 수용자층」, 『한국학보』 31집, 1983)

물론 남녀상열지사의 경우도 '질주'에 따른 것으로 판단할 수 있다. 당악의 가사 중에 "혀는 향기롭고 부드럽고…… 젖은 달고 허리는 가늘고(『고려사』, 악지 악2 당악 解佩令, 舌兒香軟…… 妳兒甘甜腰兒細)"처럼 여인네를 애무하는 장면을 방불케 하는 노랫말은 「만전춘별사」에서 "얼음 위에 댓잎자리 만들어 님과 내가 얼어 죽을망정, 情 나눈 오늘 밤 더디 새오시라…… 각시를 안고 누워…… 가슴을 맞추옵니다"로 나타나는 것도 당악과 속악의 질주에 따른 일이다. 특히 당악과 향악이 번갈아가며 가창되는 공간에 주효(酒肴)・음악・기생 등이 구비된 만큼 남녀상열지사는 문제될 수 없었다. 조선조에 이르러 폐지논의가 제기됐지만 『악장가사』, 『악학궤범』, 『시용향악보』에 수록될 정도로 궁중 연향의 한 패턴으로 자리 잡을 수 있었던 것이다. 무엇보다 당악과 향악의 가창공간은 정책을 토론하거나 민의를 수렴하는 장소가 아니라 주효(酒肴)·음악·기생을 토대로 참석자들에게 즐거움을 위한 공간이었기에 남녀상열의 노랫말이 문제될 수 없었다. 물론 악곡은 그대로 남아 있되 남녀상열의 노랫말이 다른 것으로 대체된 경우도 있었다.

끝으로 당악과 향악의 이런 유사성은 그들의 궁중 유입과정에서도 확인할 수 있다. 먼저 당악의 주류를 차지하고 있던 송사악(宋詞樂)은 저속한 민간가요에서 출발한 것으로 기존의 가락에 가사를 짜 맞추는 방식이었고, 주제도 도시 남녀의 사랑·이별·그리움·음사(淫事)를 위주로 한다. 이것은 고려속요의 궁중 유입과정을 고려할 때 속요의 형식적 특성과 주제를 방불케 한다. 게다가 양자 간의 유사점은 담당층에서도 발견할 수 있는바, 장선(張先)이나 유영(柳永)처럼 낮은 벼슬을 하거나 혹은 벼슬과 무관하게 기생집[妓樓] 근처에서 평생을 보낸 사람들이 송사(宋詞)와 관련됐듯이 속요 또한 가무에 능한 관기·관비·무당이라는 예능인을 떠나 생각할 수 없는 노래이다. 이는 고려속요 이해의 전제들, 즉 소통의 즐거움을 위한 가창자·가창물·가창공간에서 이미 지적한 바 있다.

중국 조선족 고중(高中) 신편(新編)『조선어문』소재(所載) 고전시가의 양상과 특징

―「청산별곡」을 중심으로*

1. 머리말

교육이 지식과 기술을 가르치며 인격을 완성시키는 일련의 과정이라 할 때, 이를 매개하는 교과서는 교사나 학생 모두에게 중요한 기능을 하기 마련이다. 그래서 시대의 변화에 따라 혹은 미래의 교육을 위해 교과서의 개편은 필연적이다. 그렇지 못할 경우 온전한 교육은 불가능하고 해당 국가나 국민은 경쟁에 뒤처질 수밖에 없다. 특히 21

---

* 이 글은 『새국어교육』 84(한국국어교육학회, 2010)에 수록된 것이다.

세기는 정보화 시대로 불리는 만큼 변화의 속도와 폭은 예상을 넘어서고 있다. 불과 10여 년 전에 상상했던 것이 현실에서 그대로 재연될 정도로 전 세계가 정보화에 주목하고 있다. 디지털 기술의 눈부신 발달로 인해 양방향 상호작용이 가능한 매체를 능숙하게 사용하는 시대가 도래했던 것이다. 이러한 변화는 교육분야도 예외일 수 없다.[1]

이 글이 중국 조선족의 교과서에 주목하는 것도 정보화 시대에 따른 개편 양상과 그 특징을 논의하기 위해서이다. 종전까지 조선족 문학교육이 북한문학의 자장 안에 포섭돼 강한 친족적 관계 속에서 이루어져 왔지만,[2] 2004년부터 개편되기 시작한 초급중학교(初級中學校)[3]와 고급중학교(高級中學校)[4]의 조선족 신편『조선어문』교과서는 기존에 비해 문학작품의 수나 외국문학의 영역이 확장됐다는 점에서 주목할 필요가 있다. 근자에 중국 조선족 신편『조선어문』초중(初中)과 고중(高中)의 교과서에 수록된 현대시를 집중적으로 논의한 것도 우연이 아니다.[5] 조선족 구편(舊編) 교과서에 비해 양적 질적으로 확대된 신편 교과서의 현대시는 그 배후에 중국의 개혁정책과 한류(韓流)가 맞물려 있다고 한다. 게다가 조선족 교과서가 북한 문학교육의

---

1) 교과서 개편과 관련하여 한국의 경우, 교육과학기술부(교과서선진화팀)의 『2007년 개정 교육과정(교육인적자원부 고시 제2007-79호)에 따른 고등학교 국어 교과서 집필 기준』에 따라 문학에 대해 "작품의 창조적 재구성은 학습자가 다양하고 창의적인 반응을 나타내고 능동적으로 문학의 수용과 생산활동에 임하는 태도를 형성할 수 있도록 내용을 선정한다"고 지적하고 있는데 이는 정보화 시대의 자장 안에 포괄된 교습자들을 고려한 것이다.

2) 윤영천, 「중국 조선족 초·중학교 시 교육에 대하여」, 『어문연구』116호, 한국어문교육연구회, 2002, 289면.

3) 국내에서 중학교에 해당, 이하 초중으로 지칭한다.

4) 국내에서 고등학교에 해당, 이하 고중으로 지칭한다.

5) 황규수, 「중국 조선족 초중 신편『조선어문』수록 시 고찰」, 『어문연구』140호, 한국어문교육연구회, 2008; 황규수, 「중국 조선족 고중 신편『조선어문』수록 시 연구」, 『한국문예비평연구』28집, 한국현대문예비평학회, 2009; 황규수, 「북한 고중『국어』및『문학』과 중국 조선족『조선어문』수록 시의 비교 고찰」, 『새국어교육』82호, 한국국어교육학회, 2009.

자장에 포함돼 있었기에 남북한 문학교육의 변별점도 발견할 수 있다. 조선족 교과서는 단순히 이념의 문제로 재단하기 쉬운 북한문학의 과거와 현재를 그대로 보여주는 동시에 남북한 문학의 교류장이 될 수 있다는 것이다.[6] 특히 한국고전시가가 중국 조선족이나 남북한이 모두 공유하는 자산이기에 이의 수록양상과 특징을 살피는 일은 향후 조선족 교과서와 북한 교과서의 변화를 예견하는 일일 수 있다. 물론 문제점을 발견한다면 그것을 개선하는 방안도 제기할 수 있을 것이다. 다만 본문에서 언급하겠지만 조선족 교과서 소재 고전시가를 모두 다룰 수 없어 조선족과 남북한 교재에 모두 수록돼 있는 「청산별곡」을 중심으로 논의할 것이다.

2. 고중 신편 『조선어문』 교과서 소재 시가의 양상

중국 조선족 고중 신편 『조선어문』 교과서는 판권란에 나타나듯 2007년 10월 1차 인쇄를 하고, 다음해부터 교과서로 기능하였다. 2004년부터 개편되기 시작한 신편 교과서 수록시가의 특징을 알기 위해 이전의 교과서, 즉 구편에 해당하는 교과서에 수록된 시가의 양상을 살펴야 하는데 도표로 나타내면 다음과 같다.

---

6) 이종순, 「중국 조선족 문학교육 연구-중·고등학교 조선어문과목을 중심으로」, 서울대박사논문, 2002, 175~176면.

<표 1> 구편 고중 『조선어문』 소재 시가

교재	시인	제목
1권	지은이 모름	청산별곡
	정철	관동별곡
3권	김소월	진달래꽃
	리륙사	청포도
	박세영	산제비
	지은이 모름	위풍·맹
	두보	봄을 맞으며
	소식	념노고·적벽에서 옛일을 그리노라
	투르게네프	문턱
4권	정지용	향수
	리용악	낡은 집
3학년용	박화	이 나라 이 땅에서
	정완영	조국

위의 표에서 알 수 있듯 총 13편의 시가가 수록돼 있는데 현대문학
과 고전문학이 각각 8편, 5편이다. 고전에서 『시경』의 「위풍·맹」과 두
보의 당시(唐詩), 소식의 송사(宋詞)가 중국문학이고 「청산별곡」과 「관
동별곡」은 한국문학이다. 중국고전시가의 사적 전개를 감안하여 『시
경』, 당시, 송사의 순서인 것처럼 한국고전시가도 고려속요, 조선가사
의 순서이다. 현대문학 8편을 국적 기준으로 나누면 조선족 시인 박
화의 「이 나라 이 땅에서」가 중국문학이고 나머지 7편은 외국문학에
해당한다. 하지만 김소월, 정지용, 리용악 등은 중국 조선족 문학의
자양분과 무관하지 않기에 러시아 작가 투르게네프의 「문턱」이 눈에
띄게 변별될 뿐이다. 이는 고려속요나 조선가사를 남북한 문학에 포
괄시키는 것과 동일한 맥락이다.

구편 교과서의 수록 시가의 양상이 이러할 때, 신편에서는 수록 시

가의 편수나 영역이 확장돼 있다. 신편 교과서는 '필수과정' 4책과 '선택과정' 8책으로 구성돼 있는데 전자는 1학년에서 배우고 후자는 2학년 학생들이 필요에 따라 하습할 수 있도록 계획돼 있다. 전자는 '열독과 감상', '표달과 교류', '명작열독추천', '부록'으로 편제됐는데, 앞의 두 부분은 수업시간 학습계획에 따르고 뒤의 두 부분은 과외에 학생 스스로 학습하도록 구성되었다.7)

〈표 2〉 신편 고중『조선어문』필수 교과서 소재 시가

교재	시인	제목
필수 ①	모택동	심원춘 장사
	서정	조국이여, 내 사랑하는 조국이여
	한춘	낫 갈기
	리삼월	접목
	푸시킨	바다에
필수 ②	지은이 모름	청산별곡
	리백	꿈은 천모산을 유람하고 벗들과 작별하며
	두보	봄을 맞으며
	백거이	숯 파는 늙은이
필수 ③	김소월	진달래꽃
	김철	대장간 모루우에서
	김철	탑
	흄	가을
	프로스트	가지 않은 길
필수 ④	지은이 모름	물수리
	지은이 모름	큰 들쥐
	정철	관동별곡

필수 교과서에 총 17편의 시가가 수록돼 있다. 목차에서 발견할 수

---

7) 연변교육출판사조선어문편집실 동북조선문교재연구개발중심 편저, 「학생 친구들에게」, 『조선족고급중학교 교과서 조선어문』 필수 ①, 연변교육출판사, 2007.

없지만 필수 ②의 '표달과 교류'에 조룡남의 「옥을 파간 자리」와 필수 ④의 '열독과 감상'에 김소월의 「풀 따기」를 합하면 신편 필수 교과서의 시가는 모두 19편에 이른다. 이 중에서 고전이 7편인데 중국이 5편, 한국이 2편이다. 중국의 경우는 구편에서 두보, 소식, 『시경』이 각 1편이었다가 신편에 이르러 리백, 두보, 백거이를 비롯해 『시경』의 2편(필수 ④)이 편제돼 있어 작품의 수나 폭이 늘어난 반면 한국은 구편이나 신편 모두 「청산별곡」과 「관동별곡」뿐이다. 이에 비해 외국문학은 구편에서 1편이었던 게 3편으로 증가했는데 푸시킨의 「바다에」, 흄의 「가을」, 프로스트의 「가지 않은 길」이 그것이다. 그러나 구편의 한국고전시가가 신편 필수 교과서에 변함없이 나타나지만 이를 보완하는 방편으로 선택 교과서에 다양한 장르의 고전시가를 편제시켰다.

〈표 3〉 신편 고중 『조선어문』 선택 교과서 수록 시가

단원	시인	제목
제1단원 고전시가	지은이 모름	서동요
	지은이 모름	사모곡
	맹사성	강호사시가
	정철	속미인곡
	왕지환	관작루에 올라
	두목	산길
	최호	황학루
	신기철	보살만
	리청조	어가호
	호메로스	오디세이아
제2단원 현대시가	리륙사	청포도
	정지용	향수
	한룡운	님의 침묵
	조룡남	천지
	곽말약	난로안의 석탄

제2단원 현대시가	블레이크	호랑이
	타고르	원정집

　신편 선택 교과서는 전술했듯, 2학년 학생들이 필요에 따라 학습할 수 있도록 계획된 것이다. 이른바 심화학습으로 학생들 스스로 자습하거나 혹은 교사가 임의로 선택해 강의할 수 있다.8) 모두 17편의 시가 중에서 제1단원의 10편이 고전시가에 해당하는데 중국이 5편, 외국이 1편, 한국이 4편이다. 중국은 당시(唐詩)와 송사(宋詞)가 각각 3편, 2편이고 외국은 그리스의 고대시 1편, 한국은 향가와 고려속요, 시조와 가사가 각각 1편씩 등장한다. 한국의 경우, 구편의 교과서에 있던 고려속요(「청산별곡」)와 조선가사(「관동별곡」)가 신편의 필수에 그대로 등장했지만 선택에 이르러 이를 보완하고자 보다 다양한 시기의 고전시가를 편제시켰던 것이다. 특히 고중의 전 단계에 해당하는 초중 교과서의 경우 구편이나 신편의 고전시가는 시조만 유일했는데 고중에 이르러 선택이나마 향가 「서동요」가 편제된 것은 주목할 만한 변화이다. 향찰 원문과 현대어 번역 및 해설을 병기해놓아 표기법이 없던 시기의 표기문제와 향찰의 의미의 변화에 따른 해석의 제 양상을 경험할 수 있도록 배려하였다.9)

　이러한 경향은 고전시가에만 국한된 게 아니라 현대시가에서도 발

---

8) 필수와 선택 교과서의 대입입시 출제경향을 적시할 수 있다면 선택 교과서의 특징과 강의상황에 대해 논의할 수 있지만, 길림성은 2007년 교과서가 개편된 후 2010년에 비로소 그것이 적용된 대학입시를 치르기에 아직 알 수 없는 상황이다. 입시경향에 따라 강의시간의 배정 및 선택 교과서에 대한 비중을 논의할 수 있을 것이다.

9) 중화민족대학교의 조선어과 교재에도 향가 5편(「서동요」, 「혜성가」, 「안민가」, 「원왕생가」, 「천수대비가」)의 향찰표기와 번역문이 수록돼 있다. 문일환, 『조선고전문학사』, 2판; 북경; 민족출판사, 2006, 61~63면. 연변대학교 조선어과 교재에 향가 5편(「혜성가」, 「제망매가」, 「안민가」, 「원가」, 「찬기파랑가」)의 번역문은 있지만 향찰표기는 없다. 허휘훈·채미화, 『조선문학사-고대중세부분』, 연변대학출판사, 1998, 45~50면.

견할 수 있다. 일제강점기 민족시인 한용운, 중국 조선족 시인 조룡
남, 중국 시인 곽말약을 비롯해 영국시인 블레이크와 인도 타고르의
작품 등이 그것이다.[10]

3. 신편『조선어문』교과서 소재 고전시가의 특징과 문제점

구편과 신편의 고중『조선어문』교과서의 수록 시가를 살폈다. 이
를 통해 두 가지를 되짚어 볼 필요가 있는데 첫째로 고전시가 작품
수가 증가하고 영역이 확대된 점이고, 둘째로 한국고전시가 원전과
해설에 문제가 있다.

1) 특징

먼저 구편에서 13편이었던 시가가 신편에서 36편으로 늘었고 시대
별 시가 장르의 영역도 확대되었다. 특히 고전시가의 경우, 구편에서
3편이던 중국 고전시가가 신편에서 10편으로 확장됐듯 한국 고전시
가도 2편에서 6편으로 늘은 것은 물론 시가 장르도 확대되었다. 구편
과 신편에서 재현되었던「청산별곡」과「관동별곡」에 머물지 않고 선
택과목에 향가(「서동요」), 고려속요(「사모곡」), 조선시조(「강호사시가」),
조선가사(「속미인곡」)를 편제시켰다. 작품 수의 증가와 영역의 확대
는 외국문학에서도 마찬가지인데, 구편의 교과서에서는 러시아 작가
투르게네프의 시「문턱」만 유일하게 외국문학이었지만 신편에서 호

---

10) 신편 교과서 수록 현대시의 특징에 대해서는 황규수, 앞의 글, 참조.

메로스, 푸시킨, 흄, 프로스트, 블레이크, 타고르 등의 6편을 선정하여 타국(他國)이나 타민족(他民族) 문학에 대한 폭을 확장했다. 작품 수의 증가와 영역의 확대는 단순히 조선족 교육계 자체에서 촉발된 게 아니라 중국의 교육개혁 정책과 긴밀히 맞물려 있게 마련이다. 55개의 소수민족과 한족으로 구성된 중국은 소수민족을 끌어안으면서 중국인으로서의 정체성을 유지하는 게 정책의 큰 맥락이다. 특히 세계화와 정보화를 운운하는 상황에서 개혁은 필연적인 바, 교육과 관련하여 2004년부터 신과정개혁(新課程改革) 정책을 펴기 시작하였다.

> 16개 성에서 고중 신과정개혁을 실험하였고 983만 학생이 참여하였다. …… 첫째, 학생의 학업수준시험과 대학입시를 유기적으로 결합하여 학생으로 하여금 전면적인 발전을 가져오게 하였고 몇몇 과목에 편중되는 경향을 피면하였다. …… 둘째, 고중수업 방안의 선택과목 배정에 적응하여 선택시험 내용을 증가하였다. …… 셋째, 학생의 종합소질에 대한 평가를 대학입학의 중요한 정보로 삼았다.[11]

> 신중국 건립 후, 개혁의 강도와 영향력이 제일 큰 한 차례의 기초교육 개혁으로서의 신과정개혁의 핵심은 인재양성모식을 개변하여 학생의 창신정신과 실천능력을 발전시키는 것이다. 고중 신과정개혁은 2004년부터 시작되었는데 해남, 광동, 산동, 영하를 먼저 실험구역으로 정하였다. 2010년에는 전국의 모든 성에서 보통고중 신과정을 실행하게 되고 2013년에는 전국의 모든 성에서 새로운 대학입시를 맞이하게 된다. 교육부에서 일전에 출시한 "보통고중 신과정을 실행한 성에서의 대학입시 개혁심화에 관한 지도의견"은 각 지역에서 새로운 대학입시에 대응할 방안을 정하는데 기조를 마련하였다. …… 2010년, 북경, 섬서, 호남, 흑룡강, 길림 등 5개 성에서 "신과정개혁 대학입시"를 맞이하게 된다. 그래서 "신과정개혁 대학입시"를 실행한 성은 이미 16개에 이른다.[12]

---

11) 『中国敎育新闻网』, 2007년 9월 26일. 신과정개혁(新課程改革)이 신교육과정개혁(新敎育課程改革)을 지칭하지만, 중국 쪽의 표기를 그대로 따랐다. 이하 낯선 용어들도 이에 준거한다.

2004년부터 고중 '신과정개혁'을 실험해서 '2010년에는 전국의 모든 성에서 보통고중 신과정을 실행하게 되고 2013년에는 전국의 모든 성에서 새로운 대학입시를 맞이한다'고 한다. 신과정 개혁실험은 크게 셋으로 나뉘는데 몇몇 과목의 편중에서 벗어나는 것과 선택과목의 배정, 그리고 학생 소질평가의 대학입시 반영이 그것이다. 중국 교육부에서 언급한 과목의 다양성에 따른 선택과목의 배정이 신편『조선어문』교과서 소재 시가에서 중국문학, 한국문학, 외국문학의 작품 수의 증가와 장르의 확장으로 나타났던 것이다. 국제사회에서 중국의 위상이 격상된 만큼 자국민에 대한 교육 또한 이에 걸맞게 변화했던 것이다. 이러한 변화는 중국 내의 대학교에서 외국어학과의 개설로 드러나기 마련인데, 중국교육부에 등록된 4년제 대학의 경우 50여 개의 대학에서 한국학 전공학과를 개설한 것에서 확인할 수 있다.13)

결국 신편『조선어문』교과서에서 중국 고전시가와 한국 고전시가의 작품 수가 늘고 영역이 확장된 것은 교육대상자들이 중국 조선족이되 그들이 중국 국민에 포괄된다는 점과 무관하지 않다. 중국인으로서의 소양을 쌓되 소수민족으로서의 소양 또한 겸비해야 하는데 세계화라는 취지를 감안하면 외국문학 또한 무시할 수 없는 교육대상이었던 것이다. 신편과 구편 교과서의 변별점의 중심에 '신과정개혁'이라는 중국의 개혁정책이 자리 잡고 있었던 셈이다. 이러한 변화는 중국인 어문교재에서도 예외일 수 없었다. 특이한 점은 외국문학 작품이 줄어든 대신 외국의 과학기술을 보여주는 과학보급문이 증가

---

12) 『人民日報』, 2009년 11월 19일.

13) 홍정선, 「동아시아한국학 교육의 현실과 방향」, 『동아시아한국학 입문』, 인하BK한국학사업단, 역락, 2008, 205면.

했다는 점이다.14) 구편과 신편에 수록된 외국문학은 큰 차이가 있는데 구편 15편이었던 게 신편 6편으로 줄어들었고,15) 구편의 외국작품 선정의 기준이 정치적 평가였지만 신편에서는 인성표준으로 바뀌었다는 것이다. 예컨대 러시아 작가 안톤 체호프의『상자에 들어간 사람』을 해석하면서 구편에서 차리즘[tsarism]에 대하여 비판하였지만 신편에서는 주인공 인성의 연약함에 대하여 주목하였다. 구편에는 자본주의의 죄악에 대한 비판적인 작품을 많이 수록하였지만 신편에 이르러 정치색채가 많이 옅어졌던 것이다.

2) 문제점

문제점으로 고전시가 원전과 해설을 거론할 수 있는데, 신편 필수 ②의「청산별곡」이 그 대상이다. 신편 필수 ②의「청산별곡」은 교수 참고서에 9면에 걸쳐 상세한 설명이 부기돼 있다.「청산별곡」은 <표 1>과 <표 2>에서 확인할 수 있듯, 구편이나 신편에 반복 수록된 한국고전시가로 남북한 교과서에 함께 편제된 고려속요이다. 조선족, 북한, 남한 교과서에 수록됐기에 이를 통해 해설의 편차를 살필 수 있다.

> …… 교원들이 새로 편찬된 교과서를 보다 잘 파악하고 사용하면서 교수 질을 높일 수 있도록 도와주기 위하여 편찬하였다. …… 첫째로, 교원들이 교과서의 내용을 파악하고 교수, 학습 활동과정 안을

---

14) 중국인 어문교재에 대해서는 劉洪濤,「人教版高中語文課標敎材與外國文學新問題」,『中學語文敎學』, 2007을 참조했다. 이 글에 따르면 외국문학의 편수가 줄어든 것은 북경대학 학자들의 참여를 한 요인으로 잡고 있지만 저간의 사정은 알 수 없다. 다만 '신과정개혁'에 중국인 어문교재도 비켜가지 못했던 것을 알 수 있다.

15) 여기서 구편은『全日制普通高級中學教科書』(인민교육출판사, 2003) 판본이고, 신편은『普通高中課程標準試驗教科書』(인민교육출판사, 2007) 판본이다.

준비할 때 부딪칠 수 있는 실제적인 곤란을 해결해주는 데 유리해
지게 한다. 둘째로, 교원들의 개성적인 교수능력을 발전시키고 창
의적으로 교과서를 다루는 교원들의 적극성과 주동성을 충분히 불
러일으키는 데 유리해지게 한다. 셋째로, 과 내외를 서로 련계시키
는 데 유리해지게 함으로써 보다 폭넓은 조선어문환경을 마련한다
는 교육관념을 수립할 수 있도록 한다(원문대로, 이하 동일).16)

조선어문편집실에서 『교수참고서』를 발행하면서 일선의 교사들에
게 설명하는 부분이다. 교사들이 학습내용을 충분히 인지하고 창의적
으로 교과서를 다룰 수 있도록 배려한다는 것이다.17) 이는 조선족 교
과서에만 국한될 게 아니라 어떤 과목에 적용해도 무방할 정도의 교
수지침이다. 이러한 지침이 「청산별곡」의 해설에 온전히 반영됐는지
가늠하면서 한국의 경우와 대비시키면 신편 교과서의 특징을 이해할
수 있다. 물론 북한의 경우를 참고하면 신편 교과서의 영향관계가 선
명해질 수 있다.

살어리 살어리 랏다 / 청산애 살어리 랏다 / 멀위랑 다래랑 먹고 /
청산애 살어리 랏다 / 얄리얄리 얄랑셩 얄라리 얄라(이하 후렴 생략)
우러라 우러라 새여 / 자고니러 우러라 새여 / 널라와 시름한 나도 /
자고니러 우니로라 / ……
가던 새 가던 새 본다 / 믈아래 가던 새 본다 / 잉무든 장글란 가지
고 / 믈아래 가던 새 본다 / ……
이링공 뎌링공 하야 / 나즈란 디내와 손뎌 / 오리도 가리도 업슨 /
바므란 또 엇디 호리라 / ……

---

16) 연변교육출판사조선어문편집실 동북조선문교재연구개발중심 편저, 「편집설명」, 『조선족고급중학교 조선
어문 교수참고서』 필수 ②, 연변교육출판사, 2007, 1면(이하 『교수참고서』로 약칭).

17) 『교수참고서』도 구편과 신편이 있는데, 구편에서 "교원만 알면 될 뿐 교수에서 학생들에게 구구히 다른
해석내용을 소개해줄 필요는 없다(학술토론이 아니기에). 교수에는 과문분석에서 제기한 해석대로 학생들
을 가르쳐야 한다"고 지적한 것에 비해 신편의 「편집설명」은 파격적으로 개선된 경우이다. 구편의 『교수
참고서』는 정호갑 선생의 글에서 재인용했다(「우리 국어 교육과 중국 조선어문 교육 견주어보기 1-고려
노래 「청산별곡」을 대상으로」, 『함께여는 국어교육』, 2006, 5~6월호).

어듸라 더디던 돌코 / 누리라 마치던 돌코 / 믜리도 괴리도 업시 /
마자셔 우니노라 / ……
살어리 살어리 랏다 / 바라래 살어리 랏다 / 나마자기 구조개랑 먹
고 / 바라래 살어리 랏다 / ……
가다가 가다가 드로라 / 예정지 가다가 드로라 / 사사미 짐대예 올
라셔 / 해금을 혀거를 드로라 / ……
가다니 배부른 도긔 / 설진 강수를 비조라 / 조롱곳 누로기 매와 /
사와니 내 엇디 하리잇고 / ……

신편『조선어문』필수 ②와 '교수참고서'에 있는「청산별곡」이다.
교과서의 본문 각주에 따르면『악장가사』에서 선택했다고 부기해놓
았다. 하지만『악장가사』의 고어표기를 따르지 않고 있다. 예컨대 청
산, 두래, 믈아래, 흐야, 쏘, 바르래, 느므자기, 에졍지, 사스미 짐대, 奚
琴, 빗부른, 믜와, 잡스와니, 흐리잇고 등이 그것인데 특히 '에졍지'를
'예정지'로 변개시킨 게 주목된다.

에: 未詳, 혹 '避・圉'의 訓에 '에・에우'를 形容詞로 仍用한 듯
졍지: '廚'의 古語, 現代語 '부엌'은 古音 '브섭', '火邊'의 原義로
'竈'의 訓
廚 졍지(類合古板)
廚 졍듀(類合安心寺板)
※ '졍지・졍듀'의 語原 未詳, 或 '淨廚'・'에졍지'는 아마 '딴 부엌'
의 뜻18)

'에'를 감탄사로 추정한 경우도 있지만,19) 대체로 '졍지'를 '부엌
[廚]'으로 파악하는 데 이견은 없다. '에'가 '졍지'를 수식하는 위치에

---

18) 양주동, 『여요전주』, 중판; 을유문화사, 1985, 324〜325면.
19) 김형규, 『고가주석』, 백영사, 1958, 191면에서 '에'를 감탄사로 추정했지만 '졍지'를 부엌으로 이해하고
있다.

있으니만큼 7연의 화자가 목적지로 삼거나 지나쳐 가는 공간이 '(?)
부엌'이어야 충실한 해석이 될 수 있다. 하지만 신편『조선어문』에서
원문을 변개시킨 것은 해석을 용이하게 하려는 의도와 무관하지 않
다. '에'가 '예'로 바뀜에 따라 '예'는 '옛날'의 의미이고 '졍지'가 '정
지'로 바뀜에 따라 '종지'로 읽을 가능성을 확보할 수 있었다. 이는
'해금을 혀겨드로라'를 바탕으로 계획된 것으로 「한림별곡」 6연의
"금션비파金善琵琶 종디히금宗智嵇琴 셜원댱고薛原枚鼓"에 등장하는
해금의 명수였던 종지(宗智嵇琴)를 감안한 해석이라는 것이다. 즉,
"자기 자신을 고려시대의 진짜 해금명수 종지에 비유한다"[20]는 지적
인데 이는 북한의 해석을 부분적으로 반영한 것이기도 하다. 이 구절
에 대해 북한 연구서는 "해금명수의 악기연주를 들으면서 술도 먹고
살고 싶다는 심정"[21]으로 파악했지만 해금 연주자를 '사당패'로 추정
했을 뿐 원전의 '에졍지'를 신편『조선어문』 필수 ②처럼 '예정지'로
바꾸지도 않았다. 다만 북한의 고등중학교 문학교과서는 「청산별곡」
원문을 최대한 반영하여 '에졍지'를 '에정지'로 부기했지만 다른 고
어들을 풀이해놓은 반면 이에 대한 것은 없다.[22] 그리고 조선족 쪽에
서 간행된 연구서에서도 "위정자들의 서투르고 비뚤어진 정치를 조
소하는"[23] 정도로 이해했지 '에졍지'와 관련된 어학적 해석이나 해당
연은 전혀 없다. 하지만 '에졍지'를 '예정지'로 바꾸더라도 '예'가 단
순히 '옛날[古]'의 의미에 국한된 게 아니라 '왜(倭)'나 '여기'의 의미

---

20) 『교수참고서』 필수 ②, 8면.

21) 현종호, 『조선국어고전시가사연구』, 교육도서출판사, 1984, 206면.

22) 현종호·박춘명·오정환, 『문학』(고등중학교 제4학년), 1판; 교육도서출판사, 1997, 17면. 참고로 '아래아
(·)'를 현대어 표기에 맞춰 「청산별곡」을 진술했을 뿐, '믈아래', '짒대' 등은 원문 그대로이다.

23) 허문섭, 『조선고전문학사』, 료녕출판사, 1985, 197면.

일 수 있기에 이러한 변개는 '해금'과 '종지'를 견인하려는 의도와 밀접한 것으로 판단된다.[24] 이는『조선어문』선택 교과서에 수록된「서농요」의 경우, 향찰표기 '嫁良[얼어]'에 대해 "정을 통하여, '얼다'는 시집가다, 혼인하다, 정을 통하다의 뜻"[25]으로 부기해 해석의 가능성을 열어놓은 것과 대비된다.

다음으로 해석의 다양성에 주목했을 때, 신편『조선어문』필수 ②의 '교수참고서'의「편집설명」에 나타난 대로 '창의적으로 교과서를 다루는 교원들의 적극성'을 권장해야 하지만「청산별곡」의 원전이 특정한 해석 쪽으로 기욺에 따라 그것이 발휘될 여지가 좁아질 수밖에 없다. 특히「청산별곡」의 시대적 배경이 고려후기 무신의 집권과 몽골의 침입으로 인해 내우외환에 시달리는 시기라는 데에 중국 조선족과 남북한이 모두 공감하고 있지만 조선족과 북한 쪽에서 유독 정치상황과 결부시키려는 경향이 짙다. 예컨대 북한 연구서에 "어지러운 고려 무인통치에 대한 봉건선비들의 불만과 울분의 감정을 하나의 가요로서 관계를 지었다"[26]거나 북한 교과서에 "옳지 않은 현실에 불평불만을 품고 산골에 숨어 사는 선비의 생활감정을 반영한 시가 작품"[27]이라는 지적, 그리고 조선족 연구서에서 "무신란 후 고려 정계의 어지러운 현실에 불만을 품고 한적한 산촌이나 해변을 찾아 류랑생활을 하며 고독과 울분 속에 모대기도 했던 문인량반들의 불우한 처지와 감정을 반영했다"[28]는 지적과 "무신란 이후 어지러운

---

24) 남광우 편,『고어사전』, 교학사, 1997, 참조.

25) 『조선어문』선택, 5면.

26) 현종호, 앞의 책, 205면.

27) 현종호·박춘명·오정환, 앞의 책, 12면.

28) 허문섭, 앞의 책, 197면.

현실에 불만을 품고 그러한 현실과 멀리하려 하면서 마음 붙일 곳을 찾지 못하여 모대기는 문인들의 복잡한 내면세계를 표현했다'[29]는 것, 그리고 "정계의 배척 또는 타격으로 당시 사회에 불만을 품고 류랑, 은거 생활을 하던 한 봉건량반선비(관리)의 불우한 처지와 괴롭고 원망 많은 그리고 방황하는 도피적인 감정세계를 노래한 것이라는 데 동감이 간다'[30]는 게 그것이다. 조선족 연구서에 기술된 부분은 『교수참고서』에 온전히 반영돼 있는데 "무신란 후 무신전제 정치하에서 가혹한 박해와 탄압을 받고 있던 일부 문인들이 당시 고려 정계의 어지러운 현실에 불만을 품고 한적한 산촌이나 해변을 찾아 류랑생활을 하면서 고통과 울분 속에 모대기던 불우한 처지와 사회적 불만, 자기위안의 심정을 반영하였다'[31]처럼 문맥은 물론 사용된 어휘도 상당히 유사하다. 이러한 면은 『교수참고서』의 「학습활동문제지도」 편에서도 누차 강조되고 있다.[32]

하지만 남한에서 「청산별곡」의 시대적 배경은 조선족이나 북한과 동일하되 화자를 다양하게 제시하여 해석의 가능성을 확장시켰다. 화자가 유랑민, 실연한 사람, 반란군, 지식인, 여성, 혹은 복수(複數)일 수 있다는 것이다. 게다가 "청산에 살고 있는 상황에서라면 '살어리랏다'는 '살아야만 하는구나'라는 한탄으로 들리고, 청산에 살고 있지

---

29) 허휘훈·채미화, 앞의 책, 152면.

30) 문일환, 앞의 책, 204면.

31) 『교수참고서』 필수 ②, 9면.

32) 『교수참고서』 필수 ②, 15면, 「학습활동문제지도」의 2번 문제, 서정적 주인공은 어떤 인물인가의 '참고답안제시'가 "「청산별곡」의 서정적 주인공은 근로인민이나 피지배층에 속하는 사람은 아니다. 그렇다고 하여 서정적 주인공이 상층 지배계층에 속하는 사람이라고 단언하기도 힘들다. 「청산별곡」의 형상적 특점과 그의 일관된 사상으로부터 이 가요의 서정적 주인공은 당시의 권력쟁탈의 당파싸움에서 자리를 잃은, 현실에 불만을 품고 울분과 고민에 모대기며 산과 바다에 몸을 피하고 있는 봉건선비라고 보아진다"로 제시된 것을 통해 확인할 수 있다.

않은 상황에서라면 '살어리랏다'는 '앞으로 청산에 살고 싶다'는 소망을 표현하는 것으로 보이기에"[33] 화자의 바람은 특정 상황에서만 진술 가능한 게 아니다. 예컨대「청산별곡」3연의 '가넌 새'는 화자가 유랑민이면 '평화롭게 농사짓던 옛날을 그리워하는 것(갈던 사래)'이고 실연한 사람이면 '새를 의인화하여 표현(나를 버리고 떠난 님)'이고 지식인이면 '자신의 비탄을 위로해주던 벗의 떠남(날아가던 새)' 등으로 이해 가능한 것처럼 말이다. '잉무든 장글'도 마찬가지인데, 각각 '이끼 묻은 쟁기'이거나 '이끼 묻은 은장도' 또는 '날이 무딘 병기(쟁기)' 등일 수 있다. 남한의『고등학교 교사용지도서』에 "학습자들의 생각과 정서, 내면화하고 있는 문화적 전통에 바탕하여 작품과 능동적으로 대화하게 하여, 작품에 대한 주체적인 반응이 나올 수 있도록 교수·학습한다"[34]는 지침을 통해 화자와 해석의 여러 경우를 인정하고 있다는 것을 짐작할 수 있다.[35] 이처럼 해석의 다양성을 고려할 때『교수참고서』에서 '창의적으로 교과서를 다루는 교원'들을 운운하면서 화자를 '현실에 불만을 품은 문인량반(문인, 선비)'으로 고정하거나 원전을 바꾸는 일은 '창의적으로 교과서를 다루는 교원들의 적극성'을 권장하는「편집설명」과 배치된다는 것이다.

　남한의 고전시가 작품 중에서「청산별곡」만큼 많이 알려진 노래가 드물 정도로 이에 대한 연구성과도 상당했다. 예컨대 작자·창작시기·어휘·형식·주제·배경 등 다양한 검토가 진행돼왔는데 선행 논자의 검토에 따르면, 국회도서관에서 검색되는「청산별곡」과 관련한 연

---

33) 서울대학교 국어교육연구소,『고등학교 교사용지도서 국어(상)』, 7쇄; 교육인적자원부, 2008, 283~284면.
34) 위의 책, 276면.
35)『고등학교 교사용지도서 국어(상)』에 고어풀이와 화자를 적시하지 않았지만 남한의 '문학참고서류'에 고어풀이와 화자에 대해 다양하게 제시하고 있다.

구업적으로 단행본 42건, 석·박사 학위논문 51건, 학술지 게재 논문 80건이라 한다.36) 방대한 연구업적에서 원전의 '에정지'를 임의로 '예정지'로 변개시키지 않았고 대부분 '정지'를 '부엌'으로 이해했다. 이것은 고전의 원전확정이 해당 작품의 작자 의도와 그것을 해석하는 자의 시간상 거리를 좁힐 수 있는 일련의 통로로 기능하기에 원전을 왜곡시키지 않은 이유와 밀접하기 때문이다.

결국 고중 신편『조선어문』교과서의 고전시가 원전과 해설의 문제를 감안할 때,『교수참고서』의「편집설명」을 충실히 반영하지 못하고 있는 셈이다. 그러나 중국의 개혁정책의 한 방편으로『조선어문』교과서가 개편되면서「청산별곡」에 대한 해설은 여전히 북한의 자장 안에 있되 남북한과 다소 다르다는 점은 '에정지'를 통해 확인할 수 있었다. 북한 문학교육과 친족성이 존재하되 변화의 움직임이 있다는 것이다. 이는 교과서 개편에 참가했던 학자들의 문학관 및 교육관과 밀접한 것이기에 일시에 개선될 수 없다 하더라도『교수참고서』의「편집설명」을 통해 보건대 긍정적 변화의 조짐이다.

4. 결론

중국 조선족이나 남북한이 모두 공유하는 자산으로 한국고전시가가 있다. 그들 모두 문학교육에 고전시가를 편제시키고 있는 것도 이런 이유에서다. 이 글이 조선족 신편『조선어문』교과서에 수록된 고전시가를 살핀 것은 이를 통해 변화의 정도와 그 특징을 논의하기 위

---

36) 정재호,「청산별곡의 새로운 이해 모색」,『국어국문학』139호, 국어국문학회, 2005, 149면.

해서였다. 지금까지의 논의를 정리하면 다음과 같다.

고전문학과 관련하여 중국 조선족 고중 신편『조선어문』교과서는 이진의 구편과 차이가 있는데, 중국고전문학과 외국고선분학, 그리고 한국고전문학에서 편수가 증가되고 영역이 화장된 게 그것이나. 신편에 이르러 필수교과서와 선택교과서로 나누어 학생들이 필요에 따라 학습할 수 있도록 배려하기도 했다. 특히 한국고전시가의 경우, 구편의 초중과 고중에 전혀 없었던 향가 원문과 해설을 신편에 수록한 것은 전례가 없는 일이었다. 무엇보다 교사들이 학습내용을 충분히 인지하고 창의적으로 교과서를 다룰 수 있도록 배려해야 한다는『교수참고서』의「편집설명」이 주목되는데, 이는 작금의 정보화 시대를 염두에 둘 때 여타 과목에도 해당할 정도로 손색없는 지침이었다. 이를 중심으로 조선족과 남북한 교과서에 함께 수록된「청산별곡」을 검토해보았다. 조선족 교과서에서「청산별곡」의 원문 '에졍지'를 '예졍지'로 변개시켜 작품을 해석하고 있는데, 이는 북한 쪽의 성과를 받아들이되 자기 식으로 재해석하기 위한 방편인 듯했다. 작품의 시대적 배경을 추측하는 것은 조선족과 남북한이 동일하되, 조선족 교과서가 화자에 대해 '현실에 불만을 품은 문인량반(문인, 선비)'이라는 북한 쪽을 따르고 있어『교수참고서』와 다소 모순되기도 했다. 이는 화자 및 해석의 다양성을 인정하는 남한 쪽과 변별되는 점이기도 했다.

신편 고중 교과서 소재 고전시가의 양상과 특징으로 보건대 구편에 비해 긍정적 변화라 평가할 수 있다. 하지만 기술의 눈부신 발달로 디지털 네트워크 시대로 전환이 불가피하기에 교육 또한 이를 피해갈 수 없다. 돈 탭스콧(Don Tapscott)에 따르면 디지털 네트워크 시대가 도래함에 따라 학습방식은 여덟 가지 측면에서 변화한다고 하는데, 그중에서 '주입식 교육에서 참여와 발견학습으로의 변화'와 '재미없는 학습에서 학습자 스스로 자신의 학습활동에 동기가 유발돼 적극적으로 참여하는 재미있는 학습으로의 변화'가 주목된다.[37] 고전시가와 관련하여 화자나 해석을 고정화시켜 다양성을 차단해서는 안 된다는 것이다. 이는 조선족 교과서를 통해 간접적으로 떠올린 생각이 아니라 우리 쪽에서도 염두에 두어야 할 문제이기도 하다.

끝으로 이 글은 신편 조선족 교과서 고전시가의 양상과 특징을 살피면서 「청산별곡」 이외의 향가, 조선가사, 조선시조는 다루지 못했다. 올해 중국의 대학입시가 끝난 후 선택교과서의 비중이 드러나면 같이 논의해볼 만한데 이는 차후의 과제로 남긴다.

---

37) 백영균, 『에듀테인먼트의 이해와 활용』, 정일, 2005, 20~21면에서 재인용.

제2부

스토리텔링을 통한 속요의 교육방안 모색

고등 『문학』 교과서 소재 고전시가를 통한 문학교육 방법의 모색

– 스토리텔링의 방법에 기대

스토리텔링을 통한 속요의 교육방안 모색[*]

1. 머리말

이 글은 속요 교육의 한 방법으로 스토리텔링을 제시하고 그 가능성을 모색하는 데 목적이 있다. 흔히 스토리텔링(storytelling)을 규정할 때 story(이야기), tell(말하다), ing(현재진행형)의 세 요소를 감안한다. 일반적으로 'story'는 허구로 구조화되기 전의 전체 줄거리라는 의미로 서사학자들 사이에서 논의되어 왔다. 기본 골격으로 스토리가 있고, 이를 플롯(plot)으로 꾸민 것을 담론(discourse)으로 불렀다. 반면 스토리텔링은 디지털 매체를 기반으로 하는 이야기 장르에서 흔히 쓰이는 말로 '이야기하기', 즉 이야기에 참여하는 현재성·현장성을 강조한 말이라는 것이다.[1] 오늘날 스토리텔링은 문학, 하이퍼텍스트 문학, 만화, 연극, 영화, 애니메이션, 광고, 게임, 디자인, 홈쇼핑, 테마파크 등의 이야기 장르를 아우르는 데에서 활용되고 있다. 다시 표현하면 스토리텔링은 스토리+텔링의 합성어로서 상대방에게 알리고자

---

* 이 글은 『우리어문연구』 35(우리어문학회, 2009)에 수록된 것이다.

[1] 최혜실, 『문화콘텐츠, 스토리텔링을 만나다』, 삼성경제연구소, 2006, 18면.

하는 바를 재미있고 생생한 이야기로 설득력 있게 전달하는 행위의 총체라 할 수 있다.[2] 물론 교육도 예외가 아니다. 스토리텔링이 교육에 적용될 때, 이른바 에듀테인먼트(edutainment)가 그것이다. 에듀테인먼트는 교육(education)과 오락(entertainment)의 결합어로 오락적 요소를 최대한 활용하여 교육의 효과를 높이는 데 목적이 있다. 알리고자 하는 바를 재미있고 생생한 이야기로 설득력 있게 전달하는 행위의 총체가 스토리텔링인 만큼 이를 이용하여 교육과 오락을 얼마나 조화롭게 하느냐가 에듀테인먼트의 성패를 좌우하는 것이다.[3]

　속요의 교육방안을 스토리텔링에 기대 모색하는 것은 속요의 생성과정이 스토리텔링과 유사할 뿐 아니라 7차 교육과정의 기본목표가 '21세기의 세계화, 정보화 시대를 주도할 자율적이고 창의적인 한국인의 육성'이듯 학습자들이 흥미를 갖고 적극적으로 학습에 참여할 수 있는 방법일 수 있기 때문이다. 물론 정보화 시대의 자장 안에 학습자들이 포함돼 있기에 그들에 대한 교육방안도 이를 고려해야 하는데 스토리텔링에 기대는 것이 한 방법일 수 있다.[4]

---

2) '스토리텔링'은 정의하는 자에 따라 약간씩 다르게 규정되는데 각각의 정의가 "이야기를 매체의 특성에 맞게 표현하는 것"을 중심에 두는 공통점에서 벗어나지 않는다. 정창권, 『문화콘텐츠스토리텔링』, 북코리아, 2008, 37면.

3) 백영균, 『에듀테인먼트의 이해와 활용』, 정일, 2005, 68~73면. '글쓰기 교육'에 스토리텔링을 활용한 경우가 있을 정도로 이것은 교육적 측면과 다양하게 결합할 수 있다. 고창수, 「스토리텔링 기법을 응용한 설득 글쓰기 전략」, 『우리어문연구』 33집, 우리어문학회, 2009.

4) 교육과학기술부(교과서선진화팀)의 『2007년 개정 교육과정(교육인적자원부 고시 제2007-79호)에 따른 고등학교 국어 교과서 집필기준』에 따르면 문학의 경우, "작품의 창조적 재구성은 학습자가 다양하고 창의적인 반응을 나타내고 능동적으로 문학의 수용과 생산 활동에 임하는 태도를 형성할 수 있도록 내용을 선정한다"고 지적하고 있는데 이는 정보화 시대의 특성과 밀접한 학습자들을 고려한 것이다.

2. 속요의 특성과 속요 스토리텔링

> 諸道에 행신을 보내시 관기로 사색과 기예가 있는 자를 고르고 또 城中에 있는 관비와 무당으로 가무를 잘하는 자를 골라 宮中에 등록해서…… 따로 한 隊를 만들어 男粧이라 칭하여 노래(新聲)를 가르쳤다(敎以新聲). ……고저와 완급이 곡조에 맞았다.[5]

고려속요 「쌍화점」과 관련된 기록으로 '민요를 속악으로 전용하는 과정'을 짐작할 수 있다. 민요를 궁중으로 운반한 자들은 '자색과 기예'를 갖춘 관기·관비·무당이었으며, 그들이 궁중으로 유입되기 전에 활동한 곳은 궁핍한 공간이 아니라 기록에 나타난 대로 '城中', 즉 시정이었다. 그래서 '민요가 속악화'되는 전 단계의 '민요'는 단순히 농어촌의 정서가 아니라 '城中(시정)'의 정서에 가까운 이유도 그들의 활동공간과 밀접하다. 예컨대 "도시 시정인들의 노래로 불린 고려인 민가요에는 애정 윤리적인 가요가 적지 않다"[6]거나 "고려속요의 '민가적 형태'를 발생시키고 또 그것을 향유한 계층은 민중 가운데서도 도시평민층이 그 중심이지 않았을까 생각하는"[7] 것도 민요를 궁중으로 운반했던 자들의 활동공간을 고려하면 타당한 지적이다. 그들이 궁중에서 가창한 것은 운반했던 노래 그대로가 아니라 교열·신성의 과정을 거쳐 '고저완급'의 곡조에 맞춘 노래였다. 특히 교열과 신성, '고저완급'을 담당했던 자들은 자의적으로 노래를 개사·편사하지 않을 정도의 소양을 지니고 있었다.[8] 예컨대 각각 존재하던 '서경노

---

5) 『고려사절요』 권22 충렬왕 25년, 分遣倖臣諸道選官妓有姿色伎藝者 又選城中官婢及女巫善歌舞者籍置宮中…… 別作一隊稱爲男粧敎以新聲 其詞云…… 其高低緩急無不中節.

6) 현종호, 『조선국어고전시가사연구』, 교육도서출판사, 1984, 209면.

7) 박희병, 「고려가요의 민중정서」, 『민족문학사강좌』 상, 창작과비평사, 1995, 107면.

래’, ‘구슬노래’, ‘대동강노래’를 합해서 「서경별곡」으로 재구성한 경우가 그것이다. 「서경별곡」에서 노래 전편에 해당할 화자가 여성으로 등장하는 것도 이와 무관하지 않다. 심지어 「만전춘별사」에 민요·시조·한시·경기체가라는 다양한 문학장르가 공존하면서도 노래 전편에 특정 화자가 관류하는 것도 우연이 아니라 ‘민요를 속악으로 전용하는 과정’에 참여했던 자들이 자의적으로 개사·편사하지 않은 것을 방증하는 것이다.9) 물론 다양한 문학장르가 같은 작품에 공존하면서 화자의 심리가 시간순으로 정연하게 진술돼 있는 것을 통해서도 이를 확인할 수 있다.10) 그리고 「서경별곡」의 2연과 「정석가」 6연이 동일하고 「만전춘별사」의 3연과 「정과정」의 5~6행의 가사 일부분이 유사한 점, 「만전춘별사」의 1연은 순수 우리말이었다가 2연에 이르러 한시현토체로 바뀌는 등 독립된 노래로서 불합리한 면을 지니되 특정 화자를 노래 전편에 일관되게 적용시킬 수 있는 것도 담당자들이 임의로 개사·편사하지 않았기 때문이다.

> 속요는 민속가요 가운데 민요를 속악으로 전용하는 과정에서 생성·발전해 갔으며 이러한 속요가 더욱 세력을 얻어 장르의 발전 및 전성기를 맞게 되자 무가 및 불가를 수용하는 데까지 확산되어 간 것으로 추정된다.11)

---

8) 송방송, 『한국음악통사』, 일조각, 1984, 153면.

9) 「만전춘별사」의 화자를 기녀로 파악하여 작품을 일관적으로 분석한 논자로 성현경(「만전춘별사의 구조」, 『고려시대의 언어와 문학』, 한국어문학회편, 형설출판사, 1975)이 있다.

10) 고려속요의 화자를 특정인으로 파악해야 해당 작품을 온전히 이해할 수 있는데 이에 대해서는 이영태, 『고려속요와 기녀』, 경인문화사, 2004; 이영태, 「고려시대의 단오 풍속으로 읽는 ‘청산별곡’」, 『역사민속학』 24호, 한국역사민속학회, 2007, 참조.

11) 김학성, 「속요의 장르상의 제 문제」『천봉 이능우 박사 칠순기념논총』, 1990, 83면.

    속요의 장르적 특성을 규정한 위의 논의는 형태론적으로 볼 때 개개의 노래가 민요의 특성과 관계를 맺은 듯하면서도 그렇지 않은 것을 통해서도 확인된다. 실제로 속요에 나타난 반복구, 후렴구, 여음, 투식어 등을 제거하면 민요와 친연한 작품으로 변모되는 것도 장르적 특성에서 비롯된 것이다. 물론 민요의 특성에서 벗어나게 된 근본적인 이유는 속악으로 전용되는 교열·신성의 과정을 거쳐 '고저완급'의 곡조에 맞추었기 때문이다. 흔히 고려속요의 형성과정을 "가락에 알맞은 재래의 사설을 찾아 새 형태의 우리말 사설이 지어지고" 혹은 "재래의 사설과 新傳의 가락이 맞지 않을 때 그 조절을 위한 여러 가지 시도가 이루어질"[12] 것으로 추정한 논의도 이러한 과정을 지적한 것이다.

    속요의 특성을 살피는 과정에서 주목되는 것은 '민요를 속악으로 전용하는 과정'이다. 각각의 민요를 개사 및 편사하여 특정 속요로 만든 과정은 스토리텔링과 다름 아니다. 근자에 스토리(story) 대신에 스토리텔링(storytelling)이라는 용어를 사용하는 것은 행위적 속성에서 찾아야 하는데, 즉 '이야기'에는 행위와 그 주체의 존재가 상정되지 않고 이야기라는 고정된 대상만이 부각되는 반면 '이야기하기'에는 행위와 그 주체의 존재가 상정되는 것은 물론 객체라 할 만한 청자까지 고려된다는 것이다. 그래서 스토리텔링이라는 말에는 스토리를 구성하는 사람과 그것을 수용하는 사람의 주체적 선택 가능성과 그로 인한 스토리 자체의 가변성이 함축된다.[13] 이른바 "독자 혹은 청자의 눈높이와 기대수준 등을 고려하여 이야기가 만들어지기"에

---

12) 김택규, 「별곡의 구조」, 『고려가요연구』, 중판; 국어국문학회편, 정음문화사, 1990, 279면.
13) 류수열, 「시조 스토리텔링의 교육적 가능성」, 『시조학논총』 28집, 한국시조학회, 2008, 13면.

"맥락에 유연성을 지니게"14) 된다는 것이다. 스토리를 구성하는 사람의 주체적 선택 가능성과 그로 인한 스토리 자체의 가변성은 맥락의 유연성을 지칭하는 바, '민요를 속악으로 전용하는 과정'에서 담당자의 '개사 및 편사'를 의미할 수 있다. 이것은 앞서 속요의 장르적 특성에서 지적한 그대로이다.

속요의 생성에 담당했던 자들이 일련의 스토리텔링 장치에 기댔던 만큼, 속요를 이해해야 하는 입장에 있는 학습자들도 이를 고려해 효과적인 학습방안을 찾아야 한다. 그렇지 않고 해당 속요의 주제나 소재, 어휘풀이를 단순히 암기하는 일은 속요의 태생적인 부분을 도외시한 것일 뿐 아니라 학습효과 면에서도 비효율적일 수 있다. 차라리 특정 속요의 시적화자의 심리나 상황을 서사적으로 풀이하면서 이해하는 게 나을 텐데 이 또한 스토리텔링을 이용한 경우에 해당한다. 그런데 특정 속요를 서사적으로 풀이하는 것도 좋은 방법이기는 하지만 속요의 담당자들이 민요를 개사 및 편사하는 방법이 일련의 스토리텔링에 해당하기에 이것의 특성에 기대 학습자들의 흥미를 유발시켜 수업에 적극적으로 참여케 하는 방법에 대해 고민할 필요가 있다. 돈 탭스콧(Don Tapscott)에 따르면 디지털 네트워크 시대가 도래함에 따라 학습방식은 여덟 가지 측면에서 변화한다고 하는데, 그중에서 '주입식 교육에서 참여와 발견학습으로의 변화'와 '재미없는 학습에서 학습자 스스로 자신의 학습활동에 동기가 유발돼 적극적으로 참여하는 재미있는 학습으로의 변화'가 주목된다.15) 즉, 민요의 개사 및 편사를 담당했던 자들의 입장을 학습자들에게 경험하게 하는 것

---

14) 최정예·김성룡 공저, 『스토리텔링과 내러티브』, 글누리, 2005, 17면.

15) 백영균, 앞의 책, 20~21면에서 재인용.

도 '발견학습'과 '재미있는 학습'의 한 방법이 될 수 있다는 것이다.

> 문학감상을 여행이라고 생각해보자. 관광안내원이 일방적으로 정해 놓은 한 가지 코스로 가는 경우와 여행객이 마음대로 일정을 선택해 가는 경우가 있다고 할 때 전자는 편안할 수는 있으나 후자만큼 여행객에게 자유로움과 다양한 볼거리를 제공해주지는 못할 것이다.16)

문학감상의 방법을 여행의 두 가지 경우를 상정하여 설명하고 있다. 학습자에게 안내원이 개입돼 있는 전자가 편안할 수 있으나 후자처럼 다양한 볼거리를 자유롭게 경험할 수는 없다. 전자든 후자든 학습의 방법이지만 선택에 따라 일장일단이 있을 수 있다. 하지만 여러 민요를 개사나 편사하여 특정 속요로 만들었던 담당자들을 고려하면 수용자들, 즉 학습자들도 이와 유사한 과정을 경험해야 효과적인 학습방안이 될 수 있다. 이것은 학습자가 볼거리를 자유롭게 경험할 수 있는 하이퍼텍스트의 특징과 밀접하다.

> 하이퍼텍스트는 사용자의 선택에 따라 관계된 문서로 옮겨갈 수 있도록 조직화된 시스템을 말한다.17)

하이퍼텍스트는 정보를 순차적으로 얻을 수 있는 일반문서나 텍스트와 달리 사용자의 자의에 따라 원하는 정보를 얻는 시스템을 가리킨다. 작가가 글을 써서 완결된 텍스트를 이루는 게 아니라 여러 경우의 수가 주어지고 독자가 자신이 원하는 부분을 선택적으로 읽을

---

16) 류현주, 『하이퍼텍스트문학』, 김영사, 2000, 63면.

17) 김요한, 「하이퍼텍스트의 구조적 특성과 하이퍼텍스트 문학」, 『한국문학콘텐츠』, 우정권 편, 청동거울, 2005, 248면.

수 있다. 그래서 독자가 텍스트를 창조하는 또 하나의 창조자일 수 있다는 것이다.[18] 흔히 "독자의 서사구조 형성에 대한 적극적인 참여를 문학에 응용한 것"[19]이 하이퍼텍스트 문학이다.

　이렇듯 고정화된 텍스트가 아니라 가변성을 지닌다는 하이퍼텍스트의 특징은 다소 느슨해 보이지만 '민요를 속악으로 전용하는 과정'에 적용해도 유효하다. 각각 존재하던 '서경노래', '구슬노래', '대동강노래'를 합해 「서경별곡」으로 만들거나 다양한 문학장르를 한 작품에 나열해놓은 「만전춘별사」, 「서경별곡」의 '구슬노래'가 「정석가」에 그대로 나타나는 것을 통해서도 이를 확인할 수 있다. 그리고 이것은 속요의 학습자들이 흥미를 지닐 수 있는 한 방법, 돈 탭스콧(Don Tapscott)의 지적처럼 '주입식 교육에서 참여와 발견학습으로의 변화'와 '재미없는 학습에서 학습자 스스로 자신의 학습활동에 동기가 유발돼 적극적으로 참여하는 재미있는 학습으로의 변화'일 수 있다는 것이다.

3. 속요 스토리텔링의 한 방법

　속요의 형성과정에서 언급했듯[20] 민요가 속악으로 전용되기 이전 각각의 민요는 담당자들의 스토리텔링 능력에 따라 현전하는 특정 속요로 확정될 수 있었다. 속요 담당자들이 스토리텔링 장치에 기댔던 것처럼 학습자들도 이러한 경험을 하게 하는 것도 흥미를 배가시킬

---

18) 최혜실, 『모든 견고한 것들은 하이퍼텍스트 속으로 사라진다』, 생각의 나무, 2000, 247~248면.
19) 김요한, 앞의 글, 254면.
20) 김학성, 앞의 글, 83면; 김택규, 앞의 글, 279면.

수 있는 방법이다. 이를 위해 스토리텔링의 한 방법에 해당하는 하이퍼텍스트에 주목해야 하고 이것이 지닌 특성을 고려해야 한다고 지적한 바 있다. 무엇보다 하이퍼텍스트가 사용자의 선택에 따라 능동적으로 옮겨갈 수 있는 시스템이란 점에서 학습자가 속요의 생성과정을 인지하는 것은 물론 자신의 선택에 따라 새로운 속요를 만들어낼 수도 있다. 이미 속요의 담당자들이 완성시킨 특정 속요가 아니라 학습자 스스로 속요의 생성과 그것의 정서를 경험할 수 있다는 것이다.

이 글은 속요의 주요 정서를 발견할 수 있는 '남녀 간의 만남 및 이별'과 관련된 노래를 대상으로 삼는다. 각각의 속요가 '님의 부재'를 함께 공유하면서도 그것에 대처하는 화자의 진술에 약간씩 차이가 나기에 학습자는 하이퍼텍스트 형식을 통해 속요의 생성과정과 새로운 속요의 정서를 경험할 수 있다. 물론 학습자가 만든 속요는 기존과 변별되는 이질적인 게 아니라 기존 속요의 정서를 공유하는 노래가 될 것이다. 만남과 이별의 과정을 구체적으로 확인할 만한 특정 속요가 없다는 게 문제이지만 이 글에서 대상으로 삼은 속요가 남녀 간의 만남 및 이별과 관련된 노래이기에 이를 토대로 스토리라인을 대략적으로 만들 수 있다. 여기서 스토리라인은 남녀의 사랑과 이별을 중심에 두고 각각의 단계와 화자의 진술들을 구체화시키는 것으로 구성될 수 있다. 예컨대 만남의 즐거움, 님의 뛰어난 외모, 이별하지 않겠다는 다짐, 님을 향한 변치 않는 마음, 계절에 따른 님의 부재의 심화, 님의 부재상황에서 화자의 심리 등이 그것이다. 대상으로 삼은 속요들이 후렴을 경계로 연 구분이 돼 있기에 사랑과 이별에 대한 각각의 단계와 화자의 진술을 정리할 수 있다.21)

단계(a, b, c, d, e, f)	화자의 진술					
만남의 즐거움(a)	만1	쌍1	쌍2	쌍3	쌍4	
님의 뛰어난 외모(b)	동2		동3			
이별하지 않겠다는 다짐(c)	만1	서1	정1	정2	정3	정4
님을 향한 변치 않는 마음(d)	서2		정5			
계절에 따른 님의 부재의 심화(e)	만2	동1	동4	동6	동8	
님의 부재상황에서 화자의 심리(f)	항의	만3				
	제3에게 투정	만4		서3		
	재회한다면	만5	정1	정2	정3	정4

그리고 단계별 화자의 진술에 해당하는 각각의 노랫말을 배치하면 다음과 같다.[22]

단계(a, b, c, d, e, f)	화자의 진술
만남의 즐거움(a)	어름우희 댓닙자리 보와 님과 나와 어러주글 만뎡(……)情둔 오눐밤 더듸 새오시라
	雙花店에 雙花 사라 가고신된 回回아비 내 손모글 주여이다 (……)죠고맛감 삿기광대 네 마리라 호리라(……)긔 자리예 나도 자라 가리라(……)긔 잔된고티 덦거츠니 업다
	三藏寺애 브를 혀라 가고신된 그 뎔 社主ㅣ 내 손모글 주여이다(……)삿기上座ㅣ 네 마리라 호리라(……)긔 자리예 나도 자라 가리라(……)긔 잔된고티 덦거츠니 업다
	드레우므레 므를 길라 가고신된 우믓龍이 내 손모글 주여이다(……)드레바가 네 마리라 호리라(……)긔 자리예 나도 자라 가리라(……)긔 잔된고티 덦거츠니 업다
	술폴지비 수를 사라 가고신된 그 짓 아비 내 손모글 주여이다(……)싁구바가 네 마리라 호리라(……)긔 자리예 나도 자라 가리라(……)긔 잔된고티 덦거츠니 업다
님의 뛰어난 외모(b)	二月ㅅ보로매 아으 노피현 燈ㅅ블 다호라 萬人비취실 즈싀샷다
	三月나며 開흔 아으 滿春 돌욋고지여 ᄂᆞ미 브롤 즈을 디녀 나샷다

---

21) 도표의 악어에서 만-만전춘별사, 쌍-쌍화점, 동-동동, 정-정석가, 서-서경별곡을 가리키며, 이하 숫자는 해당 노래의 연을 지칭하는데 예컨대 '만1'은 만전춘별사의 1연이다.

22) 다만 각 노래들의 후렴, 여음, 반복어는 생략하고 주요한 부분만 배치하였다.

이별하지 않겠다는 다짐(c)		어름우희 댓닙자리 보와 님과 나와 어러주글 만뎡(……)情둔 오늜밤 더듸 새오시라 더듸 새오시라
		서경이 셔울히 마르는(……)닷곤 듸 쇼셩경 고외마른(……)여희므론 질삼뵈 ᄇᆞ리시고(……)괴시란듸 우러곰 좃니노이다
		삭삭기 셰몰애 별헤 나ᄂᆞᆫ 구ᄋᆞᆫ 밤 닷 되를 심고이다 그 바미 우미 도다 삭나거시아 有德ᄒᆞ신 님믈 여ᄒᆡᄋᆞ와지이다
		玉으로 蓮ㅅ고즐 사교이다 바회 우희 接柱ᄒᆞ요이다 그 고지 三同이 퓌거시아 有德ᄒᆞ신 님믈 여ᄒᆡᄋᆞ와지이다
		므쇠로 텼릭을 ᄆᆞᆯ아 나ᄂᆞᆫ 鐵絲로 주름 바고이다 그 오시 다 헐어시아 有德ᄒᆞ신 님믈 여ᄒᆡᄋᆞ와지이다
		므쇠로 한쇼를 디여다가 鐵樹山애 노호이다 그 쇼ㅣ 鐵草를 머거아 有德ᄒᆞ신 님믈 여ᄒᆡᄋᆞ와지이다
님을 향한 변치 않는 마음(d)		구스리 바회예 디신ᄃᆞᆯ(……)긴히ᄯᆞᆫ 그츠리잇가(……)즈믄히를 외오곰 녀신ᄃᆞᆯ(……)信잇ᄃᆞᆫ 그츠리잇가
		구스리 바회예 디신ᄃᆞᆯ 긴힛ᄃᆞᆫ 그츠리잇가(……)즈믄 히롤 외오곰 녀신ᄃᆞᆯ 信잇ᄃᆞᆫ 그츠리잇가
계절에 따른 님의 부재의 심화(e)		耿耿 孤枕上애 어느 ᄌᆞ미 오리오 西窓을 여러ᄒᆞ니 桃花ㅣ 發ᄒᆞ두다 桃花ᄂᆞᆫ 시름업서 笑春風ᄒᆞᄂᆞ다
		正月ㅅ 나릿 므른 아으 어져 녹져 ᄒᆞ논ᄃᆡ 누릿 가온ᄃᆡ 나곤 몸하 ᄒᆞ올로 녈셔
		四月 아니 니저 아으 오실셔 곳고리새여 므스다 錄事니믄 녯나를 닛고신뎌
		六月ㅅ 보로매 아으 별해 ᄇᆞ룐 빗 다호라 도라 보실 니믈 젹곰 좃니노이다
		八月ㅅ 보로믄 아으 嘉俳나리마른 니믈 뫼셔 녀곤 오ᄂᆞᆯ낤 嘉俳샷다
님의 부재상황에서 화자의 심리(f)	항의	넉시라도 님을ᄒᆞᆫᄃᆡ 녀닛景 너기다가(……)벼기더시니 뉘러시니잇가
	제3에게 투정	올하 아련 비올하 여흘랑 어듸 두고 소해 자라온다 소콧 얼면 여흘도 됴ᄒᆞ니
		大同江 너븐디 몰라셔(……)ᄇᆡ 내여 노ᄒᆞᆫ다 샤공아(……)네 가시 럼난디 몰라셔(……)녈 ᄇᆡ예 연즌다 샤공아(……)大同江 건넌편 고ᄉᆞ여(……)ᄇᆡ타들면 것고리이다
	재회한다면	南山애 자리 보와 玉山을 벼여누어 錦繡山 니블 안해 麝香 각시를 아나 누어 藥든 가슴을 맛초ᄋᆞᆸ사이다
		삭삭기 셰몰애 별헤 나ᄂᆞᆫ 구은 밤 닷 되를 심고이다 그 바미 우미 도다 삭나거시아 有德ᄒᆞ신 님믈 여ᄒᆡᄋᆞ와지이다
		玉으로 蓮ㅅ고즐 사교이다 바회 우희 接柱ᄒᆞ요이다 그 고지 三同이 퓌거시아 有德ᄒᆞ신 님믈 여ᄒᆡᄋᆞ와지이다
		므쇠로 텼릭을 ᄆᆞᆯ아 나ᄂᆞᆫ 鐵絲로 주름 바고이다 그 오시 다 헐어시아 有德ᄒᆞ신 님믈 여ᄒᆡᄋᆞ와지이다
		므쇠로 한쇼를 디여다가 鐵樹山애 노호이다 그 쇼ㅣ 鐵草를 머거아 有德ᄒᆞ신 님믈 여ᄒᆡᄋᆞ와지이다

대상으로 삼은 속요에서 사랑과 이별에 대한 단계와 화자의 진술을 각각 정리하여 노랫말을 배치해보았다. 이제는 '독자가 자신이 원하는 부분을 선택적으로 읽을 수 있다'는 하이퍼텍스트의 특성에 기대 '만남 및 이별과 관련된 노래'를 임의로 만들어볼 수 있다. 이런 과정을 통해 학습자들은 "주관적 세계나 경험과는 상당한 거리를 갖고 있는 지식이나 정보에 스토리의 옷을 입혀서 학습자가 쉽게 동일화"[23]될 수 있는데 이는 '자유로움과 다양한 볼거리를 제공'받을 수 있는 여행객의 입장에 서는 것을 의미한다. 이제 학습자는 고전시가 속에 처해진 화자의 구체적 상황을 연상하며 여행을 할 수 있다. 무엇보다 스토리텔링이 "사건에 대한 순수한 지식이 아니라 화자와 주인공 같은 인물의 형상을 통해 사건을 겪은 사람의 경험을 전달하는"[24] 데 목적이 있는 만큼 학습자는 단순한 정보습득을 넘어 "시어 속에서 구체적인 장면을 연상하고 인물의 심리를 추리해야" 하는데 이는 "문학적 상상력을 신장시키는 데 있어 상당히 중요한 과정"으로 "새로운 작품을 만드는 원천"[25]이기도 하다.

먼저 단계별 화자 진술의 수를 살피면 만남의 즐거움(a)과 관련된 화자의 진술은 다섯이고, 님의 뛰어난 외모(b)는 둘, 이별하지 않겠다는 다짐(c)은 여섯, 님을 향한 변치 않는 마음(d)은 둘, 계절에 따른 님의 부재의 심화(e)는 다섯, 이별상황에서 화자의 심리(f)는 크게 '항의/

23) 최정예·김성룡 공저, 앞의 책, 195면.
24) 이인화, 「디지털 스토리텔링 창작론」, 『디지털스토리텔링』, 이인화 외 7인, 3쇄; 황금가지, 2006, 13면.
25) 최혜진, 「고전시가 교육과 문화콘텐츠」, 『고전문학과 교육』 11집, 한국고전문학교육학회, 2006, 78면. 논자에 따르면 고전시가를 문화콘텐츠와 연관시켜 교육할 때 주목해야 할 점이 '정서의 보편화, 표현의 구체화, 발상의 전환과 장르의 이동'이라 하는데, 특히 정서의 보편화는 고전시가의 정서가 시간적 거리를 뛰어넘어 현재에도 미래에도 보편타당한 것이기에 고전시가를 문화콘텐츠와 연계시킬 때 중요한 부분이 된다. 또한 정서의 보편화와 관련해서 고전시가 속에 처해진 구체적 상황을 연상 및 추리하는 상상적 태도가 필요하다고 한다.

제3에게 투정/재회한다면'으로 나누었을 때 각각 하나, 둘, 다섯의 경우가 있을 수 있다. 이런 상황을 토대로 학습자는 a, b, c, d, e, f의 단계에서 화자의 진술을 선택해 '만남 및 이별과 관련된 노래'를 만들어가며 속요의 생성과정과 정서를 이해할 수 있다. 물론 f단계에서 화자의 진술이 셋으로 구체화시킬 수 있기에 하나든 둘이든 학습자의 마음대로 선택해도 상관없다. 다만 남녀의 만남 및 이별과 관련된 a에서 f로 진행되는 경로가 여럿이겠지만 <경우 1>과 <경우 2>를 임의로 만들어 학습자들에게 '자유로움과 다양한 볼거리를 제공해' 보겠다.

<경우 1>: 만1→동3→정1→서2→만2→만3→만4→정4

[만남의 즐거움(a)], 화자에게 '오늜밤'은 '더듸 새기'를 반복할 정도로 특별한 의미가 있다. '더듸 새기'만 한다면 '어름우희 댓닙자리'라는 극단적 상황에서도 결코 두렵지 않다. 화자가 凍死를 운운하며 님과 함께 있기를 바라는 것은 단순히 '님과 나'가 같은 공간에 있어서가 아니라 '情둔' 것으로 생각했기 때문이다.

[님의 뛰어난 외모(b)], 화자는 님의 외모를 '늦봄의 진달래꽃(만춘 둘읫고지)'²⁶⁾에 기댈 정도로 '남이 부러워할 모습을 지니고 태어나셨다(느믹 브롤 즈슬 디녀나셧다)'로 표현하고 있다. 이것은 만남의 즐거움(a)과 연계돼 있다.

[이별하지 않겠다는 다짐(c)], 화자는 1~2차에 걸쳐 불가능한 일이

---

26) '둘읫고지'에 해석상 이견이 있지만 '남이 부러워할 모습'과 연계됐기에 부정적 의미의 꽃은 아닐 것이다. 참고로 '오얏꽃'(양주동, 『여요전주』, 중판; 을유문화사, 1985, 94면), '진달래꽃'(박병채, 『고려가요의 어석연구』, 이우출판사, 1975, 79면)으로 해석하고 있다.

모두 성사될 때에 비로소 님과 헤어지겠다고 한다. 1차는 '벼랑 끝의 모래에 군밤을 심는 일'이고 2차는 '군밤에서 싹이 나는 일'로 그것이 실현되면 비로소 님과 헤어지겠다는 것이니 결코 님과 헤어지는 일은 있을 수 없다. 이러한 표현은 속담과 민요에서 발견할 수 있는데 예컨대 속담의 경우 "군밤에서 싹나거든,"[27] "밑 빠진 동이에 물이 괴거든"[28]이고 민요의 경우는 "팽풍에다 기린 닭이 꾀꾀하면,"[29] "통솥에 삶은 닭이 알 낳거든"[30] 등이 그것이다. 어찌 보면 화자가 "이별을 막는 만리장성"[31]을 구축하고 있는 셈이다.

[님을 향한 변치 않는 마음(d)], 이어 화자는 '구슬', '깨어짐', '끈'이란 단어를 결합해 구슬이 깨지더라도 그것을 꿰고 있는 끈이 끊어지지 않는다며 자신과 님과의 신의를 끈에 비유하고 있다. 그것도 천년을 외롭게 지낸들 변치 않을 신의라는 것이다. 이별하지 않겠다는 다짐(c)에 진술된 1~2차의 경우처럼 구슬노래도 당시의 "관용적 표현"[32]으로 이해할 수 있다. 그러나 만남의 즐거움(a)에서 화자가 동사를 각오하며 '情둔 오놄밤 더듸 새기'를 바라는 이면에 잠재돼 있듯 님은 떠날 처지에 있었다.

[계절에 따른 님의 부재의 심화(e)], 화자는 계절의 속성에 대비된 자신의 처지를 실감한다. '耿耿 孤枕上'의 불면상태에 있던 화자는 창문에 어른거리는 것을 혹시 님이 오신 게 아닌가 하여 이내 창문을

---

27) 이기문, 『속담사전』, 개정중판; 일조각, 1982, 56면.

28) 위의 책, 228면.

29) 임동권, 『한국민요집』 V, 집문당, 1980, 298면.

30) 임동권, 『한국민요집』 II, 집문당, 1974, 263면.

31) 정병욱·이어령, 『고전의 바다』, 현암사, 1977, 147면.

32) 위의 책, 111면.

열었다. 하지만 그것은 바람에 흔들리던 도화가 달빛에 의해 그림자로 나타난 것일 뿐 님의 방문과는 무관한 일이었다.[33] 서쪽 창을 열어젖힌 것으로 보아 화자의 불면상태는 새벽녘까지 지속되었다. 도화가 봄바람에 흔들리는 모습(桃花는 시름업서 笑春風ᄒᆞᄂ다)을 목격한 화자는 계절의 변화를 느끼는 한편 이와 달리 님의 부재를 변화시킬 수 없는 자신의 처지를 받아들일 수밖에 없다.

[님의 부재상황에서 화자의 심리(f): 항의], 계절의 변화에 대비시켜 자신의 처지를 생각하던 화자는 과거 '情든 오ᄂ밤'에 님과 만나서 나누었던 약속을 기억해낸다. 당시에 님은 죽어서 넋이라도 한곳에 있겠다며 화자에게 다짐(넉시라도 님을ᄒᆞᆫ듸 녀닛景 너기다가)을 했지만, 현재 화자를 님의 부재에 시달리게 한 장본인이 님이었기에 그를 향해 항의 투로 진술하고 있는 것이다. 죽어서 함께 묻힌다는 '偕老同穴'이 일반적인 부부에게 해당한다고 할 때, 죽어서 넋이라도 님과 한곳에 있겠다고 약속을 했던 것으로 보건대 화자와 님은 부부의 관계에 있었던 것은 아니었다.

[님의 부재상황에서 화자의 심리(f): 제3에게 투정], 이러한 상태에서 새벽녘 어슬렁거리는 비오리가 화자에게 곱게 보일 리 없다. '네가 잠잘 곳은 냇물인데 연못에 왜 왔냐(여흘랑 어듸 두고 소해 자라온다)'며 오리를 향해 난데없이 투정을 한다. 연못을 기웃거리는 오리가 화자에게 '님의 부재'라는 고통을 주었던 '님'으로 대체된 셈이었다.

---

33) 이와 유사하게 그림자를 님의 방문으로 착각할 정도로 님을 학수고대하던 화자의 조급한 마음을 잘 나타낸 사설시조도 있다. 특히 사설시조 #1233은 『청구영언』을 비롯해 24개의 가집에 수록됐을 정도로 후대에까지 인기 있는 레퍼터리였다. '碧紗窓이 어른어른거늘 님만 너겨 나가보니 / 님은 아니 오고 碧梧桐 저즌 닙헤 鳳凰이 ᄂ려와서 긴 부리 휘여다가 짓다듬는 그림직로다 / 모쳐로 밤일 만졍 힝여 낫이런들 남 우일번 ᄒ괘라(#1233)', 심재완 편저, 『교본 역대시조전서』, 세종문화사, 1972의 띄어쓰기와 통번에 따름.

게다가 '연못이 얼면 냇물이 좋아하겠다(소콧 얼념 여흘도 됴ᄒ니)'는 진술로 보건대 화자가 기다리던 님은 '냇물'에 해당하는 본처가 있는 사람이다. 그리고 이러한 사실은 '情둔 오ᄂᆞᆺ밤 더듸 새오시'라던 시기[만남의 즐거움(a)]에 알았으며 당시에 님의 상황을 인정하면서 죽어서 넋이라도 님과 한곳에 있겠다는 다짐(f)을 받기도 했던 것이다. 그랬기에 냇물을 놔두고 화자가 있는 연못을 배회하는 오리가 곱게 보일 리 없었던 것이다.[34]

[님의 부재상황에서 화자의 심리(f): 재회한다면], 부재하는 님을 향해 항의를 하거나 오리에게 투정을 했다고 해서 화자가 님을 완전히 체념한 것은 아니다. 님을 기다리며 졸다가 깨다가를 새벽까지 반복(耿耿 孤枕上애 어느 ᄌᆞ미 오리오 西窓을 여러ᄒ니 桃花ㅣ 發ᄒ두다)한 화자에게 현재 님이 부재하더라도 재회했을 경우 다시는 헤어지지 않을 거라며 자신을 채근한다. 그것도 '무쇠로 황소를 만들어 그 소가 쇠나무산의 쇠풀을 먹으면 님과 헤어지겠다'고 하니 결코 님과 이별하는 일은 생길 수 없을 것이다. 이 부분은 [만남의 즐거움(a)]에서 [이별하지 않겠다는 다짐(c)]으로 기능할 수도 있지만 [님의 부재상황에서 화자의 심리(f): 재회한다면]에 배치하면 (c)의 상황에 있을 때보다 화자의 결연함을 배가시킬 수 있다.

---

34) 「만전춘별사」에서 남성표상과 여성표상의 시어가 있는데, 전자는 '춘풍', '오리'이고 후자는 '도화', '여흘·소'라고 한다. 성현경, 앞의 글, 377면. '여흘'과 '소'에서 전자는 냇물이기에 '流'의 개념이 내포돼 있지만 후자는 '停'에 가깝다. 전자와 후자가 모두 여성을 표상하되 전자는 님의 본처이고 후자는 님과 부부관계가 아니었던 화자이다. 이것은 凍死를 각오하며 오늘밤이 더듸 새기를 바라거나 해로동혈을 하지 못하더라도 혼백이나마 한곳에 있자고 한 것을 통해서도 알 수 있다. 「만전춘별사」의 화자를 영업을 목적으로 하는 기녀로 상정하여 일관되게 해석한 경우가 있었다. 이영태, 앞의 책, 15~31면, 참조.

<경우 2>: 쌍1→동2→서2→동6→서3

[만남의 즐거움(a)], 화자가 만두를 사러 갔나가 가게수인 '回回아비'35)에게 손목을 잡혔다. 그런데 제3자가 '나도 자리 깄으면(나도 사러 가리라)'과 '잔 데 같이 지저분한 게 없(잔디ᄀ티 덦거츠니 업)'36)다고 진술하는 것으로 보아 화자는 가게주인과 동침까지 했던 것이다. 물론 손목 잡힌 일이 소문이라도 나면 새끼 광대가 말을 만들어 퍼트린 것으로 하겠다 할 정도로 주변의 시선을 의식한 것으로 보아 만두가게를 방문한 목적이 회회아비를 만나는 데 있었는지도 모른다.

[님의 뛰어난 외모(b)], 화자는 님의 외모를 연등행사 때 높이 켜 놓은 등불 같다(노피현 燈ㅅ블 다호라)고 진술하고 있다. 심지어 많은 사람들을 비출 만큼의 모습(萬人비취실 즈ᄉᆡ)에 비유될 정도로 님의 외모는 출중했다. 화자가 만난 자가 회회인이었기에 예사사람들과 다른 이목구비를 구비했을 터이다. 이는 [만남의 즐거움(a)]에서 만두가게를 방문한 것이나 제3자가 부러운 시선으로 '나도 자러 가리라'로 진술했던 것과 무관하지 않다.

[님을 향한 변치 않는 마음(d)], 뛰어난 외모를 지닌 님을 만났으니

---

35) '回回아비'는 "當時 松京에 來往했던 色目人"(양주동, 앞의 책, 257면), "Turk系의 중국 서역인"(박병채, 앞의 책, 243면).

36) '덦거츠니'를 "답답ᄒ"(양주동, 앞의 책, 267면)거나 "거친 것이·지저분한 것이"(박병채, 앞의 책, 250면)로 해석하고 있다. 전자는 '鬱'이고 후자는 '穢'의 의미이다. 이러한 해석은 「쌍화점」을 "전체인간의 해방을 주장"하는 "전 인류애가 숨어 있는 작품"(윤경수, 「쌍화점에 나타난 인간자세」, 『현대문학』 98, 현대문학사, 1963, 244~245면)이거나 "육정적 음란가극"(여증동, 「쌍화점 고구(3)」, 『국어국문학』 53, 국어국문학회, 1971, 349면) 혹은 "긴박한 현실 속에서 허덕이는 군상을 통렬히 풍자"(정병욱, 『한국고전시가론』, 증보판; 신구문화사, 1994, 122면)한 것, 또는 '애정지상주의', '자유분방한 삶의 동경', '부도덕한 행위에 대한 심적 고통', '타락한 사회상을 풍자'(양태순, 「고려시대의 시가연구-속요를 중심으로」, 서울대석사논문, 1982, 56~57면)하거나 "성적인 충동을 느끼게 하기 위해 궁중 술자리에서 가창된 저급의 노래"(박노준, 『고려가요의 연구』, 새문사, 1990, 201면)로 파악하게 했다.

즐겁기만 하다. 화자는 님과의 만남을 남들이 부러워할 만한 일로 생각했기에 이러한 상황이 지속되기를 바라며 자신은 님에 대한 신의를 절대 저버리지 않을 거라며 진술한다. 천 년을 외롭게 지낸들 믿음은 끊어지지 않을 거라며 님을 향한 변치 않는 마음을 화자 스스로 다짐하고 있다. 하지만 님과 만나는 일이 주변의 부러운 시선을 의식해야 했기에 둘의 관계는 만남부터 이별이 예고돼 있었다.

[계절에 따른 님의 부재의 심화(e)], 화자는 6월 보름의 풍속에 기대 님의 부재를 절감하고 있다. "6월 보름에 동쪽으로 흐르는 물에 머리를 감아 불길한 것을 씻어 버리는"[37] 풍속이 있었다는 점에서 화자가 자신을 '벼랑에 버린 빗(별해 브론 빗)'에 비유한 것은 유두일에 머리를 감고 난 후 버려진 빗의 처지와 동일하다고 생각했기 때문이다. 빗이란 게 필요할 때 긴요하게 쓸 수 있되 그것이 온전히 기능할 수 없거나 마음에 들지 않으면 아무렇게나 버림을 받을 수밖에 없기에 계절에 따른 님의 부재가 심각했다는 것을 짐작할 수 있다.

[님의 부재상황에서 화자의 심리(f): 제3에게 투정], 벼랑에 버린 빗으로 자신을 비유했던 화자는 그 상태에서 머물러 있지 않았다. 님의 부재가 일어난 이유를 자신이나 님에게서 찾지 않고 제3자를 향해 투정을 한다. 난데없이 뱃사공을 향한 투정, 즉 '네 각시 바람난 줄 모르냐(네 가시 럼난디 몰라셔)'는 게 그것이다. 님의 부재는 뱃사공과 무관한 일인데 그가 배에 님을 싣지 않았으면 이별이 없었을 것이라며 엉뚱하게 책임을 물었던 셈이다. 물론 화자의 진술이 뱃사공에게 직접 전달된 게 아니라 화자의 혼잣말이다.

---

37) 홍석모, 『동국세시기』, 이석호 역, 『한국사상대전집』 12, 양우당, 1994, 84면.

<경우 1>과 <경우 2>처럼 남녀의 사랑과 이별을 중심에 두고 각각의 단계와 화자의 진술들을 구체화시켜 단계를 밟아보았다. <경우 1>과 <경우 2>에 나타난 화자의 정서는 기존 속요 화자의 정서와 변별되는 독특한 게 아니라 기존 속요의 자장 안에 포괄시켜도 무관했다. 이는 기존의 특정 속요를 담당했던 자들이 민요를 스토리텔링 장치에 기댄 것처럼 <경우 1>과 <경우 2>도 그런 과정을 거쳤기 때문이다. 이른바 학습자들에 해당하는 "고전시가 독자들이 각자 주어진 개별적인 정보를 연결 짓는 즐거움을 누리면서 그 연결을 통해 자신만의 전체상 혹은 일관된 해석서사를 구성하는 즐거움을 누릴 수" 있는 것은 물론 "결국에는 사랑과 이별과 관련된 해석서사의 각 편들을 만들어낼 수 있기에"[38] 이러한 시도가 디지털시대의 속요 교육방법이 될 수 있다는 것이다.

4. 결론

　　이 글은 속요에 대한 학습자들의 흥미를 자극할 수 있는 방법으로서 스토리텔링을 상정하여 그 가능성을 모색해보았다. 스토리텔링이 상대방에게 알리고자 하는 바를 재미있고 생생한 이야기로 설득력 있게 전달하는 행위의 총체인 만큼 속요 학습자들에게 교육의 효과를 높이는 방법일 수 있다. 특히 교육이 스토리텔링 장치에 기댄 형태인 에듀테인먼트가 교육(education)과 오락(entertainment)의 결합으로 지식과 오락을 한데 묶어 후자를 최대한 활용하여 전자의 효과를

---

38) 염은열, 「디지털 시대 고전시가 읽기」, 『고전문학과 교육』 16, 한국고전문학교육학회, 2008, 73면.

높이는 데 목적이 있는 만큼 디지털시대의 자장 안에 포함된 학습자들에게 효과적인 교육방법이 될 수 있다.

이를 위해 속요의 주류에 해당하는 '남녀 간의 만남 및 이별'과 관련된 노래를 토대로 스토리라인을 대략적으로 만들었다. 남녀의 사랑과 이별을 중심에 두고 각각의 단계와 화자의 진술들을 구체화시켰다. 각각의 단계는 만남의 즐거움(a), 님의 뛰어난 외모(b), 이별하지 않겠다는 다짐(c), 님을 향한 변치 않는 마음(d), 계절에 따른 님의 부재의 심화(e), 님의 부재상황에서 화자의 심리(f) 등이 그것이다. 그리고 단계별 화자 진술의 수를 살필 때, a가 다섯이고, b가 둘, c가 여섯, d가 둘, e는 다섯, f는 크게 '항의/제3에게 투정/재회한다면'으로 나누어 각각 하나, 둘, 다섯의 경우였다. 이런 상황에서 학습자는 a, b, c, d, e, f의 단계에서 화자의 진술을 선택하며 '만남 및 이별과 관련된 노래'를 만들어보았다. 텍스트가 가변성을 지닌 하이퍼텍스트의 특징에 기댔다고 해도 그것이 기존의 속요의 정서와 변별되는 노래가 아닐 정도로 학습자는 자신이 만든 텍스트를 계기로 '발견학습'과 '재미있는 학습'을 경험할 수 있었다. 즉, 속요의 생성과정과 정서를 이해할 수 있었다는 것이다.

이 글이 스토리텔링을 통한 속요의 교육방안을 모색했지만 문제는 여전히 남아 있다. 스토리텔링이 이야기 장르를 총칭한다 하더라도 속요 스토리텔링의 한 방법으로 상정한 하이퍼텍스트 문학이 "아직까지 하나의 실험으로 논의되고 있는데, 이는 하이퍼텍스트 문학이 전통적인 문학계에서 아직 커다란 관심을 얻지 못하고 있는 것이 사실이기"39) 때문이다. 하지만 학습자들이 디지털시대의 특성을 구비하고 있다는 점에서 스토리텔링이 고전시가 교육의 한 방법이 될 수 있다. 다만 이 글에서 제시한 단계별 화자의 진술을 더욱 구체화하여 스토리라인을 설정하고 이것이 시각 및 청각을 구현할 수 있는 공학적인 설계와 만난다면 속요 교육의 에듀테인먼트로 자리 잡을 수 있을 것이다.

끝으로 스토리텔링을 통한 속요의 교육방안을 모색하는 일이 고전문학의 '표현교육론'과 밀접하기에 이에 대한 논의가 있어야 할 것이다. 이에 대해서는 후고를 기약한다.

---

39) 김요한, 앞의 글, 254면.

고등 『문학』 교과서 소재 고전시가를 통한
문학교육 방법의 모색
─스토리텔링의 방법에 기대*

1. 머리말

이 글은 18종 『문학』 교과서 소재 고전시가를 활용하여 문학교육의 한 방법으로 스토리텔링을 제시하고 그 가능성을 모색하는 데 목적이 있다.1) 18종 『문학』 교과서는 제7차 교육과정에 따른 것으로 그것의 기본목표가 "21세기의 세계화, 정보화 시대를 주도할 자율적이고 창의적인 한국인의 육성"2)이듯 학습자들이 흥미를 갖고 적극적으로 학습에 참여할 수 있는 방법이 스토리텔링일 수 있다. 『고등학교 국어 교과서 집필 기준(2009.2.)』에 따르면 문학의 경우, "작품의 창조적 재구성은 학습자가 다양하고 창의적인 반응을 나타내고 능동적으로 문학의 수용과 생산 활동에 임하는 태도를 형성할 수 있도록 내용

---

* 이 글은 『어문연구』 152(한국어문교육연구회, 2011)에 수록된 것이다.

1) 필자는 이미 스토리텔링에 기대 고려속요의 교육방안에 대해 논의한 바(「스토리텔링을 통한 속요의 교육방안 모색」, 『우리어문연구』 35집, 우리어문학회, 2009) 있다. 후속작업에 해당하는 이 글은 18종 고등 『문학』 교과서에 수록된 160여 편의 고전시가 중에서 남녀 간의 '만남, 이별, 그리움, 재회'를 모티브로 하고 있는 고전시가 29편을 대상으로 문학교육 방법을 모색하는 데 목적을 둔다. 이 글에서 모색한 방법은 『문학』 교과서가 개편되어 고전시가의 편수 및 편폭이 다양해지더라도 응용할 수 있다.

2) 교육과학기술부(교과서선진화팀), 『2007년 개정 교육과정』(교육인적자원부 고시 제2007-79호).

을 선정한다"고 지적하고 있는데 이는 정보화 시대의 특성과 밀접한 학습자들을 고려한 것이다. 물론 2009년 개정 교육과정 총론(교육과학기술부 고시 제2009-41호)에서 밝히고 있는 "학습자의 자율성과 창의성을 신장하기 위한 학생중심의 교육과정"도 그것의 연장이기도 하다.

무엇보다 학습자들은 영상세대라 지칭할 수 있을 정도로 디지털 기술의 호환적 특성을 익숙하게 이용할 줄 아는 세대이다. 이전의 세대가 문자를 위주로 이해한 반면 그들은 그것을 시각화시켜 이해할 줄 아는 이른바 '학습은 곧 책을 읽으면서 하는 것(Learning by Reading)'이라는 고정관념에서 벗어난 세대라는 것이다.[3] 돈 탭스콧(Don Tapscott)에 따르면 디지털 네트워크 시대가 도래함에 따라 학습방식은 여덟 가지 측면에서 변화한다고 하는데, 그중에서 '주입식 교육에서 참여와 발견학습으로의 변화'와 '재미없는 학습에서 학습자 스스로 자신의 학습활동에 동기가 유발돼 적극적으로 참여하는 재미있는 학습으로의 변화'가 주목된다.[4] 이는 제7차 교육과정의 기본목표와 무관하지 않은 것으로 학습자들이 '발견학습'과 '재미있는 학습'의 주체로 기능해야 한다는 것이다. 그들이 '발견학습'과 '재미있는 학습'을 하기 위한 한 방법으로 스토리텔링(storytelling)이 있다. 스토리텔링이 상대방에게 알리고자 하는 바를 재미있고 생생한 이야기로 설득력 있게 전달하는 행위의 총체인 만큼 『문학』 교과서 학습자들에게 교육의 효과를 높이는 방법일 수 있다. 특히 교육이 스토리텔링 장치에 기댄 형태인 에듀테인먼트가 교육(education)과 오락(entertainment)의 결합으로 지식과 오락을 한데 묶어 후자를 최대한 활용하여 전자

---

3) 백영균, 『에듀테인먼트의 이해와 활용』, 정일, 2005, 27면.
4) 위의 책, 20~21면에서 재인용.

의 효과를 높이는 데 목적이 있는 만큼 디지털 시대의 특성과 밀접한 학습자들에게 효과적인 교육방법이 될 수 있다.

2. 에듀테인먼트와 스토리텔링

에듀테인먼트(edutainment)는 교육(education)과 오락(entertainment)의 결합어로 오락적 요소를 최대한 활용하여 교육의 효과를 높이는 데 목적이 있다. 교육적인 요소와 오락적인 요소에서 전자에 치우치면 학습자들에게 지루함 및 압박감을 줄 수 있고, 반면 후자를 위주로 하면 교육을 도외시할 수도 있다. 에듀테인먼트를 구성할 때 가장 고심해야 할 부분이 교육과 오락의 부분을 조화롭게 만드는 데 있는 것이다.

오락적인 부분을 전면에 내세우면서 학습자들에게 정보의 습득을 강요하지 않는 방법으로 스토리텔링이 있다. 스토리텔링(storytelling)은 story(이야기), tell(말하다), ing(현재진행형)의 세 요소를 감안한다. 일반적으로 'story'는 허구로 구조화되기 전의 전체 줄거리라는 의미로 서사학자들 사이에서 논의되어 왔다. 기본 골격은 스토리(story)이고, 이를 플롯(plot)으로 꾸민 것을 담론(discourse)으로 불렀다. 반면 스토리텔링은 디지털 매체를 기반으로 하는 이야기 장르에서 흔히 쓰이는 말로 '이야기하기', 즉 이야기에 참여하는 현재성·현장성을 강조한 말이다.[5] 스토리(story) 대신에 스토리텔링(storytelling)이라는 용어를 사용하는 것은 행위적 속성에서 찾아야 하는데, 즉 '이야기'에

---

5) 최혜실, 『문화콘텐츠, 스토리텔링을 만나다』, 삼성경제연구소, 2006, 18면.

는 행위와 그 주체의 존재가 상정되지 않고 이야기라는 고정된 대상만이 부각되는 반면 '이야기하기'에는 행위와 그 주체의 존재가 상정되는 것은 물론 객체라 할 만한 청자까지 고려된다. 그래서 스토리텔링이라는 말에는 스토리를 구성하는 사람과 그것을 수용하는 사람의 주체적 선택 가능성과 그로 인한 스토리 자체의 가변성이 함축된다.6) 이른바 "독자 혹은 청자의 눈높이와 기대수준 등을 고려하여 이야기가 만들어지기"에 "맥락에 유연성을 지니게"7) 된다는 것이다. 스토리를 구성하는 사람의 주체적 선택 가능성과 그로 인한 스토리 자체의 가변성은 맥락의 유연성을 지칭하는바, 『국어 교과서 집필 기준』의 문학 부분의 취지를 행하는 한 방법이 될 수 있다.

근자에 스토리텔링은 문학, 하이퍼텍스트문학, 만화, 연극, 영화, 애니메이션, 광고, 게임, 디자인, 홈쇼핑, 테마파크 등의 이야기 장르를 아우르는 데에서 활용되고 있다. 스토리텔링은 스토리+텔링의 합성어로서 상대방에게 알리고자 하는 바를 재미있고 생생한 이야기로 설득력 있게 전달하는 행위의 총체이다.8) 물론 교육도 예외가 아니다. 스토리텔링이 교육에 적용될 때, 에듀테인먼트(edutainment)가 그것인데 이는 교육(education)과 오락(entertainment)의 결합어로 오락적 요소를 최대한 활용하여 교육의 효과를 높이는 데 목적이 있다. 알리고자 하는 바를 재미있고 생생한 이야기로 설득력 있게 전달하는 행위의 총체가 스토리텔링인 만큼 이를 이용하여 교육과 오락을 얼마나 조

---

6) 류수열, 「시조 스토리텔링의 교육적 가능성」, 『시조학논총』 28집, 한국시조학회, 2008, 13면.

7) 최정예·김성룡 공저, 『스토리텔링과 내러티브』, 글누리, 2005, 17면.

8) 정창권, 『문화콘텐츠 스토리텔링』, 북코리아, 2008, 37면. '스토리텔링'은 정의하는 자에 따라 약간씩 다르게 규정되는데 각각의 정의가 "이야기를 매체의 특성에 맞게 표현하는 것"을 중심에 두는 공통점에서 벗어나지 않는다.

화롭게 하느냐가 에듀테인먼트의 성패를 좌우하는 것이다.9) 즉, 학습자들에게 복잡한 개념이나 정보의 습득을 강요하는 게 아니라 홍미와 재미를 느끼게 하면서 자연스럽게 이해시키는 게 관건인 셈이다.10)

> 문학감상을 여행이라고 생각해보자. 관광안내원이 일방적으로 정해놓은 한 가지 코스로 가는 경우와 여행객이 마음대로 일정을 선택해가는 경우가 있다고 할 때 전자는 편안할 수는 있으나 후자만큼 여행객에게 자유로움과 다양한 볼거리를 제공해주지는 못할 것이다.11)

문학감상을 여행의 방법에 기대 설명하고 있다. 관광안내원의 안내를 받는 경우와 여행객 스스로 볼거리를 자유롭게 찾아나서는 경우가 있을 수 있다. 전자의 여행객은 안내원의 지시에 따라 코스를 돌며 설명을 들으면 그만이지만 후자의 여행객은 스스로 일정을 관리하며 관광해야 하는 번거로움이 있다. 후자가 전자의 경우에 비해 다소 불편하지만 다양한 볼거리를 자유롭게 경험하고 그것이 다음의 여행에서 보다 내실을 기하는 계기일 수 있다. 여행의 두 경우에서 여행객은 학습자에 해당한다. 학습자에게 안내원이 개입돼 있는 전자가 편안할 수 있으나 후자처럼 다양한 볼거리를 자유롭게 경험할 수는 없다. 전자든 후자든 학습의 방법이지만 선택에 따라 장단점이 있을 수 있다. 하지만 7차와 9차 개정 교육과정이 '학습자의 자율성과 창의성을 신장하기 위한 학생 중심의 교육'과 밀접하다 할 때, 관광

---

9) 김영순·백승국, 『문화산업과 에듀테인먼트 콘텐츠』, 한국문화사, 2008, 131면.

10) 스토리텔링이 '글쓰기 교육'(고창수, 「스토리텔링 기법을 응용한 설득 글쓰기 전략」, 『우리어문연구』 33집, 우리어문학회, 2009)과 '고려속요 교육'(이영태, 앞의 글)에 활용됐을 정도로 이것은 교육적 측면과 다양하게 결합할 수 있다.

11) 류현주, 『하이퍼텍스트문학』, 김영사, 2000, 63면.

지를 둘러볼 여행객이 디지털 기술의 호환적 특성을 익숙하게 이용할 줄 아는 학습자들이니만큼 전자의 '관광안내원이 일방적으로 정해놓은 한 가지 코스로 가기'보다는 후자의 '여행객이 마음대로 일정을 선택해가는 경우'가 더 효과적일 수 있다. 이것은 학습자들이 볼거리를 자유롭게 경험할 수 있는 하이퍼텍스트의 특징과 밀접하다.

> 하이퍼텍스트에서 내가 의미하는 것은 비연속적인 글쓰기이다. 가지를 치고 독자들에게 선택을 허용하는 텍스트, 상호작용적 스크린에서 가장 잘 읽히는 텍스트이다. 일반적으로 이러한 텍스트는 링크들에 의해 연결된 일련의 텍스트들의 덩어리들로 독자에게 서로 다른 경로를 제공한다.[12]

일반문서나 텍스트가 정보를 순차적으로 얻을 수 있는 대상이었다면 이와 달리 하이퍼텍스트는 사용자의 선택에 따라 원하는 정보를 얻는 시스템을 가리킨다. 기존의 텍스트가 선형적인 질서에 의해 연결돼 있었다면, 하이퍼텍스트는 비선형적이고 비위계적이며 개방된 구조를 지닌다. 작가가 글을 써서 완결된 텍스트를 이루는 게 아니라 여러 경우의 수가 주어지고 독자가 자신이 원하는 부분을 선택적으로 읽을 수 있다. 그래서 독자가 텍스트를 창조하는 또 하나의 창조자일 수 있다.[13] 흔히 "독자의 서사구조 형성에 대한 적극적인 참여를 문학에 응용한 것"[14]이 하이퍼텍스트 문학이다.

이렇듯 가변성을 지닌다는 하이퍼텍스트의 특징을 18종 『문학』교

---

12) Theodor Holm Nelson, Literary Machine 93.1(Sausalito, CA: Mindful Press, 1992), chap. 0, 2면, 김요한, 「하이퍼텍스트의 구조적 특성과 하이퍼텍스트 문학」, 『한국문학콘텐츠』, 우정권 편, 청동거울, 2005, 248면에서 재인용.

13) 최혜실, 『모든 견고한 것들은 하이퍼텍스트 속으로 사라진다』, 생각의 나무, 2000, 247~248면.

14) 김요한, 앞의 글, 254면.

과서 소재 고전시가를 통해 문학교육의 한 방법으로 활용할 수 있다. 이는 돈 탭스콧(Don Tapscott)의 지적처럼 '주입식 교육에서 참여와 발견학습으로의 변화'와 '재미없는 학습에서 학습자 스스로 자신의 학습활동에 동기가 유발돼 적극적으로 참여하는 재미있는 학습으로의 변화'일 수 있는 것이다.

3. 18종『문학』교과서의 고전시가와 스토리텔링의 한 방법

18종『문학』교과서에 수록된 고전시가는 고대가요 5편, 향가 8편, 한시 24편, 고려속요 9편, 경기체가 1편, 고려시대 시조 7편, 조선시대 시조 69편, 가사 13편, 민요 14편, 판소리 6편, 무가 2편이다. 악장과 개화가사를 뺀 상태이지만 무려 158편이『문학』교과서에 편제돼 있다. 하지만 모든 작품을 포괄하기보다 남녀 간의 '만남, 이별, 그리움, 재회'를 모티브로 하고 있는 고전시가를 대상으로 삼는다면 다소 편수를 줄일 수 있다. 물론 충신연주지사의 경우도 남녀의 애정문제로 가장하여 있기에 이를 포함시킬 수 있다. 다만『문학』교과서에서 남녀 간의 '만남, 이별, 그리움, 재회'라는 모티브를 온전히 갖추고 있는 특정 고전시가가 없더라도 이러한 모티브의 한 경향을 지니는 것을 대상으로 스토리라인을 대략 만들 수 있다. 스토리라인은 남녀 간의 '만남, 이별, 그리움, 재회'를 단계별로 나누고 각각의 단계에서 화자의 진술을 세분한 후, 이에 해당하는 대상작품과 해당부분을 설정해 보았다. 특정 작품에 모티브와 화자의 진술이 복합적으로 공존할 수 있기에 단계별 대상작품이 겹쳐 나열될 수 있다. 예컨대 이별과 그리움, 그리고 사랑과 그리움의 정서가 공존하는 해당부분이 있을 수 있으며 화자의 진술을 더욱 구체화할 수 있기 때문이다.15) 이런 점을 감안하여 다음의 도표와 같이 대략 적시할 수 있다.

먼저 이에 해당하는 고전시가의 장르와 편수는 각각 고대가요 2편, 한시 1편, 고려속요 6편, 시조 16편, 가사 4편으로 도합 29편이다. 이를 단계별에 따른 장르 및 대상작품과 해당부분을 나타내면 아래와 같다.

단계(A, B, C, D)	화자의 진술	장르	대상작품과 해당부분16)
만남(A)	만남의 모색(A-a)	시조(A-a-1)	북창이 묽다커늘~(전체; A-a-1-1), 어이 얼어 잘이~(전체; A-a-1-2)
	만남의 지속(A-b)	고려속요 (A-b-1)	정석가(2~5연; A-b-1-1), 만전춘별사(1연; A-b-1-2)
		가사(A-b-2)	사미인곡(서사 1연; A-b-2-1), 속미인곡(본사 4연; A-b-2-2)
이별(B)	이별의 상황(B-a)	고대가요(B-a-1)	공무도하가(1~2행; B-a-1-1)
		한시(B-a-2)	송인(전체; B-a-2-1)
		고려속요(B-a-3)	가시리(1~4연; B-a-3-1), 서경별곡(1, 3연; B-a-3-2)
		시조(B-a-4)	이화우 흣싶릴 제~(전체; B-a-4-1), 묏버들 갈히 것거~(전체; B-a-4-2)
		가사(B-a-5)	속미인곡(서사; B-a-5-1)
	이별 이후의 심사 (B-b)	시조(B-b-1)	방 안에 혓는 촉불~(전체; B-b-1-1), 천만리 머나먼 길히~(전체; B-b-1-2), 이화우 흣싶릴 제~(전체; B-b-1-3), 묏버들 갈히 것거~(전체; B-b-1-4), 창 내고쟈 창을 내고쟈~(전체; B-b-1-5), 청산은 내 뜻이요~(전체; B-b-1-6), 창 밖이 어른어른커늘~(전체; B-b-1-7), ᄆᆞᄋᆞᆷ이 어린 후ㅣ니(전체; B-b-1-8)
		가사(B-b-2)	사미인곡(서사 2연; B-b-2-1)

---

15) 재회(D) 단계에서 꿈속의 재회(D-b)라는 화자의 진술이 실제 재회가 아니기에 그리움(C)의 단계를 세분화하여 설정할 수 있을 것이다. 그리고 「만전춘별사」 2연은 [자연물과 대비된 그리움(C-a-2-2)]이면서 [그리움에 따른 착각(C-e-1-1)]으로 읽을 수 있다.

16) 대상작품과 해당부분에 대한 해설, 예컨대 '북창이 묽다커늘~(전체; A-a-1-1)'의 경우 일명 '寒雨歌'라고도 하는데 임제가 평양의 기생 한우를 찾아가서 부른 노래로 '한우(寒雨)=찬비'라는 이름을 빗대어서 연정을 표현하였기에 만남의 모색에 설정해놓았다. 이하 대상작품과 해당부분에 대한 기본적인 해설은 생략한다.

그리움(C)	자연물과 대비된 그리움(C-a)	고대가요(C-a-1)	황조가(전체; C-a-1-1)
		고려속요(C-a-2)	동동(정월 연, 팔월 연; C-a-2-1), 만전춘별사(2연; C-a-2-2)
		시조(C-a-3)	귀쏘리 져 귀쏘리ㅡ(전체; C-a-3-1), 동지ㅅ둘 기나긴 밤을ㅡ(전체; C-a-3-2)
	소극적 그리움 (C-b)	가사(C-b-1)	사미인곡(서사 2연; C-b-1-1), 속미인곡(본사 2~3연; C-b-1-2), 규원가(5연; C-b-1-3), 상사별곡(전체; C-b-1-4)
	그리움 안의 항의 틈(C-c)	고려속요(C-c-1)	만전춘별사(3연; C-c-1-1), 정과정(전체; C-c-1-2)
		시조(C-c-2)	내 언제 신이 업서ㅡ(전체; C-c-2-1)
	그리움 극복의 한 방법(C-d)	시조(C-d-1)	님 글인 상사몽이ㅡ(전체; C-d-1-1)
	그리움에 따른 착각(C-e)	고려속요(C-e-1)	만전춘별사(2연; C-e-1-1)
		시조(C-e-2)	창 밖이 어른어른커늘ㅡ(전체; C-e-2-1), 무옴이 어린 후ㅣ니ㅡ(전체; C-e-2-2), 님 이오마 ᄒ거늘ㅡ(전체; C-e-2-3)
		가사(C-e-3)	속미인곡(결사 1연; C-e-3-1)
재회(D)	재회한다면(D-a)	고려속요(D-a-1)	만전춘별사(5연; D-a-1-1), 정석가(2~5연; D-a-1-2)
	꿈속의 재회(D-b)	가사(D-b-1)	속미인곡(본사 4연; D-b-1-1)

『문학』교과서 고전시가에서 발견할 수 있는 남녀 간의 '만남, 이별, 그리움, 재회'라는 모티브와 관련된 대상작품과 해당부분을 배열해보았다. 학습자들이 대상작품에 대한 정보를 일일이 개인의 정보시스템에 저장하기 쉽지 않은 분량이다. 하지만 "객관적이고 일반적인 사실이 한 개인의 삶에 밀착된 것처럼 느끼게 되거나", "주인공의 경험이 독자의 경험이 되어 그의 깨달음이 곧 자신의 깨달음인 것처럼 느끼게 만드는"[17] 스토리텔링에 기대는 경우, '주입식 교육에서 참여와 발견학습으로의 변화'와 '재미없는 학습에서 학습자 스스로 자신의

17) 최정예·김성룡, 앞의 책, 16면.

학습활동에 동기가 유발돼 적극적으로 참여하는 재미있는 학습으로의 변화'를 모색할 수 있다. 이른바 학습자들에게 개념 및 정보의 습득을 강요하는 게 아니라 흥미와 재미를 느끼게 하면서 자연스럽게 이해시키는 방법에 해당하는 에듀테인먼트는 가능한 한 구체적인 사례 속에 그 정보를 용해시키고 학습자 삶의 주관적 요구나 개인적인 경험에 동일화시키는 게 목적인데 그것의 용해과정의 핵심이 바로 스토리텔링이기 때문이다.[18]

이제는 '독자가 자신이 원하는 부분을 선택적으로 읽을 수 있다'는 하이퍼텍스트의 특성에 기대 남녀 간의 '만남, 이별, 그리움, 재회'의 구조를 임의로 만들어볼 수 있다. 이는 학습자가 고전시가 속에 처해진 화자의 구체적 상황을 연상하며 여행을 할 수 있다는 것을 의미한다. 위의 도표에서 남녀 간의 '만남(A), 이별(B), 그리움(C), 재회(D)'의 단계로 나누고 각 단계별로 화자의 진술을 구체화시켰다. 화자의 진술은 만남(A)이 2개, 이별(B)이 2개, 그리움(C)이 5개, 재회(D)가 2개이다. 이어 각각의 장르와 대상작품과 해당부분을 밝혀놓았는데 화자의 진술이 작품전체이거나 일부분일 수 있어 이를 구분해서 명기했다. 이런 상황을 토대로 학습자는 A, B, C, D의 단계에서 화자의 진술을 선택해 남녀 간의 '만남, 이별, 그리움, 재회'의 노래를 만들 수 있다. 화자의 진술의 수가 단계별로 동일하지 않더라도 각 단계별로 하나이건 둘이건 그것은 학습자의 마음대로 선택해도 상관없다.[19] 다만 남녀 간의 '만남, 이별, 그리움, 재회'와 관련된 A, B, C, D의 순서

---

18) 위의 책, 195면.

19) 학습자는 자신이 선택한 과정에서 화자가 통합되지 못하거나 인과율에 어긋나는 것 등의 경험을 하게 되는데 이것 또한 자신을 포함하여 또 다른 학습자에게 좋은 경험이 되기에 선택에 제한을 두지 않았다.

로 진행되는 경로가 여럿이겠지만 <경우 1>과 <경우 2>를 임의로 만들어 학습자들이 자유롭게 여행하는 사례를 만들어보겠다.[20)

<경우 1>: (A-b-1-2)→(B-a-2-1)→(B-b-1-1)→(C-a-1-1)→(C-c-1-1)→
(C-e-2-1)→(D-b-1-1)

[만남의 지속(A-b-1-2)]: 화자에게 '오눐밤'은 '더듸 새기'를 반복할 정도로 특별한 의미가 있다.[21) '더듸 새기'만 한다면 '어름우희 댓닙 자리'라는 극단적 상황에서도 결코 두렵지 않다. '얼음'이라는 차가운 것 위에 다시 '댓잎'이라는 차가운 소재로 잠자리를 만들더라도 화자가 임과 함께 있기를 바라는 것은 단순히 '임과 나'가 같은 공간에 있어서가 아니라 '情둔' 것으로 생각했기 때문이다.

[이별의 상황(B-a-2-1)]: 이별을 슬퍼하는 화자의 목소리를 감지할 수 있는 부분이다.[22) '비 개인 긴 둑에는 풀빛이 짙어지는(雨歇長堤草色多)' 상황에서 뭇사람들은 시각과 후각적으로 청량감을 느꼈을 텐데, 비가 계속 내린다면 임을 조금이라도 붙잡아놓을 수 있다는 바람을 가지고 있는 화자에게 그것은 원망의 대상일 뿐이다. 화자는 임이 배를 타지 못할 정도로 강물이 말랐으면 하는 바람도 했을 터, 그러나 그것은 화자의 생각일 뿐 이별은 막을 수 없었다. 해마다 남포에

---

20) A→B→C→D의 단계를 밟으려면 최소한 4건을 거쳐야 한다. <경우 1>처럼 화자의 진술에서 B가 2건 C가 3건인 것은 절대적인 수치가 아니다. 하나의 여행사례를 만들기 위해 화자의 진술에서 대상작품과 해당부분을 선택하는 것은 여행자의 몫이다.

21) 작자미상, 「만전춘별사」 1연, 어름우희 댓닙자리 보와 님과 나와 어러주글 만뎡 / 情둔 오눐밤 더듸 새오시라 더듸 새오시라.

22) 정지상(?~1135), 「송인」, 雨歇長堤草色多 / 送君南浦動悲歌 / 大同江水何時盡 / 別淚年年添綠波(비 개인 긴 둑에는 풀빛이 짙어지고 / 남포에서 임 보내니 슬픈 노래 울린다 / 대동강 물은 그 언제 마르겠나 / 이별의 눈물 해마다 푸른 물결에 보태니).

서 일어나는 여러 사람들의 이별 때문에 강물이 마르지 않는다는 것에서 이별에 따른 화자의 슬픔을 짐작할 수 있다. 혹은 '오늘밤 더디새기'를 바라던 화자의 짧은 만남과 강물의 유유한 흐름이 대비된 경우로도 이해할 수 있다.

[이별 이후의 심사(B-b-1-1)]: 화자는 촛농을 흘리면서 타들어가는 촛불을 통해 이별 후의 심사에 대해 절실하게 진술하고 있다.[23] 촛농은 화자의 눈물이고 초의 심지는 화자의 속마음이기에 촛불을 밝히면서 심지가 줄어드는 과정은 화자의 심사와 다름 아니다. 임과 이별 후, 화자에게 촛불은 자신의 또 다른 모습을 발견할 수 있는 예사롭지 않은 대상이었던 것이다.

[자연물과 대비된 그리움(C-a-1-1)]: 이별의 아픔이 기억의 저편에 남아 있을 즈음 그것이 자연물의 일상적인 특징으로 인해 다시 떠올랐다.[24] 계절의 변화에 따라 새들이 돌아오고 짝짓는 시기에 암수가 다정히 지내는 것은 당연하지만 화자는 그렇지 못한다.

[그리움 안의 항의 투(C-c-1-1)]: 꾀꼬리의 다정한 모습을 보며 자신의 처지를 생각하던 화자는 과거 '情둔 오늘밤'에 임과 만나서 나누었던 약속을 기억해낸다. 당시에 임은 죽어서 넋이라도 한곳에 있겠다며 화자에게 다짐(넉시라도 님을흔딕 녀닛景 너기다가)을 했지만, 현재 화자를 임의 부재에 시달리게 한 장본인이 임이었기에 그를 향해 '다짐하던 이가 누구셨습니까 누구셨습니까(벼기더시니 뉘러시니잇가 뉘러시니잇가)'처럼 항의 투로 진술하고 있는 것이다.[25]

---

23) 이개(1417~1453), 방 안에 혓는 燭불 눌과 離別ᄒ엿관딕 / 것츠로 눈물 디고 속 타는 줄 모르는고 / 뎌 燭불 날과 갓트여 속 타는 줄 모로도다.

24) 유리왕(?~18), 「황조가」, 翩翩黃鳥 / 雌雄相依 / 念我之獨 / 誰其與歸(펄펄 나는 저 꾀꼬리는 / 암수 다정히 노니는데 / 외로워라 이 내 몸은 / 누구와 함께 돌아가리).

[그리움에 따른 착각(C-e-2-1)]: 화자는 누군가 창 밖에 있다는 기척을 느끼고 밖으로 뛰어나갔다. 하지만 구름이 달을 가리면서 생긴 그림자가 창문에 나타난 것일 뿐 임과는 무관한 일이었다. 이어 화자는 마침 밤이었기에 망정이지 낮이었으면 남들 웃기게 할 뻔했다며 님이 오지 않은 상태에서 자신의 행동에 대한 무안함을 해학적으로 처리하고 있다.[26]

[꿈속의 재회(D-b-1-1)]: 화자는 초가집의 잠자리로 다시 돌아왔다.[27] 잠깐 사이에 풋잠이 들었는데 요행히 임을 만날 수 있었다. 그러나 옥처럼 고왔던 임의 얼굴이 아니었다. 임과 헤어지고 난 후의 일을 실컷 사뢰려고 했지만 눈물이 앞을 가려 차마 말이 나오지 않았다. 그리워했던 임을 만났기에 반가워하거나 손을 보듬기도 해야 하는데 화자는 목이 멜 정도로 울고 있을 뿐이다. 마음이 진정되어 이제야 밀린 얘기를 임과 나누려는 그때 닭이 방정맞게 우는 바람에 잠에서 깨어났다.

<경우 2>: (A-b-2-1)→(B-a-1-1)→(C-a-2-1)→(D-a-1-2)

[만남의 지속(A-b-2-1)]: 화자는 임과 자신의 관계를 하늘이 다 아는 천생연분이라 한다.[28] 화자는 젊고 임은 오로지 화자를 사랑하고 이

---

25) 작자미상, 「만전춘별사」 3연, 넉시라도 님을 ᄒᆞ뎌 녀닛景 너기다가 / 벼기더시니 뉘러시니잇가 뉘러시니잇가.

26) 작자미상, 사설시조, 창 밖이 어른어른커늘 님만 여겨 펄떡 뛰어 뚝 나서 보니 / 님은 아니 오고 으스름 달빛에 녈 구름 날 속였구나 / 마초아 밤일세망정 행여 낮이런들 남 우일 뻔하여라.

27) 정철(1536~1593), 「속미인곡」 본사 4연, 茅모___ 춘 자리의 밤듕만 도라오니 半반壁벽靑 燈등은 눌 위ᄒᆞ야 불갓는고 / 오르며 ᄂᆞ리며 헤쓰며 바니니 져근덧 力녁盡진ᄒᆞ여 풋ᄌᆞᆷ을 잠간 드니 / 精정誠성이 지극ᄒᆞ여 꿈의 님을 보니 玉옥 ᄀᆞ튼 얼굴이 半반이나마 늘거셰라 / ᄆᆞ음의 머근 말ᄉᆞᆷ 슬ᄏᆞ장 ᄉᆞᆲᄌᆞᄒᆞ니 눈물이 바라 나니 말인들 어이ᄒᆞ며 / 情정을 못다ᄒᆞ야 목이조차 몌여ᄒᆞ니 오뎐된 鷄계聲성의 ᄌᆞᆷ은 엇디 ᄭᆡ돗던고.

마음과 이 사랑을 견줄 만한 게 없을 정도이니 화자는 행복하기만 하다.

[이별의 상황(B-a-1-1)]: 임이 물을 건너 화자 곁을 떠나는 상황이다.[29] 여기서 물은 자연물이면서 동시에 임을 향한 화자의 사랑을 가리키기도 한다. 임에게 물을 건너지 마라 했지만 임은 물을 건넜다. '마침내(竟)'라는 표현으로 보건대 화자는 임과의 이별을 인정해야 하는 처지가 된 것이다.

[자연물과 대비된 그리움(C-a-2-1)]: 정월달 시냇물은 기온에 따라 결빙과 해빙을 반복하지만 화자는 변함없이 외로운 상태이다.[30] 자연물은 절기에 맞춰 예외 없이 변화하는 반면 화자의 외로움은 변할 기미가 전혀 없기에 외로움은 절망적이기만 하다. 그래서 온 세상 가운데 혼자인 듯한 것이다.

[재회한다면(D-a-1-2)]: 화자는 1~2차에 걸쳐 불가능한 일이 성사돼야 비로소 임과 헤어지겠다고 다짐한다.[31] 1차는 '벼랑 끝의 모래에 군밤을 심는 일'이고 2차는 '군밤에서 싹이 나는 일'로 그것이 실현돼야 임과 헤어지겠다는 것이니 결코 임과 헤어지는 일은 있을 수 없다. 이러한 표현은 속담과 민요에서 흔히 발견할 수 있는바, 화자가 "이별을 막는 만리장성"[32]을 구축하고 있다.

A→B→C→D의 단계를 <경우 1>과 <경우 2>처럼 밟아보았다. 두

---

28) 정철(1536~1593), 「속미인곡」 서사 1연, 이 몸 삼기실 제 님을 조차 삼기시니 / 훈싱 緣分이며 하늘 모룰 일이런가 / 나 ᄒᆞ나 졈어 잇고 님 ᄒᆞ나 날 괴시니 / 이 ᄆᆞ음 이 ᄉᆞ랑 견졸 딕 노여 업다.

29) 백수광부의 처, 「공무도하가」 1~2행, 公無渡河 / 公竟渡河(임아 물을 건너지 마오 / 임은 마침내 물을 건넜네).

30) 작자미상, 「동동」 정월연, 正月ㅅ 나릿 므른 아으 어져 녹져 ᄒᆞᄂᆞᆫ딕 누릿 가온딕 나곤 몸하 ᄒᆞ올로 녈셔.

31) 작자미상, 「정석가」 2연, 삭삭기 셰몰애 별헤 나ᄂᆞᆫ / 구은 밤 닷 되를 심고이다 / 그 바미 우미 도다 삭나거시아 / 有德ᄒᆞ신 님믈 여히ᄋᆞ와지이다.

32) 정병욱·이어령, 『고전의 바다』, 현암사, 1977, 147면.

경우 모두 남녀 간의 '만남, 이별, 그리움, 재회'를 모티브로 하고 있는 해석서사에 해당하지만 약간의 차이가 있다.33) 각각 7단계와 4단계라는 차이뿐 아니라 화자와 임의 관계가 상호 교감적인지 아니면 일방적인지에 따라 두드러지는데, <경우 1>은 전자에 <경우 2>는 후자에 해당한다. <경우 1>에서 '넋이라도 임과 함께 있겠다고 다짐했지만 그것을 어긴 게 누구냐'34)며 항의 투의 진술이 있는 것으로 보건대, 화자와 임은 偕老同穴할 부부가 아니었으며 '情둔 오늘밤'에 재회를 기약했던 것으로 보인다([그리움 안의 항의 투(C-c-1-1)]). 물론 이러한 기약은 '어름우희 댓닙자리'를 보면서까지 '情둔 오늘밤 더디 새오시라'([만남의 지속(A-b-1-2)])며 현 상태가 지속되기를 바라는 시공간에서 이뤄졌을 것이다. 님이 온 것으로 착각한 자신의 행동을 해학적으로 처리할 수 있었던 것도 임과의 기약을 신뢰했기에 일어날 수 있었던 일련의 행동 및 심리였던 셈이다([그리움에 따른 착각(C-e-2-1)]). 이렇듯 화자의 항의는 임을 향한 험담이 목적이 아니라 곧 만날 수 있다는 조바심과 관련돼 있는 만큼 [이별의 상황(B-a-2-1)], [이별 이후의 심사(B-b-1-1)], [자연물과 대비된 그리움(C-a-1-1)]에 대한 부분도 만남에 대한 기약을 신뢰하고 있는 심리를 감안해서 해석해야 할 것이다. 반면에 <경우 2>에서 화자와 임의 관계는 화자 자신의 일방적인 생각을 바탕으로 하고 있다. 화자가 임과의 관계를 천생연분으로 여긴 것이나 임이 마침내 물을 건넜지만 재

---

33) 여기서 '해석서사'라는 용어는 염은열(「디지털 시대 고전시가 읽기」,『고전문학과 교육』 16, 한국고전문학교육학회, 2008, 72면)에 따름. 그에 의하면, '해석서사'는 우리가 작품 해석의 결과로 추상해낼 수 있는 주제와 가까운 말이지만, 고전시가의 경우 해석의 결과 이야기의 구성요소인 '화자'나 화자가 처한 '사건'이나 상황 등이 구체적으로 드러나는 양상을 보인다고 한다.

34) 넉시라도 님을 혼딕 녀닛景 너기다가 / 벼기더시니 뉘러시니잇가.

회했을 경우 불가능한 전제 1~2차례가 해결돼야 비로소 헤어지겠다고 하지만 그것은 화자 개인의 바람일 가능성이 크다.[35]

결국 <경우 1>과 <경우 2>에 나타나듯 해석서사의 편차는 7단계와 4단계의 차이이면서 [그리움 안의 항의 투(C-c-1-1)]의 개입 여부에 따른 것이었다. 몇 단계를 밟았느냐와 화자의 진술을 어느 것을 선택했느냐에 따라 해석서사가 달리 구성되는바, "어떤 사건에 대해 자기 나름의 방식으로 이야기하는 과정을 통해 복잡한 현실상황에서 분열하고 길을 잃은 주체는 하나로 통합되어 중심을 찾게 되며", "시간적 경과의 의미 있는 구조화를 통해 이야기가 이루어지고 인과율에 따른 연쇄관계 속에서 인간은 자기정체성을 찾는"[36] 과정을 겪게 된다. 이는 학습자들에 해당하는 "고전시가 독자들이 각자 주어진 개별적인 정보를 연결 짓는 즐거움을 누리면서 그 연결을 통해 자신만의 전체상 혹은 일관된 해석서사를 구성하는 즐거움을 누리는"[37] 동시에 각자 선택한 해석서사의 장단점을 상호 간에 지적 및 인지하는 단계로 나갈 수 있다는 것을 의미한다. 물론 고전시가 연구와 국어교육의 입장에서도 "다양한 이해의 층위와 해석의 편차들이 자연스럽게 조율돼 나갈 수 있도록 해두고 인문학적 상상력과 추리력이 뻗어나갈 수 있는 공간을 열어두는 것이 필요하다"[38]는 지적이 있었기에 이러한 과정이 디지털시대의 고등 『문학』 교과서 소재 고전시가를 활용

---

35) 임과의 관계가 화자의 일방적인 경우, 해석서사에서 [자연물과 대비된 그리움]에서도 차이가 난다. <경우 1>의 [자연물과 대비된 그리움(C-a-1-1)]은 황조의 정다움이 화자의 외로움을 드러내면서 동시에 자신도 임을 곧 만날 수 있다는 기대도 포함하지만 이것이 <경우 2>와 관계됐을 때는 화자의 외로움을 부각시키는 데에만 기능하게 된다.

36) 최혜실, 「문학, 문화산업, 문학교육의 연결고리로서의 스토리텔링」, 『문학교육학』 29, 문학교육학회, 2009, 71면.

37) 염은열, 앞의 글, 73면.

38) 김석회, 「고전시가연구와 국어교육」, 『국어교육』 107, 한국어교육학회, 2002, 23면.

한 문학교육의 한 방법이 될 수 있는 것이다.

게다가 <경우 1>과 <경우 2>의 순서는 각각 '고려속요→한시→시조→고대가요→고려속요→사설시조→가사'와 '가사→고대가요→고려속요→고려속요'로 이질적인 장르가 결합된 모습이지만 남녀 간의 '만남, 이별, 그리움, 재회'의 모티브를 중심으로 스토리라인을 만들었기에 스토리텔링이 개입되기 이전의 대상작품, 즉 도표에 적시된 원래의 고전시가 작품을 이해하는 데에도 활용될 수 있다. 고전시가를 문화콘텐츠와 연관시켜 교육할 때 주목해야 할 점이 '정서의 보편화, 표현의 구체화, 발상의 전환과 장르의 이동'이라 한다.39) 특히 발상의 전환과 장르의 이동은 여러 작품 속의 인물과 표현, 배경을 통합적으로 바라보거나 장르 간의 통합을 의미하기에, 남녀 간의 '만남, 이별, 그리움, 재회'의 모티브를 중심으로 한 스토리텔링에 다양한 장르가 결합되더라도 문제되지 않는다. 무엇보다 스토리텔링이 "사건에 대한 순수한 지식이 아니라 화자와 주인공 같은 인물의 형상을 통해 사건을 겪은 사람의 경험을 전달하는"40) 데 목적이 있는 만큼 학습자는 단순한 정보 습득을 넘어 "시어 속에서 구체적인 장면을 연상하고 인물의 심리를 추리해야" 하는데 이는 "문학적 상상력을 신장시키는 데 있어 상당히 중요한 과정"으로 "새로운 작품을 만드는 데 원천"41)이기도 하다. 그리고 이러한 과정을 통해 학습자는 스토리텔링에 의해 견인되기 이전의 대상작품을 보다 깊이 있게 이해할 수 있을 것이다. 예컨대 <경우 1>의 [그리움에 따른 착각(C-e-2-1): 사설시조]

---

39) 최혜진, 「고전시가 교육과 문화콘텐츠」, 『고전문학과 교육』 11집, 한국고전문학교육학회, 2006, 77~82면.
40) 이인화, 「디지털 스토리텔링 창작론」, 『디지털스토리텔링』, 이인화 외 7인, 3쇄; 황금가지, 2006, 13면.
41) 최혜진, 앞의 글, 78면.

의 화자는 [(C-e-1-1): 고려속요]의 상황과 흡사하기에 후자의 노랫말에서 생략된 부분을 개연적으로 복원하여「만전춘별사」를 이해할 수 있다. 임이 올까 기다리고 있는 화자에게 잠이 쉽게 올 리 없다(耿耿孤枕上애 어느 ᄌ미 오리오)는 노랫말 다음에 西窓을 열어 도화가 핀 것을 보게 된 과정(西窓을 여러ᄒ니 桃花ㅣ 發ᄒ두다)과 자신의 착각을 처리하는 게 이에 해당한다. 화자가 서창을 열었던 것은 봄바람에 흔들리는 도화꽃이 서쪽으로 기우는 달에 의해 창문의 그림자로 나타났고 그것을 화자는 임의 방문으로 오인했던 것이다. 이어 화자는 자신의 착각을 사설시조의 화자가 자신의 무안함을 해학적으로 처리하듯이 봄바람이 웃는 것으로 묘사했던(桃花ᄂ 시름업서 笑春風ᄒᄂ다) 게 그것이다.42) 그리고 <경우 2>에서 [재회한다면(D-a-1-2)]을「정석가」의 전편과의 관계를 고려할 때, "先王聖代예 노니ᄋ와지이다"를 감안해서 임에 대한 영원한 사랑을 넘어 임금에 대한 영원한 사랑과 태평성대의 기원으로 읽을 수 있는 것이다.

따라서 스토리텔링에 기대 고등『문학』교과서 소재 고전시가를 활용하여 문학교육의 방법을 모색하는 것이 "작품의 창조적 재구성은 학습자가 다양하고 창의적인 반응을 나타내고 능동적으로 문학의 수용과 생산 활동에 임하는 태도를 형성할 수 있도록 내용을 선정한다"는 국어 교과서 집필 기준(2009.2.)과 "학습자의 자율성과 창의성을 신장하기 위한 학생중심의 교육과정"이라는 2009년 개정 교육과정 총론에 따른 학습의 한 방법일 수 있는 것이다. 그러나 이러한 단계를 밟기 위한 전제가 있는데 <경우 1>과 <경우 2>에 등장하는 각

---

42) 서쪽 창에 흔들리는 도화꽃의 그림자가 비춘 것으로 보아 임을 기다리고 있는 화자의 '경경고침상'은 달이 서쪽으로 지고 있는 새벽녘 직전까지 계속된 것이다.

작품에 대하여 기초 학습하는 게 그것이다.43) <경우 1>과 <경우 2>를 통한 스토리텔링은 각 작품이 지닌 고유의 역사적 맥락이나 배경을 고려하지 않은 것으로 자칫 작품전체에 대한 이해가 없는 상태에서 특정부분에 대한 감상만으로 원래 작품에 대한 잘못된 이해를 가져올 위험이 있다. 예컨대 <경우 2> D단계의 [재회한다면(D-a-1-2): 정석가]를 대신하여 [꿈속의 재회(D-b-1-1): 속미인곡]이 자리 잡는다면, 정철의 「속미인곡」에 대한 작품전체를 감상하지 않은 상태에서 작품전체의 주제 및 내용을 만남과 사랑인 것으로 오인할 수 있기 때문이다. 관견이건대, 각 학교에서 선택한 고등『문학』교과서나 부교재의 고전시가를 기초 학습한 후, 학습자들에게 <경우 1>과 <경우 2>와 같은 단계 혹은 대상작품의 특성에 맞게 변형시킨 단계를 밟게 하고 교사가 "다양한 이해의 층위와 해석의 편차들이 자연스럽게 조율돼 나갈 수 있도록 해두고 인문학적 상상력과 추리력이 뻗어나갈 수 있는 공간을 열어두면"44) 학습자들은 '발견학습'과 '재미있는 학습'을 경험할 수 있다. 그리고 이러한 경험이 스토리텔링에 견인되기 이전 원래의 문학작품을 이해하는 데 자양분이 될 수 있을 것이다.

4. 결론

고등 18종『문학』교과서 소재 고전시가를 활용하여 문학교육의

---

43) 여기서 언급한 기초 학습은 <교사용 지도서>(『고등학교 교사용 지도서 국어(상)』, 교육인적자원부, 2008, 22면)의 지침을 가리킨다. 이에 따르면 (기본)에서는 작가, 작품, 독자의 관계를 고려하여 작품을 능동적으로 수용하고 (심화)에서는 작품에 드러난 사회적 문화적 상황을 파악하고 작품을 읽는 경우와 파악하지 못하고 읽는 경우의 차이점에 대해 토론한다고 적시돼 있다.

44) 김석회, 앞의 글, 23면.

한 방법으로 스토리텔링을 제시하고 그 가능성을 모색해보았다. 제7차 교육과정의 기본목표가 '세계화, 정보화 시대를 주도할 자율적이고 창의적인 한국인의 육성'이고 2009년 개정 교육과정 총론이 '학습자의 자율성과 창의성을 신장하기 위한 학생중심의 교육과정'이듯 학습자들이 흥미를 갖고 적극적으로 학습에 참여할 수 있는 방법이 스토리텔링일 수 있기 때문이다. 특히 교육이 스토리텔링 장치에 기댄 형태인 에듀테인먼트가 교육과 오락의 결합으로 후자를 최대한 활용하여 전자의 효과를 높이는 데 목적이 있는 만큼 디지털 시대의 호환적 특성에 능숙한 학습자들에게 효과적인 교육방법이 될 수 있다.

이를 모색하기 위해 『문학』 교과서에서 남녀 간의 '만남, 이별, 그리움, 재회'라는 모티브와 관련된 노래를 토대로 스토리라인을 대략적으로 만들었다. 남녀 간의 '만남, 이별, 그리움, 재회'를 단계별로 나누고 각각의 단계에 해당하는 작품을 나열하고 화자의 진술들을 구체화시켰다. 예컨대 단계는 만남(A), 이별(B), 그리움(C), 재회(D)이고 화자의 진술은 A·B·D가 2개, C가 5개였다. 이런 상황에서 학습자는 A, B, C, D 단계의 순서에 따라 화자의 진술을 임의로 선택해 남녀 간의 '만남, 이별, 그리움, 재회'의 노래를 만들 수 있었다. 이 글에서 제시한 7단계의 <경우 1>과 4단계의 <경우 2>는 하이퍼텍스트의 특징에 기댄 것이지만 그 안에 기존의 남녀 간의 '만남, 이별, 그리움, 재회'의 노래에 나타나는 정서를 발견할 수 있었다. 다만 화자의 진술을 어느 것을 선택했느냐에 따라 해석서사가 달리 나타났다. 학습자들이 이러한 여행을 한다면 '발견학습'과 '재미있는 학습'을 경험하면서 각자 선택한 해석서사의 장단점을 상호 간에 지적 및 인지하는 단계까지 진전시킬 수 있을 것이다.

이 글에서 제시한 단계별 화자의 진술을 더욱 구체화하여 스토리라인을 설정하고 이것이 시각 및 청각을 구현할 수 있는 공학적인 설계와 만나 컴퓨터를 통해 학생들이 자유롭게 여행할 수 있다면 문학교육의 에듀테인먼트로 자리 잡을 수 있을 것이다. 다만 공학적인 설계와 만나는 일이 적잖은 예산이 필요하기에 그것의 차선책으로 남녀 간의 '만남, 이별, 그리움, 재회'와 관련된 해당부분을 카드화하여 학습자들로 하여금 하이퍼텍스트의 특성처럼 원하는 부분을 선택적으로 읽게 하고 각자의 해석서사가 지닌 장단점을 상호 간에 지적 및 토론하게 하는 것도 방법일 수 있겠다.

참고문헌

고려시대의 단오 풍속으로 읽는 「청산별곡」

『고려사』, 『고려사절요』, 『동국세시기』, 『북제서 주서 수서』, 『신증동국여지승람』, 『열양세시기』, 『중종실록』

김사엽, 『국문학사』, 정음사, 1954.
김완진, 『향가와 고려가요』, 서울대학교출판부, 2000.
김학성, 『한국고전시가의 연구』, 재판; 원광대출판부, 1985.
김형규, 『고가주석』, 백영사, 1958.
남광우, 『고어사전』, 9쇄; 교학사, 2004.
박노준, 『고려가요의 연구』, 새문사, 1990.
박병채, 『고려가요의 어석연구』, 이우출판사, 1975.
배상면 편역, 『조선주조사』, 규장각, 1996.
서수생, 『한국시가연구』, 개정판; 형설출판사, 1974.
송방송, 『한국음악통사』, 일조각, 1984.
심재완 편, 『교본 역대시조전서』, 재판; 세종문화사, 1972.
양주동, 『여요전주』, 중판; 을유문화사, 1985.
이영태, 『고려속요와 기녀』, 경인문화사, 2004.
이찬, 『한국의 고지도』, 2쇄; 범우사, 1997.
장덕순, 『한국문학사』, 5판; 동화문화사, 1987.
전규태, 『고려가요』, 중판; 정음사, 1979.
최남선, 『조선상식-풍속 편』, 동명사, 1948.
최철·박재민, 『역주 고려가요』, 이회, 2003.

강명혜, 「청산별곡 연구 Ⅰ」, 『어문학보』 20집, 강원대국어교육과, 1997.
김명호, 「청산별곡의 속악적 이중성」, 『한국고전시가작품론』 1, 집문당, 1992.
김완진, 「청산별곡에 대하여」, 『고전문학을 찾아서』, 김열규 외 3인, 문학과 지성사, 1976.

김재용, 「청산별곡의 재검토」, 『서강어문』 2집, 서강어문학회, 1982.

김제현, 「청산별곡의 해석과 구조」, 『어문연구』 84호, 한국어문교육연구회, 1994.

김택규, 「별곡의 구조」, 『고려가요연구』, 중판; 국어국문학회편, 정음문화사, 1990.

나정순, 「청산별곡 연구」, 『국어국문학』 110호, 국어국문학회, 1993.

박영환, 「청산별곡의 연구」, 『어문논집』 23, 고려대국어국문학연구회, 1982.

이동근, 「청산별곡 재고」, 『관악어문연구』 9집, 서울대국어국문학과, 1984.

이승명, 「청산별곡의 연구」, 『고려시대의 언어와 문학』, 형설출판사, 1975.

임주탁, 「청산별곡의 독법과 해석」, 『한국시가연구』 13집, 한국시가학회, 2003.

장지영, 「옛 노래 읽기」, 『한글』 108호, 한글학회, 1955.

정병욱, 「한국시가문학사」 상, 『한국문화사대계』 V, 재판; 고대민족문화연구
　　　소출판부, 1971.

정재호, 「청산별곡의 새로운 이해 모색」, 『국어국문학』 139호, 국어국문학회, 2005.

최기호, 「청산별곡의 형성배경과 몽골 요소」, 「문학한글」 14, 2000.

편무영, 「해방 전 평양의 단오」, 『강원민속학』 6집, 강원도민속학회, 2002.

고려시대 기녀와 무당 풍속으로 읽는 「사모곡」

『고려도경』, 『고려사절요』, 『고려사』, 『동국이상국집』, 『동문선』, 『북리지』, 『성소부부고』, 『성종실록』, 『세종실록』, 『순조실록』, 『여유당전서』, 『연산군일기』, 『용재총화』, 『태종실록』

김소운, 『조선구전민요집』, 제일서방, 1931.

김용숙, 『한국여속사』, 민음사, 1989.

김학성, 『국문학의 탐구』, 성균관대출판부, 1987.

박병채, 『고려가요의 어석연구』, 3판; 이우출판사, 1978.

박용운, 『고려시대 개경연구』, 일지사, 1996.

백철·이병기, 『국문학전사』, 신구문화사, 1981.

상병화, 『역대사회풍속사물고』, 호남성: 악록서사, 1991.

송방송, 『한국음악통사』, 일조각, 1984.

심재완 편, 『교본 역대시조전서』, 재판; 세종문화사, 1972.

이기문, 『속담사전』, 개정중판; 일조각, 1982.

이능화, 『조선해어화사』, 이재곤 옮김, 동문선, 1992.

이수웅, 『중국창기문화사』, 대한교과서주식회사, 1987.

임동권, 『한국민요집』, 동국문화사, 1961.

임동권, 『한국민요집』 Ⅲ, 집문당, 1975.

장덕순, 『한국문학사』, 동화문화사, 1982.

장사훈, 『여명의 동서음악』, 보진재, 1974.

정병욱 외, 『고전의 바다』, 현암사, 1977.

정상균, 『한국중세시문학사연구』, 한신문화사, 1986.

조흥윤, 『무, 한국 무의 역사와 현상』, 민족사, 1997.

현종호, 『조선국어고전시가사연구』, 교육도서출판사, 1984.

서군·양해, 『기녀사』, 상해문예출판사, 1995.

왕서노 편, 『중국창기사』, 상해; 신화서점, 1988.

권영철, 「유구곡고」, 『고려시대의 가요문학』, 새문사, 1982.

김동욱, 「이조 기녀사 서설-사대부와 기녀」, 『아세아여성연구』 5집, 숙명여자
　　　대학교, 1996.

김택규, 「별곡의 구조」, 『고려가요연구』, 중판; 국어국문학회편, 정음문화사, 1990.

김학성, 「속요의 장르상의 제 문제」, 『천봉 이능우 박사 칠순기념논총』, 간행
　　　위원회, 1990.

박무영, 「기녀한시의 비틀림과 비틀기」, 『한국한시연구』 10집, 한국한시학회, 2002.

박희병, 「고려가요의 민중정서」, 『민족문학사강좌』 상, 창작과비평사, 1995.

성현경, 「만전춘별사의 구조」, 『고려시대의 언어와 문학』, 한국어문학회편, 형
　　　설출판사, 1975.

신동익, 「사모곡 소고」, 『한국고전시가작품론 1』, 집문당, 1992.

양종승, 「무당 문서를 통해 본 무당사회의 전통」, 『한국문화연구』 4집, 경희대
　　　민속학연구소, 2001.

이경복, 「고려시대 기녀의 유형」, 『한국민속학』 18, 민속학회, 1985.

이병기, 「시용향악보의 한 고찰」, 『한글』 115호, 한글학회, 1955.

이영태, 「조선후기 수작·기지 시조의 행방」, 『시조학논총』 28집, 한국시조학
　　　회, 2008.

이영태, 「고려시대의 단오 풍속으로 읽는 '청산별곡'」, 『역사민속학』 24호, 한
　　　국역사민속학회, 2007.

이종출, 「사모곡신고」, 『한국언어문학』 11집, 한국언어문학회, 1973.

장성진, 「사모곡의 의미와 변용」, 『문학과 언어』 20집, 문학과 언어학회, 1998.

전규태, 「만전춘별사고」, 『고려시대의 가요문학』, 새문사, 1982.

최길성, 「무당사회의 '첩'에 관한 소고」, 『한국문화인류학』 9집, 한국문화인류
　　　학회, 1977.

최동원, 「고려속요의 향유계층과 그 성격」, 『고려시대의 가요문학』, 새문사, 1982.

「동동」의 송도와 선어

『고려사』, 『고려도경』, 『고문진보』, 『동국이상국집』, 『목민심서』, 『삼국사기』, 『삼국유사』, 『성종실록』, 『세종실록』, 『용재총화』

김완진, 『향가와 고려가요』, 서울대학교출판부, 2000.
김용숙, 『한국여속사』, 민음사, 1989.
김인숙, 『중국 중세 사대부와 술·약 그리고 여자』, 서경문화사, 1998.
박병채, 『고려가요의 어석연구』, 이우출판사, 1975.
박용운, 『고려시대 관계 관직 연구』, 고려대출판부, 1997.
양주동, 『여요전주』, 중판; 을유문화사, 1985.
이수웅, 『중국창기문화사』, 대한교과서주식회사, 1987.
이종은, 『한국시가상의 도교사상연구』, 재판; 보성문화사, 1992.
이혜구, 『한국음악서설』, 개정판; 서울대출판부, 1989.
조윤제, 『조선시가사강』, 동광당서점, 1937.
차주환 역, 『고려사악지』, 을유문화사, 1972.
최동원, 『고시조론』, 중판; 삼영사, 1991.
최용수, 『고려가요연구』, 계명문화사, 1993.
최철·박재민, 『석주 고려가요』, 이회, 2003.
한글학회, 『우리말큰사전』, 어문각, 1992.
홍승기, 『고려귀족사회와 노비』, 일조각, 1983.

김동욱, 「이조 기녀사 서설-사대부와 기녀」, 『아세아여성연구』 5집, 숙명여자대학교, 1966.
김명호, 「고려가요의 전반적 성격」, 『한국시가문학연구』, 신구문화사, 1983.
김성기, 「정극인의 불우헌가에 나타난 시조성 연구」, 『시조학논총』 19집, 한국시조학회, 2003.
김준옥, 「장생포와 동동」, 『한국언어문학』 35, 한국언어문학회, 1995.
박혜숙, 「동동의 님에 대한 일고찰」, 『국문학연구』 10집, 효성여자대학교, 1987.
신은경, 「조선조 여성텍스트에 대한 페미니즘적 조명(2)」, 『페미니즘과 문학비평』, 고려원, 1994.
오종근, 「한국 신선사상의 근원연구」, 『역사와 사회』 1, 국제문화학회, 1991.
이영태, 「시조의 가창공간과 가창참석자들의 심리-프로이트의 농담이론을 통하여」, 『고전문학연구』 27집, 고전문학회, 2005.
이영태, 「고려시대 단오 풍속으로 읽는 청산별곡」, 『역사민속학』 24호, 한국역사민속학회, 2007.
이웅배, 「동동 구월령 어석고」, 『국어국문학』 77, 국어국문학회, 1978.
임기중, 「고려가요 동동고」, 『양주동박사ㅗ희기념논문집』, 탐구당, 1973.
임동권, 「동동의 해석」, 『고려시대의 가요문학』, 김열규·신동욱 편, 새문사, 1982.
정재서, 「선진시대의 신선설화 기원과 문학적 수용을 중심으로」, 『중국학보』
        28, 한국중국학회, 1988.
최미정, 「죽은 님을 위한 노래-동동」, 『문학한글』 2, 한글학회, 1988.
최진원, 「동동고(Ⅰ)」, 『대동문화연구』 8집, 성균관대대동문화연구소, 1971.
허남춘, 「동동의 송도성과 서정성(1)」, 『도남학보』 14집, 도남학회, 1993.
허남춘, 「동동의 송도성과 서정성(2)」, 『도남학보』 15집, 도남학회, 1996.

「동동」 화자의 심리

『고려사』, 『고려사절요』, 『고려도경』, 『동국세시기』, 『성종실록』, 『인조실록』,
『중종실록』

김인숙, 『중국 중세 사대부와 술·약 그리고 여자』, 서경문화사, 1998.
김형규, 『고가주석』, 백영사, 1955.
박노준, 『고려가요의 연구』, 새문사, 1990.
박병채, 『고려가요의 어석연구』, 3판; 이우출판사, 1978.
박용운, 『고려시대 관계 관직 연구』, 고려대출판부, 1997.
양주동, 『여요전주』, 중판; 을유문화사, 1985.
이영태, 『고려속요와 기녀』, 경인문화사, 2004.
이혜구, 『한국음악서설』, 개정판; 서울대출판부, 1989.
전규태, 『고려가요』, 중판; 정음사, 1979.
정상균, 『한국중세시문학사연구』, 한신문화사, 1986.
차주환 역, 『고려사악지』, 을유문화사, 1972.
최용수, 『고려가요연구』, 계명문화사, 1993.
최철·박재민, 『석주 고려가요』, 이회, 2003.
S. 프로이트·C. S. 홀·R. 오스본, 『프로이트 심리학 해설』, 설영환 옮김, 3판;
        선영사, 1986.
프로이트, 『정신분석입문』, 이명성 옮김, 홍신문화사, 1987.
프로이트, 『일상생활의 정신병리학』, 이한우 역, 열린책들, 1988.

고혜경, 「동동의 정서적 경과」, 『고려시가의 정서』, 김대행편, 개문사, 1997.

김동욱, 「이조 기녀사 서설-사대부와 기녀」, 『아세아여성연구』 5집, 숙명여자
　　대학교, 1966.
김준옥, 「장생포와 동동」, 『한국언어문학』 35, 한국언어문학회, 1995.
김택규, 「별곡의 구조」, 『고려가요연구』, 중판; 국어국문학회편, 정음문화사, 1990.
김학성, 「속요의 장르상의 제 문제」, 『천봉 이능우 박사 칠순기념논총』, 간행
　　위원회, 1990.
박혜숙, 「동동의 님에 대한 일고찰」, 『국문학연구』 10집, 효성여자대학교, 1987.
박혜숙, 「고려속요와 여성화자」, 『고전문학연구』 14집, 한국고전문학연구회, 1998.
박용운, 『고려시대 관계 관직 연구』, 고려대출판부, 1997.
변학수, 「언어, 문화, 기억-문학과 기억」, 『독일어문학』 제38집, 한국독일어문
　　학회, 2007.
성현경, 「만전춘별사의 구조」, 『고려시대의 언어와 문학』, 한국어문학회편, 형
　　설출판사, 1975.
송방송, 『한국음악통사』, 일조각, 1984.
신은경, 「조선조 여성텍스트에 대한 페미니즘적 조명(2)-기녀의 언술을 중심으
　　로」, 『페미니즘과 문학비평』, 고려원, 1994.
이영태, 「고려시대의 단오 풍속으로 읽는 '청산별곡'」, 『역사민속학』 24호, 한
　　국역사민속학회, 2007.
이영태, 「동동의 송도와 선어」, 『민족문학사연구』 36호, 민족문학사연구소, 2008.
이영태, 「조선후기 수작・기지 시조의 행방」, 『시조학논총』 28집, 한국시조학회,
　　2008.
임기중, 「고려가요 동동고」, 『양주동박사고희기념논문집』, 탐구당, 1973.
임기중, 「속 고려가요 동동고」, 『한국학연구』 1집, 동국대한국문화연구소, 1976.
임동권, 「동동의 해석」, 『고려시대의 가요문학』, 김열규・신동욱 편, 새문사, 1982.
장진호, 「동동고」, 『새국어교육』 40, 한국국어교육학회, 1984.
전규태, 「만전춘별사고」, 『고려시대의 가요문학』, 새문사, 1982.
최동원, 「고려속요의 향유계층과 그 성격」, 『고려시대의 가요문학』, 새문사, 1982.
최진원, 「동동고(Ⅰ)」, 『대동문화연구』 8집, 성균관대대동문화연구소, 1971.
최미정, 「죽은 님을 위한 노래-동동」, 『문학한글』 2, 한글학회, 1988.
허남춘, 「동동의 송도성과 서정성(1)」, 『도남학보』 14집, 도남학회, 1993.
허남춘, 「동동의 송도성과 서정성 연구(2)」, 『도남학보』 15집, 도남학회, 1996.

「유구곡」 해석의 다양성과 가능성-가창자가창물가창공간의 특성을 고려해서
『고려사』, 『고려사절요』, 『동국이상국집』, 『동문선』, 『세종실록』, 『시용향악보』,

『중종실록』, 『태조실록』

구자균 교주, 『춘향전』, 보성문화사, 1978.
김완진, 『향가와 고려가요』, 서울대출판부, 2000.
김학성, 『국문학의 탐구』, 성균관대학교 출판부, 1987.
박노준, 『고려가요의 연구』, 새문사, 1990.
박병채, 『고려가요의 어석연구』, 3판; 이우출판사, 1978.
박성봉, 『대중예술의 미학』, 동연, 1995.
박성의, 『한국가요문학론과 사』, 집문당, 1974.
성백효 역주, 『현토완역 시경집주 상』, 전통문화연구회, 1993.
정민, 『한시 속의 새 그림 속의 새』 둘째 권, 효형출판, 2003.
정상균, 『한국중세시문학사연구』, 한신문화사, 1986.
최동원, 『고시조론』, 중판; 삼영사, 1991.
최철·박재민, 『석주고려가요』, 이회, 2003.
현종호, 『조선국어고전시가사연구』, 교육도서출판사, 1984.

권영철, 「유구곡고」, 『어문학』 3집, 한국어문학회, 1955.
권오경, 「유구곡의 구조와 참요성」, 『어문학』 64집, 한국어문학회, 1998.
김동욱, 「시용향악보가사의 배경적 연구」, 『진단학보』 17집, 1955.
김용찬, 「시조에 구현된 여성적 목소리의 표출 양상」, 『한국고전여성문학연구』
      4, 한국고전여성문학회, 2002.
김택규, 「별곡의 구조」, 『고려가요연구』, 중판; 국어국문학회 편, 정음문화사,
      1990.
김학성, 「속요의 장르상의 제 문제」 『천봉 이능우 박사 칠순기념논총』, 간행위
      원회, 1990.
박성의, 「시용향악보 소재의 려가고」, 『국어국문학』 53집, 국어국문학회, 1971.
박희병, 「고려가요의 민중정서」, 『민족문학사강좌』 상, 창작과비평사, 1995.
성현경, 「만전춘별사의 구조」, 『고려시대의 언어와 문학』, 한국어문학회편, 형
      설출판사, 1975.
엄국현, 「고려궁정잔치노래 비두로기의 작품분석과 장르적 성격」, 『한국문학
      논총』 35집, 한국문학회, 2003.
여기현, 「시가 속 비둘기의 변용-유구곡 재해석을 위하여」, 『반교어문연구』 23
      집, 반교어문학회, 2007.
윤성현, 「유구곡을 다시 생각함」, 『한국민요학』 4집, 한국민요학회, 1996.

윤성현, 「유구곡의 구조와 미학의 본질」, 『한국시가연구』 3집, 한국시가학회, 1998.

이동근, 「유구곡 재론」, 『고전시가작품론 1』, 집문당, 1992.

이영태, 「조선후기 수작·기지 시조의 행방」, 『시조학논총』 28집, 한국시조학회, 2008.

이종문, 「유구곡=벌곡조 설에 대한 재검토」, 『국어국문학』 116호, 국어국문학회, 1996.

임주탁, 「유구곡의 해석과 벌곡조·포곡가와의 관계」, 『한국문학논총』 49집, 한국문학회, 2008.

전규태, 「만전춘별사고」, 『고려시대의 가요문학』, 새문사, 1982.

최동원, 「고려속요의 향유계층과 그 성격」, 『고려시대의 가요문학』, 새문사, 1982.

소통의 즐거움을 위한 장치, 「雙花店」

『고려사』, 『고려사절요』, 『급암선생시집』, 『무릉집』, 『성호사설』, 『용재총화』, 『퇴계집』

김학성, 『국문학의 탐구』, 성균관대학교출판부, 1987.

박노준, 『고려가요의 연구』, 새문사, 1990.

박성봉, 『대중예술의 미학』, 동연, 1995.

양주동, 『여요전주』, 중판; 을유문화사, 1985.

이어령, 『고전을 읽는 법』, 갑인출판사, 1985.

정기호, 『고려시대 시가의 연구』, 인하대출판부, 1986.

정병욱, 『한국고전시가론』, 증보판; 신구문화사, 1994.

최동원, 『고시조론』, 중판; 삼영사, 1991.

현종호, 『조선국어고전시가사연구』, 교육도서출판사, 1984.

앙리베르그송, 『웃음-희극성의 의미에 관한 시론』, 7쇄; 정연복 옮김, 세계사, 1999.

N. 하르트만, 『미학』, 전원배 옮김, 을유문화사, 1995.

지그문트 프로이트, 『농담과 무의식의 관계』, 임인주 옮김, 재간; 열린책들, 2004.

김대행, 「쌍화점 반전의 의미」, 『고려시가의 정서』, 김대행편, 중판; 개문사, 1997.

김석회, 「쌍화점의 발생 및 수용에 관한 전승사적 고찰」, 『방촌 유예근 박사 화갑기념논총』, 형설출판사, 1990.

김택규, 「별곡의 구조」, 『고려가요연구』, 중판; 국어국문학회편, 정음문화사, 1990.

박경주, 「한림별곡의 연행방식과 향유층」, 『한국고전시가작품론』 1, 집문당, 1992.

박희병, 「고려가요의 민중정서」, 『민족문학사강좌』 상, 창작과비평사, 1995.

성호경, 「고려시가의 문학적 형태복원 모색」, 『벽사 이우성 선생 정년퇴직기념논총』, 여강출판사, 1990.

송정헌, 「쌍화점 연구」, 『충북대학교논문집』 17, 충북대, 1979.

양태순, 「고려시대의 시가연구-속요를 중심으로」, 서울대석사논문, 1982.

여운필, 「쌍화점연구」, 『국어국문학』 92, 국어국문학회, 1984.

여증동, 「쌍화점 고구(3)」, 『국어국문학』 53, 국어국문학회, 1971.

윤경수, 「쌍화점에 나타난 인간자세」, 『현대문학』 98, 현대문학사, 1963.

이종출, 「고려속요의 형태적 연구」, 『고려가요연구』, 중판; 정음문화사, 1990.

장사훈, 「고려가요와 음악」, 『고려시대의 가요문학』, 김열규·신동욱 편, 새문사, 1982.

최동국, 「쌍화점의 성격연구」, 『문학과 언어』 5, 문학과 언어연구회, 1984.

최용수, 「삼장·사룡 고」, 『영남어문학』 13, 영남어문학회, 1986.

허남춘, 「쌍화점의 우물용과 삿기광대」, 『반교어문연구』 2집, 반교어문회, 1992.

중국 조선족 고중(高中) 신편(新編) 『조선어문』 소재(所載) 고전시가의 양상과 특징-「청산별곡」을 중심으로

『人民日報』, 『中国教育新聞网』, 『全日制普通高級中學教科書』(2003), 『普通高中課程標準試驗教科書』(2007)

연변교육출판사조선어문편집실 동북조선문교재연구개발중심 편저, 『조선족 고급중학교교과서 조선어문』 필수①, 연변교육출판사, 2007.

연변교육출판사조선어문편집실 동북조선문교재연구개발중심 편저, 『조선족 고급중학교교과서 조선어문』 필수②, 연변교육출판사, 2007.

연변교육출판사조선어문편집실 동북조선문교재연구개발중심 편저, 『조선족 고급중학교교과서 조선어문』 필수③, 연변교육출판사, 2007.

연변교육출판사조선어문편집실 동북조선문교재연구개발중심 편저, 『조선족 고급중학교교과서 조선어문』 필수④, 연변교육출판사, 2008.

연변교육출판사조선어문편집실 동북조선문교재연구개발중심 편저, 『조선족 고급중학교교과서 조선어문』 선택, 연변교육출판사, 2008.
연변교육출판사조선어문편집실 동북조선문교재연구개발중심 편저, 『조선족고
    급중학교교과서 조선어문 교수참고서』 필수②, 연변교육출판사, 2007.
교육과학기술부, 『2007년 개정 교육과정에 따른 고등학교 국어 교과서 집필
    기준』.
교육인적자원부, 『고등학교 교사용지도서 국어(상)』, 7쇄, 2008.

김형규, 『고가주석』, 백영사, 1958.
남광우 편, 『고어사전』, 교학사, 1997.
문일환, 『조선고전문학사』, 2판; 북경; 민족출판사, 2006.
백영균, 『에듀테인먼트의 이해와 활용』, 정일, 2005.
양주동, 『여요전주』, 중판; 을유문화사, 1985.
허문섭, 『조선고전문학사』, 료녕출판사, 1985.
허휘훈 · 채미화, 『조선문학사-고대중세부분』, 연변대학출판사, 1998.
현종호, 『조선국어고전시가사연구』, 교육도서출판사, 1984.
현종호 · 박춘명 · 오정환, 『문학』(고등중학교 제4학년), 1판; 교육도서출판사,
    1997.

이종순, 「중국 조선족 문학교육 연구-중 · 고등학교 조선어문과목을 중심으로」,
    서울대박사논문, 2002.
정재호, 「청산별곡의 새로운 이해 모색」, 『국어국문학』 139호, 국어국문학회,
    2005.
정호갑, 「우리 국어 교육과 중국 조선어문 교육 견주어보기 1-고려노래 '청산
    별곡'을 대상으로」, 『함께여는 국어교육』, 2006.
황규수, 「중국 조선족 초중 신편 『조선어문』 수록 시 고찰」, 『어문연구』 140
    호, 한국어문교육연구회, 2008.
황규수, 「중국 조선족 고중 신편 『조선어문』 수록 시 연구」, 『한국문예비평연
    구』 28집, 한국현대문예비평학회, 2009.
황규수, 「북한 고중 『국어』 및 『문학』과 중국 조선족 『조선어문』 수록 시의 비
    교 고찰」, 『새국어교육』 82호, 한국국어교육학회, 2009.
윤영천, 「중국 조선족 초 · 중학교 시교육에 대하여」, 『어문연구』 116호, 한국어
    문교육연구회, 2002.
홍정선, 「동아시아한국학 교육의 현실과 방향」, 『동아시아한국학 입문』, 인하
    BK한국학사업단, 역락, 2008.

劉洪濤, 「人敎版高中語文課標敎材與外國文學新問題」, 『中學語文敎學』, 2007.

스토리텔링을 통한 속요의 교육방안 모색
『고려사절요』

류현주, 『하이퍼텍스트문학』, 김영사, 2000.
박노준, 『고려가요의 연구』, 새문사, 1990.
박병채, 『고려가요의 어석연구』, 이우출판사, 1975.
백영균, 『에듀테인먼트의 이해와 활용』, 정일, 2005.
송방송, 『한국음악통사』, 일조각, 1984.
심재완 편저, 『교본 역대시조전서』, 세종문화사, 1972.
양주동, 『여요전주』, 증판; 을유문화사, 1985.
이기문, 『속담사전』, 개정증판; 일조각, 1982.
이영태, 『고려속요와 기녀』, 경인문화사, 2004.
이인화 외 7인, 『디지털스토리텔링』, 3쇄; 황금가지, 2006.
임동권, 『한국민요집』 V, 집문당, 1980.
정병욱, 『한국고전시가론』, 증보판; 신구문화사, 1994.
정병욱 외, 『고전의 바다』, 현암사, 1977.
정창권, 『문화콘텐츠스토리텔링』, 북코리아, 2008.
최정예·김성룡 공저, 『스토리텔링과 내러티브』, 글누리, 2005.
최혜실, 『모든 견고한 것들은 하이퍼텍스트 속으로 사라진다』, 생각의 나무, 2000.
최혜실, 『문화콘텐츠, 스토리텔링을 만나다』, 삼성경제연구소, 2006.
현종호, 『조선국어고전시가사연구』, 교육도서출판사, 1984.
홍석모, 『동국세시기』.
이석호 역, 『한국사상대전집』 12, 양우당, 1994.

고창수, 「스토리텔링 기법을 응용한 설득 글쓰기 전략」, 『우리어문연구』 33집, 우리어문학회, 2009.
김요한, 「하이퍼텍스트의 구조적 특성과 하이퍼텍스트 문학」, 『한국문학콘텐츠』, 우정권편, 청동거울, 2005.
김택규, 「별곡의 구조」, 『고려가요연구』, 증판; 국어국문학회편, 정음문화사, 1990.
류수열, 「시조 스토리텔링의 교육적 가능성」, 『시조학논총』 28집, 한국시조학회, 2008.

박희병, 「고려가요의 민중정서」, 『민족문학사강좌』 상, 창작과비평사, 1995.
성현경, 「만전춘별사의 구조」, 『고려시대의 언어와 문학』, 한국어문학회편, 형설출판사, 1975.
양태순, 「고려시대의 시가연구-속요를 중심으로」, 서울대석사논문, 1982.
여증동, 「쌍화점 고구(3)」, 『국어국문학』 53, 국어국문학회, 1971.
염은열, 「디지털 시대 고전시가 읽기」, 『고전문학과 교육』 16, 한국고전문학교육학회, 2008.
윤경수, 「쌍화점에 나타난 인간자세」, 『현대문학』 98, 현대문학사, 1963.
이영태, 「고려시대의 단오 풍속으로 읽는 '청산별곡'」, 『역사민속학』 24호, 한국역사민속학회, 2007.
최혜진, 「고전시가 교육과 문화콘텐츠」, 『고전문학과 교육』 11집, 한국고전문학교육학회, 2006.

고등 『문학』 교과서 소재 고전시가를 통한 문학교육 방법의 모색－스토리텔링의 방법에 기대

『2007년 개정 교육과정에 따른 고등학교 국어 교과서 집필 기준』.
『고등학교 교사용지도서 국어(상)』, 7쇄; 교육인적자원부, 2008.

김영순·백승국, 『문화산업과 에듀테인먼트 콘텐츠』, 한국문화사, 2008.
류현주, 『하이퍼텍스트문학』, 김영사, 2000.
백영균, 『에듀테인먼트의 이해와 활용』, 정일, 2005.
정병욱·이어령, 『고전의 바다』, 현암사, 1977.
정창권, 『문화콘텐츠 스토리텔링』, 북코리아, 2008.
최정예·김성룡 공저, 『스토리텔링과 내러티브』, 글누리, 2005.
최혜실, 『모든 견고한 것들은 하이퍼텍스트 속으로 사라진다』, 생각의 나무, 2000.
최혜실, 『문화콘텐츠, 스토리텔링을 만나다』, 삼성경제연구소, 2006.

고창수, 「스토리텔링 기법을 응용한 설득 글쓰기 전략」, 『우리어문연구』 33집, 우리어문학회, 2009.
김석회, 「고전시가연구와 국어교육」, 『국어교육』 107, 한국어교육학회, 2002.
김요한, 「하이퍼텍스트의 구조적 특성과 하이퍼텍스트 문학」, 『한국문학콘텐츠』, 우정권편, 청동거울, 2005.

류수열, 「시조 스토리텔링의 교육적 가능성」, 『시조학논총』 28집, 한국시조학회, 2008.

염은열, 「디지털 시대 고전시가 읽기」, 『고전문학과 교육』 16, 한국고전문학교육학회, 2008.

이영태, 「스토리텔링을 통한 속요의 교육방안 모색」, 『우리어문연구』 35집, 우리어문학회, 2009.

이인화, 「디지털 스토리텔링 창작론」, 『디지털스토리텔링』, 이인화 외 7인, 3쇄; 황금가지, 2006.

최혜진, 「고전시가 교육과 문화콘텐츠」, 『고전문학과 교육』 11집, 한국고전문학교육학회, 2006.

이영태 ────────────────────────────────────

인하대학교 국문과 문학박사
인하대학교(동양어문학부, 교육대학원, 대학원 한국학과) 강사
인천대학교(국문과) 강사

『한국 고전시가의 재조명』(1998)
『한국 고시가의 새로운 인식』(2003)
『고려속요와 기녀』(2004)
『한국문학연구의 현단계』(공저, 2005)
『삼국지연의 한국어 번역과 서사변용』(공저, 2006)
『인천고전문학의 이해』(2010)
『쌍화점, 다섯 개의 시선』(공저, 2010)
『한국문학의 탐색』(공저, 2011)
『한국 상대시가와 참요의 발생론적 탐색』(2011)

『인천의 섬』(공저, 2004)
『옛날 옛적에 인천은』(공저, 2004)
『근대문화로 읽는 한국 최초 인천 최고』(공저, 2005)
『인천 개항장 풍경』(공저, 2006)
『인천 개항장 역사기행』(공저, 2007)
『바다와 섬, 인천에서의 삶』(공저, 2008)
『인천의 문화유산을 찾아서』(공저, 2008)
『역주 강도고금시선(전집)』(공역, 2010)
『역주 강도고금시선(후집)』(공역, 2011)
『인천역사·인천향토사의 재조명』(공저, 2011)

「불구동물 등장 시조와 '靑개고리 腹疾하여 주근 날 밤~'의 해석」(2009)
「스토리텔링을 통한 속요의 교육방안 모색」(2009)
「어업노동요에 나타난 복선율과 소통」(2009)
「황조가 해석의 다양성과 가능성」(2009)
「동동 화자의 심리」(2009)
「고려시대 기녀와 무당 풍속으로 읽는 사모곡」(2010)
「향가론의 전개와 과제-향가작가 문제를 중심으로」(2010)
「중국 조선족 고중 신편 『조선어문』 소재 고전시가의 양상과 특징」(2010)
「신라시대 참요(서)를 이해하는 한 방법-형혹의 설을 중심으로」(2011)
「고등 『문학』 교과서 소재 고전시가를 통한 문학교육 방법의 모색-스토리텔링의 방법에 기대」(2011)
「유구곡 해석의 다양성과 가능성-가창자·가창물·가창공간의 특성을 고려해서」(2011)

초판인쇄 | 2012년 3월 5일
초판발행 | 2012년 3월 5일

지 은 이 | 이영태
펴 낸 이 | 채종준
펴 낸 곳 | 한국학술정보㈜
주   소 | 경기도 파주시 문발동 파주출판문화정보산업단지 513-5
전   화 | 031) 908-3181(대표)
팩   스 | 031) 908-3189
홈페이지 | http://ebook.kstudy.com
E-mail | 출판사업부 publish@kstudy.com
등   록 | 제일산-115호(2000. 6. 19)

ISBN   978-89-268-3162-5 93810 (Paper Book)
        978-89-268-3163-2 98810 (e-Book)